언덕 위 하얀집

크리스천나무소설가선 026

언덕 위 하얀집

1쇄 발행일 | 2019년 12월 05일

지은이 | 이옥자
펴낸이 | 윤영수
펴낸곳 | 문학나무
기획 마케팅 | 03085 서울 종로구 동숭4나길 28-1 예일하우스 301호
이메일 | mhnmoo@hanmail.net

출판등록 | 제312-2011-000064호 1991. 1. 5.
영업 마케팅부 | 전화 | 02-302-1250, 팩스 | 02-302-1251
ⓒ 이옥자, 2019

ISBN 979-11-5629-099-5 03810

언덕 위 하얀집

이옥자

자전소설

문학나무

감사할 일뿐입니다

요즘은 티브이 시청하기가 두렵다. 자기 자식을 강물에 던지는 비정한 아버지도 있고, 장모, 장인, 처 등 일가족을 죽이는 사위도 있다. 지구의 종말이 오려나? 무엇 때문일까. 결국은 돈 때문이다. 나도 돈 때문에 몇 번이고 죽고 싶었던 사람이었으니까. 어려운 문제들이 죽어서 해결된다면 생을 포기하고 싶었다. 숨도 쉴 수 없었다. 대책을 찾을 길이 없었다. 어린 자식이 부모없이 어떻게 살까. 아무것도 모르는 세 살바기와 젖먹이 아기가 샛별같이 반짝이는 눈으로 엄마를 바라볼 때, 그 눈빛이 애처로워 죽을 수도 없었다.

의지할 곳은 하나님뿐이었다. 나는 보이지 않는 하나님

을 향하여 기도했다.

'하나님, 이 죄인에게 건강주시고, 일할 수 있는 자리 주시면 어떠한 일이라도 해서 아이들을 잘 키워 살아가겠습니다.'

하나님은 나의 기도를 들어주셨다. 이제 두 아들 잘 키워 두 며느리와 손녀 손자 그리고 나는 큰 복락을 누린다. 합력하여 선을 이루게 하신 하나님께 감사할 일뿐이다.

이 글을 묶는 이유는 어려운 사람들에게 용기와 희망을 주고 싶어서이다.

2019년 가을 여주 언덕 위 하얀집에서
이옥자

차례

01

언덕 위 하얀집

은행동의 아파트를 팔아 전세집을 얻고 남은 돈으로 재테크를 했다. 아들이 외국에 가 있는 동안 용인 수지에 전세를 끼고 사 놓은 32평 아파트도 팔았다. 수지 집 판 돈과 합쳐서 지금 살고 있는 '언덕 위 하얀집'을 지었다.

처음 이사 오던 날, 나는 가슴이 벅찼다. 아들이 지은 집이지만 이런 집에서 살 수 있다는 것은 꿈 같은 일이었다. 집에 들어서니 아들이 아주 오래 전에 한 말이 머리속을 스쳤다. 우리 모자는 멋지게 짓는 어느 분의 집을 지켜본 적이 있었다.

"아들아, 저런 집에서 살면 행복할 것 같다."

아들도 집을 바라보더니 조용한 목소리로 말했다.

"엄마, 걱정 마세요, 내가 저 집보다 더 크고 좋은 집을 지을 테니 두고 보세요."

그 소망이 이뤄진 것이다. 언덕 위 하얀집은 높아서 동네 전체가 한 눈에 들어왔다. 봄이 되면 개울가 뚝방에 심어 놓은 벚꽃이 장관을 이뤘다. 벚꽃이 만개할 때는 꽃 위에 앉아있는 착각을 일으키기도 했다. 봄바람이 심해서 낙화할 때는 허전하고, 심술부리는 바람이 야속했다.

올해도 봄은 왔다. 벚꽃은 선녀들이 하늘에서 내려와 우아하게 앉아 있는 모습처럼 아름답다. 바람이 불어 한 잎 두 잎 떨어지는 꽃잎은 쓸쓸하지만, 무더기로 떨어질 때는 하나님의 축복인 듯 장관을 이뤘다.

축복에 겨울날들을 그냥 보낼 수는 없었다. 나는 살아온 삶을 돌아보며 기쁨은 기쁨대로 슬픔은 슬픔대로 기록하여 남기고 싶어졌다. 소위 자전소설을 쓰는 것이었다. 그 결심은 대학노트 10권의 글을 쓰기에 이르렀다. 그 글을 내감양 껏 정리하였다.

02

나의 어린시절

 내가 살던 곳은 기차도 바다도 보지 못한 충북 진천군 이월면 작은 면소재지, 볼 수 있는 것은 하늘을 날아다니는 비행기뿐이었다. 부모님들은 설이며 추석 때는 음식을 많이 장만해서 어려운 이웃들에게 나누어 주었다. 그때는 밥을 굶는 어려운 사람들이 많았다. 내가 다섯 살쯤으로 기억된다. 우리는 식구가 많았고 단칸방에서 여러 형제가 잠을 잤다. 아버지는 6형제이며, 아버지 위로 누님 한 분이 계셨다. 나한테는 고모가 된다. 증조할아버지와 할아버지, 아버지까지 3대에 걸쳐 외아들이셨다. 아버지에게 엄마가 시집을 온 다음에 아버지의 형제는 5형제에서 6

형제로 늘었다. 말하자면 할머니가 낳으신 숙부와 나의 맏오빠가 동갑이다. 지금은 다들 세상을 떠나고 막내숙부만 살아 계신데, 정년 퇴직 후 지리산으로 들어가서 중이 되셨다.

아버지는 대지 3백여 평을 사서 집을 지었다. 우리동네에서는 정말 크고 좋은 집이었다. 집터 닦을 때 큰 바위만 한 돌을 밧줄에 매어 영차 영차 소리를 내면서 구슬픈 어조로 노래를 했다. 밧줄에 매인 돌을 여러 명이 들었다 놓았다 하며 흙을 다지는 것이었다. 집터를 다진 후, 기둥을 세우고 서까래를 걸쳐 상량식을 올렸다. 대들보에 실과 북어를 매달았다. 상량식날 큰 시루에 떡을 쪘는데 중간쯤이 노랗게 탔다. 솥에 물이 적었던 것이다. 동네 사람들이 많이 모여 막걸리와 고기, 떡을 먹으며 즐거워했다.

나는 걸핏하면 중이염 때문에 귀에 솜을 막고 다녔다. 귀 막는 게 창피해서 늘 머리로 귀를 가렸다. 솜으로 귀를 막지 않으면 고름이 얼굴까지 흘러내리곤 했는데 부모님은 내가 태어난 지 3일 만에 귀 아픈 사람이 들어와 부정을 타 고질병이 됐다고 하셨다. 나는 어려서부터 밥상 위에 고기가 없으면 밥을 먹지 않았다. 별명이 고기귀신.

8남매 중 셋째인 나를 유난히도 아버지가 예뻐하셨다. 아버지한테 칭찬받는 일이 즐거워 학교 갔다가 돌아오면

물고기를 잡으러 나갔다. 풀섶 도랑에 얼레미를 대고 발을 구르면 고기들이 얼레미 속으로 들어갔다. 송사리, 미꾸라지, 붕어, 모래무치 등을 통에 가득히 잡아오면 엄마는 잘 씻어 냄비에 넣고 울타리에 주렁주렁 달린 애호박을 따서 두툼두툼 썰고, 텃밭의 풋고추와 파, 마늘을 넣어 양념장으로 보글보글 끓였다. 저녁 밥상을 받은 아버지는 행복해 하셨다.

"오늘도 고기를 잡아 왔구나. 우리 딸 때문에 밥이 맛있겠는걸?"

초등학교 2학년 때였다. 우연히 다리가 붓기 시작하였다. 병원도 없었지만 딸이라는 이유로 병원을 데리고 가지 않았다. 어느 날 자다가 무언가 이상하여 눈을 떠보니 다리가 곪아서 터진 것이다. 부모님들은 올 것이 왔구나 하는 생각인 것 같았다. 날이 밝자 아버지는 날거미를 잡아 꽁지를 따 하얀 액체 같은 것을 상처 부위에 붙여주었다. 결과는 뻔했다. 그 상처로 인해 흉도 크게 있지만 가는 다리가 예쁘지 않아 짧은 치마는 못 입고 바지와 긴 치마만 입었다.

초등학교 4학년 때다. 학교 갔다 집에 오니 고기국 냄새가 진동했다. 큰 가마솥에는 선짓국이 끓고 있었다. 동네사람들과 나누어 먹으려고 많이 끓이신 것이다. 나는 먹고 싶었지만 망설였다.

'혹시 내가 죄를 지어 중이염으로 고생하는 건 아닐까? 이제라도 죄를 짓지 말자, 고기도 귀한 생명인데.'

이후 나는 어떠한 고기도 먹지 않았다. 엄마는 언니와 나에게만 일을 시켰다. 언니는 부엌일, 나는 집안 청소와 요강 닦는 일 그리고 아버지의 잔심부름을 도맡았다. 마루가 굉장히 넓고 컸다. 초가집이지만 4칸 대청마루를 엎드려 걸레질을 하려면 너무 힘들었다. 내가 생각한 것은 물을 대야에 떠서 마루에 훌훌 뿌리고 엎드려 걸레를 밀고 왔다 갔다 하는 것이다. 금방 끝이 날 것이라고 생각했는데 그 다음이 문제였다. 잠시 후, 물이 뿌려진 곳이 얼룩덜룩 세계지도 같고 마을을 그린 그림같기도 했다. 그걸 보신 엄마가 그냥 지나 칠 리 없었다.

"저년은 꾀만 늘어 일을 하라고 하면 제대로 하는 것이 없구나!"

나는 할 말이 없었다. 날씨가 추워지면 언니는 샘에서 물을 길어와 큰가마솥에 붓고 물을 데우고, 우리 식구가 그 물을 허드레 물로 쓴다. 언니는 불을 때면서 심심하니까 부지깽이로 부뚜막을 두드려 장단을 치며 노래를 불렀다.

우울려고 내가 왔던가 웃으려고 왔던가 / 비내리는 부둣가
에 이슬맞은 백일호옹~

"기생년이 될래? 사당년이 될래!"
　마실갔다 돌아온 엄마가 꾸중을 하셨다.
　8월 추석이 되었다. 언니와 나는 엄마가 미광당 인조로
검정 치마에 흰 저고리, 남색 끝동에 금박 무늬를 박은 천
으로 예쁜 옷을 만들어 주셨다. 입고 나가면 친구들이 부
러워했지만 나는 싫었다. 언니와 옷이 똑같으니까 쌍둥이
같았기 때문이다. 아래 동생들은 포풀린으로 옷을 지어
주었고, 추석때는 기지떡과 송편을 많이 만들어 거북이
놀이를 하는 놀이꾼이 오면 주었다. 수수깡으로 거북이를
만들고 옷도 해 입힌 놀이춤이다. 거북이 형상 속에 사람
이 들어가서 걸어다니면 거북이가 움직이는 것 같았다.
　지금은 문을 잠그고 사는 세상이지만 내가 어릴 때 아
버지는 일어나시면 제일먼저 복 들어 오라고 대문을 활짝
열었다. 봄이 되면서부터 논 가장자리에 물을 가득히 가
두어 놓은 것은 물이 필요할 때 논에 대는 것인데, 가을이
되어 벼를 벨 때, 얼레미를 휘두르면 새뱅이는 파닥파닥
뛰다가 많이 잡혔다. 민물새뱅이를 무청시래기와 지져 놓
으면 별미 중 별미다. 무청시래기는 검고 새뱅이는 빨개

진다. 입맛 당기는 반찬이다. 초등학교 다닐 때는 우와바리라는 교복이 있었다. 검정색에다 카라만 흰색으로 곁들인 교복이다. 입을 수 없는 학생들이 많았다. 대개의 학생들 옷은 치마저고리였다. 나도 초등학교 입학할 때 치마저고리를 입었다. 학교에서 돌아오면 돼지 먹을 풀을 낫으로 베어와서 하늘 문을 통하여 넣어 주었다. 돼지는 나쁘다는 건지 좋다는 건지 풀을 먹으며 꿀꿀 꿀꿀 말을 한다. 맛있게 먹는 돼지를 보며 내일은 풀을 더 많이 베어다 주겠다고 다짐했다.

내가 하는 일에 아버지는 만족하신 듯 용돈도 주셨다. 1환짜리 종이돈인데 빨간색이고 작다. 그때 1환이면 공책도 사고 연필과 껌도 샀다. 껌은 잘 때는 벽에 붙였다가 그 이튿날 다시 씹는다. 며칠을 두고 그 껌을 씹는다. 종이도 귀했다. 넓은 마분지를 사서 접어 실로 꿰매 공책으로 만들어 썼다. 사친회비를 내야 하기 때문에 돈이 없어서 초등학교를 다니지 못하는 아이들이 많았다.

초등학교를 졸업한 후에도 내 귀에서는 고름이 흘렀다. 친구과 어울리지도 못했다. 냄새 날까 봐 주머니 속에 늘 성냥개비와 솜을 가지고 다녔다.

엄마는 몸이 약해서 제대로 집안 일을 못하셨다. 부자집 딸로 태어난 엄마는 힘든 일을 못하여 다른 사람의 손을 빌려야 했다. 동네에 못사는 사람들이 우리집에 와서 빨래며 청소를 도와주었다. 밥만 먹여 주면 일을 했다. 일이 끝나고 집에 갈 때는 큰 양푼에 밥과 국을 주었다.

설이 돌아오면 우리집은 바빴다. 설 20일 전부터 큰 가마솥에 엿을 만들고 쌀을 튀기고 검정콩을 볶았다. 엿을 만들어 낸 솥을 휘저어 강정을 만든다. 그리고 흰콩과 쌀을 볶아 맷돌에 타서 고운 체로 쳐서 가루로 만든다. 검정깨도 볶는다. 설 1주일 전 대청소가 시작된다. 천장과 집 주위의 거미줄을 걷어내고 마루밑은 기어들어가 빗자루로 쓰레질을 한다. 섣달 그믐날 밤에 언니와 나는 다식을 만든다. 미리 준비한 콩가루, 쌀가루에 조청을 넣어 반죽을 한다. 손으로 동글동글 빚는다. 언니는 다식판에 넣어 찍고, 볶은 검정깨는 기름이 날때까지 절구에 빻아 조청과 섞어 다식을 만든다. 낮에는 녹두전과 산적, 나물 등으로 제사에 쓸 음식을 장만했는데, 그것은 언니의 몫이다. 엄마는 조금 거들어 준다. 정월 보름 하루 전에는 동네 사람들이 와서 절구에 쌀을 빻아 쌀가루를 만들었다. 떡방아는 아침부터 저녁까지 계속되었다. 떡은 큰시루 하나, 작은시루 하나, 더 작은 시루 하나, 세 시루를 쪘다. 제일 큰시루는 대청마루와 장독대로 옮겼다. 광, 변소를 촛불로 환하게 밝히고 1년 내내 집안에 아무 탈 없이 해달라고 절을 했다. 시루떡 위에는 정한수를 놓고 빌었다. 두번째 시루는 변소간 앞에 놓았다. 귀신 중에 변소간 귀신이 제일 무섭다. 변소 갔다가 넘어지면 죽지 않으면 병신이 된다. 세번째 시루떡은 지게에 지고 서낭당으로 간다. 우리집 종교는 잡신, 절에 가는 게 아니라 점쟁이 집을 다니셨다.

옆집의 복순이는 나의 단짝 친구다. 복순이와 나는 낫을 들고 풀을 베러 다녔다. 돼지먹이와 소먹이 풀을 날마다 베어 왔다. 풀이 바구니에 채워지면 아무도 보지 못하는 보리밭 속에 들어가 그윽한 보리 내음새를 맡으며 해가 지는 줄도 모르고 조잘거렸다. 풀피리도 만들어 불었다.

6학년 때다. 아버지가 술에 취해 들어오시자마자 부부 싸움을 했다. 아버지는 돈이 많았고 어느 과부댁하고 바람이 난 것이다. 엄마가 아버지를 밀쳤는데 '에구머니나, 나 죽겠네!' 하면서 쓰러졌고, 그 뒤로 아버지는 일어나지를 못하셨다. 엄마는 어린 시절 마마를 앓아 얼굴이 곰보였다. 그 곰보자국이 나는 친구들한테 창피했다. 내가 초등학교를 졸업하고 중학교 입학원서까지 써서 시험 볼 날이 며칠 남았는데 갑자기 아버지가 세상을 떠나셨다. 그 후로 우리집은 기울기 시작했다. 우리 8남매는 너무

어렸기 때문에 엄마 혼자는 힘이 드셨다. 언니와 나는 산에 올라가 나무를 해서 땔감으로 사용하였고, 봄이 오면 들로 산으로 다니면서 나물을 뜯어 반찬을 만들었다. 논두렁에는 미나리, 씀바귀, 돌미나리, 꽃다지, 국수댕이가 많았다. 바구니에 한가득 뜯어 오면 아침, 저녁 반찬이 풍성했다. 봄이면 산에는 제일 먼저 할미꽃이 피었다. 나뭇잎은 푸르고 새들은 여기저기 나뭇가지에 앉아 노래를 했다.

봄비가 한 차례 내리면 진달래꽃, 철쭉꽃 온통 산은 불붙은 듯했다. 산나물을 뜯어 올 때, 진달래꽃을 한아름 꺾는다. 소월의 시를 읊었다.

'나 보기가 역겨워 가실 때에는 죽어도 아니 눈물 흘리오리다'

소월의 시는 서정적이면서도 민초들의 한을 잘 표현했다. 가슴속 깊이 파고 드는 아쉬운 여운이 감미롭다. 일철이 되면 엄마를 따라 밭에서 김도 매고, 논에 가서 피도 뽑았다. 곡식이 익을 때는 새를 쫓는 것이 일과였다. 놀이에 팔려 새를 쫓지 않으면 새들이 나락을 다 쪼아먹어 혼날 때가 있다. 도리깨로 보리를 두들기기도 했다. 보리짚에 빨강, 노랑, 초록으로 물을 들여 여치집을 만들어 대청마루에 걸고 여치를 잡아 넣었다. 가을이 오면 들은 황금물결을 이룬다. 나는 그 물결을 헤치고 뛰어다니며 메뚜기를 잡았다. 높고 푸른 하늘엔 하얀 뭉게구름이 솜처럼 부드럽게 둥실둥실 떠 다녔다. 구름을 타고 어디론가 멀리 가고 싶은 충동이 일었다. 아무도 없는 나 혼자만의 세상이 그리웠다. 들판에 누워 하늘을 보면 파란 하늘이 끝이 없다. 그 하늘엔 고추잠자리가 자유롭게 날고, 그 잠자리를 잡으려고 제비들은 휘익 포물선을 그으며 날았다. 나는 들국화며 구절초 꽃을 좋아했다. 그 연보라빛의 청순함 때문이다. 찬서리가 올 때까지 견디는 대견함도 돋보인다.

시골에서 뛰어놀던 기억이며 중학생의 꿈을 포기하고 엄마를 따라 농사일을 돕던 기억이 가끔 떠오르면 허전하다. 밤으로 석유등잔 불 밑에서 내 생각대로 한문 공부를 열심히 했다. 우리집에는 안방과 윗방이 있다. 안방은 동생들하고 엄마가 자는 방이고 윗방은 언니와 내가 잠을 잤다. 엄마한테 혼날까 두려워 안방과 윗방으로 통하는 문을 담요로 가리었다. 불빛이 새어 나가면 엄마에게 혼이 났기 때문이다. 어느 날이었다. 공부를 하고 있는데, 엄마한테 들키고 말았다.

"여자가 공부해서 뭣에 써 먹을려고!"

석유 사려면 돈이 들어간다고 하셨다. 나는 소리없이 눈물만 흘렸다.

03
두 아들의 엄마

나는 늘 외톨이였다. 중이염으로 냄새가 풍길까봐 혼자 있는 게 습관처럼 되었다. 오늘도 혼자 냇가에서 시간을 보냈다. 돌로 집을 짓고 담을 쌓았다. 납작한 돌로 방 구들을 놓고 풀을 뜯어 반찬을 만들었다. 돌을 빻아 밥을 짓고 일어나는데, 돌에 피가 묻어 있고, 다리로 계속 흘러내렸다. 폐병이 아닐까? 냇물에 씻어도 피는 계속 흘렀다. 난 이제 죽을 거야. 그것도 남들이 싫어하는 폐병으로. 해가 서산으로 넘어갔다. 저녁 오렌지 노을을 바라보니 울컥 서러웠다. 힘없이 집으로 돌아왔다.

"언니. 나 이제 죽으려나 봐."

"왜 그러니?"

나는 우물쭈물 하다가 그냥 울어버렸다.

"괜찮아 차근차근 말해봐. 말을 해야 알지."

나는 울면서 오늘 냇가에서 있었던 일을 말했다.

"그건 죽는 병이 아니야. 여자란 성숙해지면 다 겪는 병이거든."

언니는 급하게 치마 폭을 뜯어 잘 접어서 주었다. 언니 타이름에 진정할 수 있었다.

"며칠만 지나면 괜찮아. 걱정하지 마. 빨래는 아무도 보지 않는 곳에 널어."

나는 언니가 빨아 널어 놓는 그 빨래를 한 번도 본적이 없다.

나는 미용기술을 배우기 위해 아는 언니 소개로 미장원에 나가 심부름을 했다. 열심히 배웠다. 1965년 8월 30일, 1년 만에 미용사 자격시험에 합격했다. 시험은 청주 도청에서 실시했는데 사람들이 얼마나 많이 모였는지 몸을 움직일 수도 걸음을 뗄 수도 없었다.

스무 살에 가게를 얻었다. '향촌미장원' 이라는 이름으로 간판을 걸었다. 조그마한 시골 면소재지에 미장원이 세군데나 있었다. 1년이 지났다. 내가 경영하는 미장원은 단골손님이 늘기 시작했다. 다른 미장원 두 곳은 문을 닫고 내가 운영하는 미장원이 독점을 했다. 미장원 손님 중에 교회 다니는 집사님 한 분이 있었다. 그 분은 미장원에 올 때마다 교회에 나오기를 권했지만 들은 척도 하지 않았다. 교회 다니는 사람들은 전부 바보같이 보였고, 시간 낭비라고 생각했다. 교회 가는 시간에 돈을 벌면 얼마나 많이 벌 터인데……. 하루 미장원 문을 닫는 것은 생각조차 하기 싫었다.

어느 날이었다. 교회 종소리에 가슴이 두근두근 설레었다. 이유를 알 수 없었다. 지금도 잘 모른다. 우리집 바로 옆에 교회가 있었다. 그 무렵 교회 다니시는 박 장로님은 동네에서도 이름난 구두쇠였다. 동네 사람들한테 손가락질 받는 분이었다. 장로님이 들에서 식사할 때도 사람이 지나가면 "나 밥먹소." 할 뿐 같이 식사하자는 말 한 마디 않는다며 동네 아저씨들이 모여 앉기만 하면 박 장로님 흉을 보았다.

아버지가 돌아가신 후. 어느 날이었다. 마른 하늘의 날벼락처럼 땅임자가 나타나 우리 땅을 달라는 것이었다. 자기네가 땅문서가 있으니 자기네 땅이라고 우겼다. 우리는 너무나 어이가 없고 황당하였다. 아버지가 땅을 매입하고 갑자기 돌아가시면서 등기 이전을 하지 않았던 것이다. 보증인은 있었으나, 법에서는 땅문서 있는 쪽이 우선이었다. 보증인도 필요 없었다. 이기고 지고 하면서 재판은 6년을 끌었다. 결국 우리가 패소하고 많은 논과 밭 전부 날아가버렸다. 이긴 편에 6년 간의 재판 비용을 우리가 전부 보상했다. 그때부터 나는 가장 아닌 가장이 되었다.

오빠는 직장 없이 허송세월만 했는데, 부산 사는 친구로부터 연락이 왔다. 배를 타면 돈을 많이 벌 수 있다고 하여 오빠는 기울어진 가정을 다시 일으켜 세우겠다고 부산으로 갔다. 언니는 결혼을 했기 때문에 동생들을 내가 돌보지 않으면 안 되었다. 나는 배가 고파도 빵 한 조각 사 먹지 않고 견디었다. 돈이 어느 정도 모이면 어김없이 부산에 있는 오빠한테서 편지가 왔다. 배타기 전까지 돈을 보내주면 나중에 돈을 벌어 갚겠다고 했다. 3만 원을 모으려면 두서너 달은 걸렸다. 파마 5십 원, 고데는 10원인데 동생들 학비에 보태고 학용품 사고, 집에 생활비를 쓰고 나면 한 달에 모을 수 있는 돈은 얼마 되지 않았다.

오빠는 용돈이 떨어질 때마다 연락을 했고 나는 그 돈을 부쳤다. 그 무렵 엄마는 재산을 몽땅 잃고는 술과 담배로 세월을 보내셨다. 엄마는 화가 날 때마다 우리 자매들을 들볶았다. 입에 담지 못할 욕을 하기 시작했고, 술주정을 했다. 열다섯 살, 열일곱 살 된 두 여동생은 엄마 등살에 못견디어 부산 오빠를 찾아 가출을 했다. 그 뒤 엄마는 동생들을 내가 빼돌렸다고 야단을 쳤다. 나는 바쁘고 고되었다. 손님이 많아서 진종일 굶고 일을 해도 엄마는 물 한 모금 갖다주는 일이 없었다. 미장원에 와도 집에 있는 동생들 밥 해서 먹이지 않는다고, 손님이 있어도 함부로 막말을 했다.

나는 건강검진에서 결핵이라는 판정을 받았다. 6개월에 한 번씩 검진 결과 엑스레이에서 발견되었다. 약을 2년간 복용 후 완치되었다. 미장원에 손님이 없을 때는 동생들 양말을 꿰매주었다.

부산으로 간 오빠는 용돈이 떨어질 때마다 여전히 돈을 보내 달라는 편지를 보내왔다.

"네 년 돈 안 떼어 먹으니 빨리 부쳐 줘. 객지에서 고생하는 오빠 생각해 봐라."

엄마 말이 야속했다. 울며 겨자 먹는 식이었다.

"저 년은 인정머리가 없어. 집 팔면 갚아 주면 되잖아!"

34년 후. 오빠는 집을 팔았다고 100만 원을 주었다. 내가 오빠한테 돈을 보낼 때 쌀 한 가마에 3,000원이었다. 쌀 한 가마를 꾸어 먹으면 이자로 다섯말을 더 얹어 줄 때다. 엄마는 돌아가실 때 아무런 말을 하지 않았다. 나는 100만 원으로 가죽 점퍼 3벌을 샀다. 하나는 오빠를 주고 또 하나는 괴산 사는 동생의 남편 태수 아빠, 또 하나는 우리 상신이를 주었다.

3만 원을 부쳐주려면 나 먹는 것도 아껴야 한다. 나중에 알고 보니 나한테 가져간 돈으로 오빠친구가 오빠를 속이고 대신 배를 탄 것이다. 나는 틈을 내어 텃밭에 상추, 옥수수, 아욱, 열무 등 채소를 심었다. 밭 가장자리엔 꽃을 많이 심었다. 우리집에 오는 사람마다 환한 얼굴로 꽃을 보며 즐거워했다. 5월이 오면 목단꽃이 피었고, 여름엔 장미가 만발했다. 백합꽃이 흰 눈처럼 피었다. 백합 향기는 마당에서부터 방안 가득했다.

미장원은 생각보다 잘 되었다. 설이나 추석 때는 일이 바빠서 미장원에 못 오는 사람들이 있어, 방문 파마를 해주기도 했다. 이렁거리, 관짐이, 턱골, 홍깨, 그녀골, 오양산, 독짐이 등, 산간마을로 들어가 아줌마들 파마를 했다. 어떤 젊은 새댁은 시어머니가 무서워 몰래 파마를 하고 수건을 뒤집어 쓰기도 했다. 동네에 들어가면 20명, 30명씩 기다리기도 했다. 의자가 없어 나는 모말 위에 앉아서 파마를 말면 아줌마들은 방바닥에 앉는다. 손가락에서 피가 났다. 손에 끼는 장갑이 없었다. 모말은 쌀을 되어서 파는 것으로 쌀, 한 말 두 말 분량을 가늠했다.

나는 집안 살림을 하면서도 친구들끼리는 재미있는 일

들이 많았다. 우리 친구들은 학교 선후배 사이였다. 호호하하 웃는 얼굴들은 금방 피어난 5월의 장미꽃처럼 예쁘기만 했다. 절토골 사는 정옥이는 월남전에서 싸우는 월남용사와 펜팔이 오고 갔다. 우리는 모이면 정옥이의 펜팔 이야기에 빠져 들곤했다. 가끔씩 달콤한 연애편지도 우리들한테 공개적으로 읽어주었다. 오양산 사는 상옥이는 중매가 오고 갔다. 신랑감은 진천에서 부모님들과 함께 포목장사를 하는 상인이었으며 장남이었다. 신랑 이름은 민문부. 우리들은 상옥이를 만나면 문부에 이름적고 옷감 사면 싸게 해줄래? 라고 농담도 했다. 내가 미장원을 경영할 때 상옥이는 길 건너 맞은편에서 편물점을 운영했다. 우리는 농담으로 우리가 결혼하면 사돈맺자고 했고 상옥이와 나는 서로 사돈, 사돈 했다. 중부께 사는 남수도 이기죽이기죽 농담을 잘 했다. 내가 먼저 제안했다.

"우리, 약혼하는 순서대로 한 턱 내면 어떨까?"

모두 찬성했다. 오양산 사는 상옥이가 약혼을 제일 먼저 했다. 마침 여름이라 상옥이는 수박을 샀다. 우리 일행 아홉 명은 수박을 안고 춘재네 집으로 갔다. 수박을 쪼개들고도 우리는 웃느라고 먹지를 못했다. 중부께 사는 남수가 짓궂게 장난을 먼저 했다. 남수는 수박 바가지를 만들어 상옥이 머리에 씌웠다.

"상옥아 네가 제일 먼저 약혼한 벌이야."

남수는 웃으면서 말했다. 상옥이는 물이 뚝뚝 떨어지는 수박모자를 쓰고 웃느라고 정신이 없다. 예쁘게 입고 나온 옷은 수박물로 젖어내렸다. 금방 흰 블라우스가 분홍색으로 바뀌었다. 우리 아홉 명은 상옥이를 축하하는 의미에서 수박모자를 쓴 상옥이에게 박수를 쳤다. 다음은 절토골에 사는 정옥이 차례였다. 정옥이는 과수원으로 우리를 초대했다. 과수원에서 복숭아를 사가지고 저수지 뚝방으로 갔다. 저녁 바람이 물가에선 추웠다. 달빛이 비치는 저수지 물은 바람이 불 때마다 찰랑찰랑 소리를 내었다. 높이 떠 있던 달도 우리가 올 때는 건너편 산 중턱에 기울고 있었다. 싱검쟁이 남수가 말했다.

"우리 뜀뛰기 할까?"

우리 일행은 찬성을 했다. 구령에 맞춰 일렬로 섰다.

"땅!"

남수의 구령이 떨어지자, 우리 아홉 명은 후다닥 뛰었다. 뛰는 소리가 얼마나 요란스러운지 뛰면서도 웃음이 나왔다. 팬티가 젖도록 찔끔찔끔 오줌이 나왔다. 동네 개들이 놀라 요란스럽게 짖었다. 그 소리가 음산하게 밤하늘에 퍼졌다. 다음 타자는 논실에 사는 경자다. 경자는 유명한 가수 신승훈 고모다. 경자는 우리를 과수원 원두막

언덕 위 하얀집

으로 안내했다. 길가엔 금방 팬 벼 이삭이 연두빛 은물결을 이루었다.

'내가 시인이라면 멋진 시를 쓸 텐데.'

그리움과 아쉬움만 남았다.

"오늘은 내 날이니까 재미있게 놀자, 빨리 올라가자."

경자가 정한 장소는 원두막이었다. 우리 아홉 명이 원두막에 올라가니 원두막이 흔들거렸다. 나는 무서움을 타고 내려왔다. 원두막에서 장난을 치며 하하 호호 야단 법석을 떨 때, 쿵 소리와 함께 뚱뚱한 정옥이가 원두막에서 떨어졌다. 아얏! 하는 비명소리가 났지만 우리들은 배꼽을 잡고 웃었다. 정옥이는 덩치도 컸고 마음씨가 온순했다. 크게 다친 곳이 없어서 다행이었다. 스뜬말 사는 종순이 차례다. 종순이는 맛있는 포도를 샀다. 우리 일행은 냇가로 갔다. 흐르는 개울물에 발을 담그고 앉아 꿈 많은 이야기를 했다. 내 차례가 오지 않았어도 내가 경영하는 미장원으로 정했다. 저녁때 모였기 때문에 나는 자장면을 중국집에서 주문해 맛있게 먹었다.

나도 짓궂게 장난을 쳤다. 연애편지 한 장을 똑같이 여러 장을 써서 우표를 붙여 각 기관 공무원 총각들에게 보냈다. 몇 월, 며칠, 몇 시, 장소까지 똑같이 써서 각자 한 통씩 보내면 그 날짜에 총각들은 전부 한자리에 모인다.

우리 일행은 지나가는 길 옆 뽕나무 밭에 숨어서 지켜보았다. 한 사람씩 약속장소로 가는 것을 보고는 뒤따라 가면 그들은 서성거렸다. 우리는 우연히 만난 것처럼 인사를 하고 재미있게 놀다 헤어졌다. 결국 들통이 났다.

세월 따라 친구들은 결혼을 했다. 맨 마지막까지 남은 건 나 혼자 뿐이다. 엄마의 히스테리는 날로 더했다. 엄마의 잔소리도 지겨웠다. 때로는 엄마를 떠나 다른 곳에서 살고 싶은 충동이 일었다. 집 살림을 도맡아 했어도, 명절 때마다 동생들 새 옷을 사주어도 고맙다는 말 한마디 안하고, 당연히 하는 걸로 아는 엄마가 싫어졌다. 동생 잇몸이 보기 흉하여 치과에 가서 대수술을 했지만 엄마는 모르는 체 했다. 아무리 자식이지만 그래도 부모라면 한마디 말은 해야 되지 않을까? 엄마, 당신이 해야 할 몫을 딸이 다 하였건만 너무 무심한 엄마인 것 같았다. 10환이면 호떡 2개를 사 먹을 수 있었다. 배가 고파도 참았다. 옛날부터 밀짚모자 쓰고 돈 벌면 나까오리 쓴 사람이 가져 갔다는 말이 있다. 돈 버는 사람 따로, 쓰는 사람 따로. 엄마 그늘에서 벗어나고 싶은 마음이 하루에도 여러 번.

어느 날 중매가 들어 왔다. 선을 보았다. 마음에 들지 않았지만 결혼을 했다. 중매쟁이 말로는 양반집안에 부모님들은 시골에서 농사를 짓고, 본인은 많은 돈을 저축을 했기 때문에 살아가는 데는 걱정이 없다고 했다.

　스물일곱 살 되던 해 11월. 결혼을 했다. 그날은 날씨가 좋지 않았다. 안개가 앞이 보이지 않을 정도로 끼었고, 구름 덮인 하늘은 음산하기까지 했다. 유난히 추웠다. 나의 삶은 지금부터 시작이었다. 작은 산을 넘었는가 했더니 더 큰 산이 다가와 있었다. 평탄하지 못한 결혼생활, 중매쟁이 말과는 달랐다. 터무니없는 거짓말들이었다. 집도 땅도 없었다. 남의 집이었다. 어처구니 없는 현실에서 나의 허전한 마음을 채울 길이 없었다. 도망을 칠까. 여러번 생각했다.

　반찬 값이라도 벌어야 했으므로 무허가로 동네사람들 파마를 하기 시작했다. 단속 때문에 오래하지를 못했다. 남편은 버스운전을 했다. 한달 월급 20만 원. 칠남매의 맏이였다. 나는 갈팡질팡했다. 방 한 칸 얻을 돈이 없어서 처음 살림집을 차린 것은 사촌 형님 댁 사랑채였다. 의사 집안이었다. 부유했다. 나는 식모살이와 같았다. 집안 청소도 하고 부엌일도 거들어 주어야만 했다. 부엌을 같이 사용해서 불편했다. 사촌형수의 친정은 나와 같은 면이지만 좀 떨어진 산골이었다. 엄마 말로는 옛날 쌍놈들의 가마꾼 집 딸이라고 했다. 형수가 친정만 갔다 오면 내가 하지 않은 말들을 나의 남편에게 했다. 나는 친정 말 시집에 안하고 시집 말 친정에 하지 않았다. 그런데 내가 시집 얘기들을 친정집에 가서 했다는 것이다. 기가 막혔다. 큰아이 임신중이었다. 형수 말만 듣고 화풀이 하는 남편이 미워 도망갈까 생각도 했다. 며칠 후, 남편은 어떤 생각을 했는지 잘 못 했다고 사과를 했다. 친정에 가서 알아보았다.

"시집식구와 한 집에 살면 많이 불편한 거네."

엄마가 형수한테 충고의 말을 했던 것이다. 내가 하지 않은 말을 엄마 혼자 생각으로 했던 것이다. 형님 댁에 살다 보면 자주 싸울 것 같아서 방을 얻어 따로 이사를 했다. 결혼한 지 1년 후, 첫 아이를 낳았다. 그 무렵 남편은 차를 사고 싶어 했다. 혼자의 힘으로는 불가능 했다. 큰댁 조카가 일부 보태고 패물과 나의 지참금, 친정동네 지인들 한테 이자돈을 빌려서 버스를 샀다. 한 달에 나가는 이자가 적지 않았다.

시집은 불교집안이었다. 매월 초 사흘이면 떡을 해놓고 빌었다. 시어머니를 따라 절에 가서 불공도 드리고 일이 잘 안되면 무당집에 가서 점도 봤다. 점쟁이가 굿을 하면 잘 된다고 하여 많은 돈을 들여 굿도 했다. 버스에 고사도 지냈다. 사업은 그런대로 잘 되어 직행버스 한 대를 더 사서 버스가 두 대가 되었다. 남편은 남을 두느니 집안 식구들끼리 하자고 했다. 집에서 노는 둘째 시동생과 시누이가 같이 일을 했다. 시누이는 버스차장, 시동생은 조수직을 맡았다. 식구가 늘어 방 하나에 다섯 식구가 살기엔 비좁았다. 잠을 잘 때는 발을 뻗을 수도 오무릴 수도 없었다. 돈을 빌려 방 세 개 짜리 전세를 얻어 방 하나는 세주고 둘은 우리가 썼다.

셋째 시동생이 학교 진학할 때가 되었지만 남편은 학교를 보낼 수 없다고 했다. 빚이 많은데 어떻게 학교를 보내느냐는 것이다. 나는 남편을 설득했다. 셋째만은 학교를 보내자고, 돈이 없을수록 공부는 해야 한다고. 집안에 배운 사람이 한 사람이라도 있어야 한다고 우겼다. 청주상고에 진학을 했다. 사업은 평탄하지 않았다. 남편은 점쟁이 집을 또 찾아갔다. 이번에는 화가 아들한테 갔다. 아들이 사업에 방해를 한다는 것이다. 한심했다. 사고가 나도 보험처리가 없을 때였다. 기사가 사고를 내는가 하면 남편도 사고를 내고 사고가 나면 어린 아들과 나를 탓했다. 차는 연속적으로 고장나고 현상유지도 힘들었다. 차주끼리 어울리면 노름과 술로 세월을 보냈다. 고스톱을 친다고 했다. 나는 고스톱이 노름인지 몰랐다. 시골 부모님이며 시동생, 시누이는 차가 두 대나 있으니까 내가 돈을 잘 쓰는 것으로 알고 있었다. 한 달이 지날 때마다 빌린 돈

이자를 주는 것도 힘들었다. 학교에 다니는 시동생은 도시락 반찬이 맘에 안들면 가지고 가지 않았다. 형이 집에 없을 때는 주먹으로 벽을 때리기가 일쑤였고, 입에 담지 못할 욕을 했다. 내가 집을 비우는 날이면 부엌에서부터 장롱까지 뒤져서 엉망진창으로 해놓았다. 시동생이 미웠지만 밤이면 연탄불을 잊지 않고 갈아 넣어 주었다.

어느 추운 날. 그날도 연탄불을 확인했고, 추울까봐 불 구멍도 많이 열어 놓았다. 방이 추워서 나가보니 불을 안 넣어 주었다는 것이다. 알고보니 세를 준 새댁이 자기네 불이 꺼져서 밤에 불을 빼어 간 것이다. 큰애 돌이 막 지났을 무렵 삼촌한테 가라고 하면 아이가 자지러지며 가지를 않았다. 이번에는 열쇠로 방문을 잠그고 아이를 업고 시내 아는 집에 빌린 돈을 갚으려고 갔다 오니, 방문은 열렸고 전부 뒤져서 엉망으로 해 놓았다. 맥이 풀렸다. 집만 비우면 뒤지는 것은 예사다.

며칠에 한 번씩 들어오는 남편한데 말할 수도 없었다. 나는 약국에 가서 안정제를 사다 먹고 진정했다. 우울한 날들이었다. 남편은 어느날 화가 잔뜩난 얼굴로 집에 들어왔다.

"왜 화가 났어요?"

내가 물었다.

"팔자 센 여자가 들어와서 하는 사업에 방해를 한다는 군. 교회다니는 집안의 여자가 들어왔기 때문에 사업에 방해가 된단 말이야. 게다가 낳아서는 안 되는 아들을 낳아서 그렇대!"

친정집에서는 오빠만 교회를 다니고 다른 형제들은 교회를 다니지 않았다. 남편은 술과 도박, 외박하는 날들이 늘었다. 이따금 들어온 남편은 나한테 욕설을 퍼부었다. 어처구니가 없어 할 말을 잃었다. 3개월이 흘렀다. 나는 시간이 갈수록 의욕을 잃었다. 더 이상 살고 싶은 생각도 없고, 그렇다고 하나님, 부처님같이 인자하고 자비롭게 배려하고, 이해하고, 오래 참고, 기다리고 싶지도 않았다.

막내 임신 중이었다. 시누이와 시동생 부딪히는 것도 힘든데, 남편까지 힘들게 했다. 친정집으로 가기로 결심하고 더 이상 살 수가 없다는 말을 했다. 남편은 망설임도 없이 선뜻 나의 말을 들어주었다.

'그래 난 팔자가 드세니까 내가 없으면 잘 되겠지.'

결혼한 지 36개월 만이었다. 친정도 내가 마음 놓고 살 집은 아니었다. 부산으로 간 오빠는 배도 못 타고 집에 와서 놀고 있었다. 나는 남의 돈을 빌려 미장원을 차렸다. 그런데 생각보다 손님이 없었다. 그래도 전에 단골손님이 많이 있었던 덕분에 큰 돈은 벌지 못해도 밥은 먹고 살 수가 있었다. 친정으로 오던 이듬해 4월에 작은 아이를 낳았다. 집에서 친정어머니의 도움으로 출산을 했다. 우리 모자는 건강했다. 아이를 낳은 지 3일만에 회사로 전화를 했다.

"둘째도 아들이예요."

전화를 받은 남편은 "난 모르오, 내 자식이 아니요." 라고 단호하게 말했다. 순간 방안이 노래지면서 현기증이 났다. 몸이 떨렸다. 나는 입맛을 잃었다. 밥을 먹을 수가 없었다. 일주일 후, 남편의 회사 동료 직원으로부터 다급한 전화가 왔다. 빨리 오라는 것이다. 나는 어린아이를 안고 먹지도 못한 채 달려갔다. 너무나 큰일이 벌어졌다. 남편은 나를 친정으로 보내놓고 다른 여자와 살림을 차렸다. 차는 차대로 남의 손에 넘어가고 아무것도 없었다. 남편은 이미 정신이 나간 사람이었다. 사람도 몰라보고 헛소리만 했다. 남편을 대전정신병원에 입원시킨 뒤 젖먹이 아이와 네살바기 큰아들과 함께 시댁 시골집에서 살게 되었다. 시골집이라야 남의 집이고 농사지을 논밭도 없었다. 부모님들은 멀쩡한 사람 병원에 입원시켰다고 억지말을 했다. 입원 3개월 후 퇴원했다.

시골에서 부모님과 생활했다. 병원에서는 퇴원하면 안된다고 했지만 부모님 말씀을 따를 수밖에 없었다. 집에 온 남편은 아이들은 거들떠 보지도 않고 전에 같이 살던 여자만 찾았다. 어서 데려 오라는 것이다. 나는 다시 점쟁이 집을 찾아 나섰다. 용하다는 점쟁이 집은 다 찾아 다녔지만 시원한 대답은 하나도 없었다. 점쟁이 집을 찾아 다니다가 지갑을 분실했다. 지갑은 며칠 뒤 연락이 왔다. 청주 석교초등학교 교장선생님의 사위라고 했다. 지갑의 돈도 그대로 있었다. 성의를 표하였는데 그 분은 한사코 받지 않았다. 내가 너무나도 초라해 보였던 것 같았다. 이번에는 마지막이야 하면서 나는 다시 점쟁이 집을 찾아갔다. 청천에 살아 있는 인부처가 있다고 하여 그곳을 어린아이를 업고 찾아갔다. 무더운 여름철이라 어린아이는 등허리에서 울었다. 어린아이도 더워서 힘이 든 모양이었다. 집에서는 일찍 떠났지만 오후 2시쯤 도착했다. 복채를 놓고 점을 보니 산소 자리가 잘못 들었다고 했다. 점을 보고 나오니 해가 뉘엿뉘엿 지고 있었다. 산기슭을 정신없이 내려오다 풀섶에 주저앉고 말았다. 마음도 몸도 지쳐 힘이 없었다. 하나님도 나의 마음을 아시는지 바람이 불더니 금새 하늘이 먹장같이 검어지며 금방이라도 내려앉을 듯 하늘이 무거워졌다. 내 마음 밑바닥에 가라앉은 앙금과 같았다. 언덕 밑 건너편에는 저녁을 짓는 연기가 집집마다 모락모락 피어 올랐다.

나는 풀밭에 앉아 아이에게 젖을 먹였다. 평화롭게 바라보이는 건너편 마을에 사는 사람들이 부러웠다. 저곳에 사는 사람들은 얼마나 행복할까. 나도 저들처럼 논과 밭이 있었으면……. 무거운 발걸음으로 집에 왔을 때는 어두운 밤이었다. 시부모님께 말씀을 드렸다. 즉시 날을 받아 이장을 했다. 낮에는 큰댁과 작은집을 다니면서 담배 조리를 했다. 뜨거운 여름이 지나고 선선한 초가을 바람이 불었다. 밤마다 귀뚜라미가 울었다. 나는 아이를 업고 밖으로 나왔다. 달은 높게 떠 있고 낮과 같이 밝은 밤이었다. 벼이삭은 초가을 바람에 살랑살랑 흔들리며 은물결처럼 반짝였다.

'너는 바보야. 정말 바보야. 여기서 어떻게 살려고 하니. 제발 정신좀 차려라.'

마음 속 깊은 곳에서 소리를 쳤다. 고요한 밤 인적 없는 평화로운 밤, 건너편 마을에서 이따금씩 컹컹 개 짖는 소리만 들려왔다. 앞에도 산, 뒤에도 산 희미하게 들려오는 것은 앞 개울에서 졸졸 흐르는 물소리와 귀뚜라미 소리뿐이다. 밤이 깊자 산에서 부스럭 소리가 들렸다. 그래도 무섭지 않았다.

'달님 별님 어떻게 살아야 할까요? 아직 아이들은 어려서 어떻게 키우고요. 달님 별님 아시잖아요. 집도 없고 논

도 없고 밭도 없어요.'

동네 사람들이 음성군 무극면 생극에 요양원이 있다고 하여 남편을 요양원에 입원시킨 후 한 달만에 연락이 왔다. 입원비를 요구했다. 원장님한테 한 달치 3만 원을 주었다.

"원장님, 제가 돈이 없어요. 다른 가족이 와서 요양비 드리면 지금 제가 지불한 돈을 저한테 환불해 주세요. 아이가 둘이 있어요."

기다렸지만 원장님은 돈을 돌려주지 않았다.

나는 시부모님께 말씀드렸다.

"저는 여기서 살 수 없으니까 친정집으로 가겠습니다."

"그래, 너를 붙잡을 수도 없구나. 마음대로 해라."

큰집 큰어머님도 작은집 작은어머님도 나보고 "자넨 어떻게 살텐가, 여기서도 도저히 살 수 없을 것 같으네. 잘 생각해 보고 결정하게. 아무리 생각하여도 자네가 불쌍하고 안됐지만 우리도 도울 수가 없네" 하셨다. 이튿날 짐을 쌌다. 작은아이는 업고 큰아이는 걸려서 친정집으로 향했다. 3개월 만에 다시 시집을 떠나는 셈이었다. 큰아이는 다리가 아프다고 울며 투정을 부렸다.

다리가 아프면 쉬고 다시 걸어 충북 진천 초평면 시댁을 떠나 버스를 타고 이월면 친정에 당도한 것은 해질 무렵이었다. 긴장이 풀린 탓인지 먹을 수도 숨을 쉴 수도 없이 몸이 아팠다. 한약국에 가니까 산후 요독이라고 하였다. 한 달을 일어나지도 못하고 누워지냈다. 약을 먹고 차츰 기력을 회복했고 정신이 들었을 때는 긴 잠에서 깨어난 듯 멍청했다.

4~5개월 문을 닫은 미장원은 손님이 없을 수밖에. 손님도 없지만 의욕과 기력을 되찾을 수 가 없었다. 영업은 하지 않아도 집세를 주어야 하고 밀린 월세를 공제하니 보증금에서 찾을 돈은 없었다.

친정엄마와 여동생을 믿고 행상을 하기로 했다. 서울 동대문에서 옷을 도매로 떼어다가 보따리장사를 했지만 잘 되지 않았다. 작은아이는 젖을 먹어야 하기 때문에 업고 다녔다. 친정살이에다 행상까지 한다는 것이 부끄러워 동네 어귀에서 마을로 들어서지 못하고 산등성이에 앉았다가 해가 지기도 했다. 진천에서 옷장사 하는 친구를 찾아가 메리야스와 팬티 몇 벌을 도매로 받아왔지만 소매가격으로 주었기 때문에 팔 수가 없었다. 그 친구는 부자였다. 패씸했다. 그 친구를 찾아간 것이 후회되었다. 미장원 할 때 앞에서 편물을 하던 상옥이다. 장난으로 사돈 사돈 하던 친구다. 옷장사를 더 이상 할 수가 없을 때 집안 어르신 말씀을 듣고 보약장사를 시작했다. 보약은 청주에 있는 감초당한약국에서 도매로 가져왔다. 용기백배하여 찾아다닌 곳은 미장원할 때 단골 손님들이 사는 동네였다. 동네 들어가는 길목에는 코스모스가 웃으며 반겼다.

나는 "계세요!" 하고 외쳤지만 목소리가 입에서 맴돌 뿐 입 밖으로 나오지는 않았다. 나는 다시 힘을 주어 "계세요!" 힘껏 불렀건만 말 소리가 작았는지 대답이 없다. 또 다시 "계세요!" 했을 때 방문이 열리며 아주머니는 깜짝 놀랐다.

"아. 아니 미용사잖아, 어쩌다 이런 장사를 하는 거야. 어서 들어와요"

아주머니는 나를 반기었다. 때가 되면 밥을 주는가 하면 추울 때는 따뜻한 아랫목을 내주었다. 아침에 장사를 나가면 허기진 배를 물로 채우기도 하고 남의 밭에 무를 뽑아 먹고, 산딸기도 따먹고 도토리도 주워 먹었다. 가을엔 그래도 배고프면 산에 올라가 따먹을 열매도 있었다. 어른들은 혀를 차며 "젊은 새댁이 어린아이 둘을 어떻게 키울려고 하노." 하시면서 마땅한 재취 자리가 있으니 재혼을 하라고 권하신다. 반짝거리는 아이들 눈을 볼 때 살아도 같이 살고 죽어도 같이 죽자, 나는 속으로 결심했다. 어느 날 장사를 나갔다가 집에 오니 다섯 살바기 상신이가 엄마한테 달려와 손을 잡아 끌어 뒤뜰로 가자고 했다.

"엄마, 엄마, 내가 말 할 거 있어."

"무언대?"

상신이는 손을 잡아끈다.

"말로 하라니까."

"이것 비밀이야. 이모한테 말하지 마. 이모한테 말하면 혼나거든?"

"왜 혼날까? 상신이가 잘못한 거 많은가 본데?"

"아니야. 아까 밥할 때 이모가 더러운 물로 끓였거든. 내가 봤거든?"

저녁상에 올라온 것은 뜨물로 끓인 된장국이었다. 다섯 살 나이에 무얼 안다고 그렇게 말을 할까. 상신이가 좀 컸다는 생각이 들었다. 큰아이가 감기에 걸려 칭얼거렸다. 눈치를 보니 엄마가 장사를 안 갔으면 하는 눈치였다. 아픈 아이를 두고 장사를 나가는 나도 마음이 편하지는 않았다. 저녁때 집에 오니 아이는 아침보다 더 많이 아팠다. 고열로 몸이 불덩이고 입이 마르는지 자꾸 물만 달라고 한다. 약국에서 약을 사다 뚜껑을 열 때 잘못하여 약물이 앉아있는 아들한테 떨어졌다. 아들은 으악 소리를 지르더니 그만 경기를 했다. 차마 눈으로 볼 수가 없었다. 두 주먹을 꼭 쥐고 부득부득 이를 갈며 눈을 위로 뒤집어 쓰고 몸은 새파랗게 된 채 부들부들 떨었다. 엄마는 급하니까 정신 깨어나라고 찬물을 얼굴에 끼얹어 주었다. 난 급히 아이를 안고 뛰어 나가다가 손가락이 문에 탁 치였다. 택시를 타고 진천읍내까지 가서 한약국에서 침을 맞고 오니 큰아이는 잠을 잤다. 집에서 진천까지는 20리 길이다. 큰아이가 꼭 죽는 것만 같았다. 며칠 뒤 손가락이 아파서 보니 손톱이 이상해졌다. 병원에 갔더니 손톱이 상하여 그냥 나두면 손톱이 병신이 된다고 했다. 그 자리에서 손톱을 떼어 내고 치료를 받았다.

아이를 업고 장사를 다니면서 들녘을 볼 때마다 나도 조그마한 땅이라도 있었으면 생각을 해본다. 넓은 들녘을 바라보면 처음에는 요만큼만 있으면 좋겠다, 아니 저만큼만 있었으면 좋겠다, 하고 욕심을 부리다 보면 어느새 넓은 들은 전부 내 땅이 되는 듯 가슴이 뿌듯해진다. 모치율 고갯마루에 앉아 아이에게 젖을 먹이며 들녘을 바라보았다. 누렇게 익은 벼이삭은 황금물결을 이루고 참새들은 떼를 지어 날아다녔다. 들 한복판 여기저기 서 있는 허수아비들은 새를 쫓아 팔이 아파 보였다. 콩밭에 드문드문 서 있는 수수는 고개를 숙였고, 그 사이로 고추잠자리는 바쁘게 날아다녔다. 빨갛게 익은 고추도 가을 맞이에 한몫을 했다. 초가지붕에도, 슬레이트 지붕에도 빨간 고추가 널렸다. 상수리나무에서 도토리가 떨어져 굴렀다. 도토리를 주워 아이에게 주었다. 아이는 받아 입으로 가져갔다. 잔디에서 놀던 아이는 업히려고 하지 않는다. 업자고 등을 돌리면 기어서 도망을 갔다.

"중완아, 빨리 업자."

아이는 나를 쳐다보더니 기어서 자꾸 도망간다.

"해 지기 전에 하나라도 더 팔아야 형하고 우리 중완이하고 엄마가 맛있는 것 해주지."

달래지만 막무가내로 뒹굴며 업히지 않겠다고 운다. 저녁에 돌아올 때는 동생이 마중을 나와 무거운 쌀이며 잡곡들을 받아 주어서 한결 힘이 덜 들었다. 겨울에는 너무 추워서 어린아이를 업고 장사를 할 수 없어 동생한테 맡기고 우유를 먹였다. 추위도 심했다. 눈도 많이 왔고 바람은 매서웠다. 눈이 많이 내려 산과 들은 새하얀 세상이었다. 행상을 나갔다가 길을 잃어 들판을 진종일 헤매기도 했다. 바람이 심해서 볼에 부딪히면 따가웠다. 눈보라속에서 조그마한 아이가 추운 겨울바람에 웅크리고 걸어오는 모습이 보였다. 가까이 왔을 때 보니 그 아이는 옷을 너무 얇게 입어서 몹시 추워했다. 나는 입고 있던 스웨터를 벗어서 그 아이에게 입혔다.

어린아이와 살기에도 힘든데 남편은 친정에 와서 식구들을 못살게 굴었다. 아이를 곁에서 잠시도 떼어 놓을 수가 없었다. 아이를 마루에 뉘여 놓고 샘가에서 걸레를 빠는데 직감이 이상하여 뒤를 돌아보는 순간 나는 으악 소리를 질렀다. 남편이 마루에 뉘어 놓은 아이를 들어올려 던지려는 순간이었다. 남편은 내 자식이 아니니까 죽여버릴 거야, 하며 고함을 질렀다. 아이를 빼앗아 품에 안았지만 몸이 덜덜 떨렸다. 예고없이 찾아오는 남편이 무서웠다. 걸핏하면 나와 두 아이를 죽인다는 것이다. 남편이 오는 날은 동생이 밖에 나와 집에 들어오지 말라고 나에게 알려주었다. 아이 둘을 데리고 좀 떨어진 이모님 댁에 가서 숨었다.

어느날 갑자기 찾아 온 남편은 나와 아이들을 감췄다고 집에다 불을 놓는가 하면 장독을 때려 부셔서 간장이 새어 나왔다. 된장, 고추장 항아리들이 산산조각 나뒹굴었다. 엄마를 때려 쓰러뜨렸고 깨진 독 조각에 찔린 엄마는 피를 흘렸다. 20리 먼길을 택시를 타고 병원에 가서 다친 얼굴을 스무바늘이나 꾀맸다. 엄마는 화병을 얻었다.

"네 년 때문에 응결 들었어."

엄마가 모진 말을 할 때마다 나는 죽고만 싶었다. 엄마는 자꾸 여위었고, 아프셨다. 남편은 하루가 멀다 하고 친정에 와서 속을 썩였다. 나이 찬 동생을 더 이상 데리고 있을 수도 없었다. 마땅한 신랑감이 있어서 동생은 결혼을 했고 집에는 엄마와 나, 아이 둘, 네 식구만 남았다. 친정에서도 살 수가 없었다. 날마다 찾아오는 남편 때문에 고통스러웠다. 엄마는 화날 때마다 억지 말만 했다. 엄마가 하는 말들이 왜 그리도 서러웠던지. 교회 종소리가 들리면 엄마는 편찮아서 못 가니까 나보고만 다녀오라고 했다. 사람들은 몸이 아프면 의지할 곳을 찾는 모양이었다. 교회 말만 나오면 펄펄 뛰던 엄마는 교회 쪽을 힘없이 바라보곤 했다.

두 아이를 데리고 청주 내덕동으로 이사를 갔다. 경험도 없이 국수가게를 인수받았지만 기계를 다루지 못해 곧 포기했다. 풀빵 장사를 시작했지만 잘 되지 않았다. 청주에서 진천을 오고가면서 약장사를 시작했다. 아침에는 새벽 첫차를 타고 돌아올 때는 막차를 탔다. 막차를 기다리다가 발을 동동 구르며 차가 끊겼으면 어쩌나 불안에 떨기도 했다. 집에 오면 밤 10시.

엄마가 외로워하던 모습이 뇌리에서 떠나지 않았다. 나를 쳐다보는 엄마의 모습이 차창에 자꾸만 어른거렸다. 엄마가 많이 편찮으실 때는 마침 큰아이가 방학이라서 엄마 곁에 있었다. 새벽에 일어나 아침밥을 해놓고 첫차를 타고 시골로 장사를 가면 큰아이는 동생이랑 아침을 먹고 학교를 갔다. 큰아이는 여덟 살 작은아이는 다섯 살, 형이 학교 갔다 올 때까지 작은아이는 혼자 집에서 기다렸다. 큰아이는 학교 갔다 돌아오면 연탄불도 갈고, 동생하고 저녁을 챙겨 먹고 잠이 들기도 했다. 엄마를 기다리다 둘은 끌어안고 잠이 들어있었다. 나는 잠든 아이들 손을 잡았다. 온기가 전해졌다. 볼을 비벼도 보았다.

'상신아, 중완아 어서 커다오.'

아이들을 데리고 다시 엄마 곁으로 왔다. 임종 때 교회 집사님들이 찾아오셔서 예배도 드렸다. 교회장으로 치렀다. 지금도 이모님을 볼 때 엄마 생각이 나서 엄마한테 잘못한 죄책감에 시달린다. 조금만 참았더라면…… 내가 엄마 곁을 떠난 지 한 달만에 돌아가셨다. 엄마의 모진 말 속에 사랑이 스며있다는 것을 몰랐다. 엄마 장례식 때 나보다 한 살 위인 이종사촌 오빠가 나의 형편을 알고 서울로 오기를 권했다.

"동생, 시골에 있으면 아이들 교육문제도 힘들지만 서울에 오면 길거리에서 양말장사를 해도 아이들 공부를 할 수 있으니 내 말대로 서울로 왔으면 하네."

나는 청주에 오기 전에 좀 떨어진 홍깨(시골동네 이름) 먼 친척 아저씨네 열무밭을 밭째 사서, 일군 품삯을 주고 열무를 뽑아서 서울 용산에 있는 농산물시장에서 팔았다. 전날 열무를 뽑을 때는 굉장히 더웠는데, 새벽에 트럭으로 운반할 때는 추웠다. 생각보다 수입은 괜찮았다. 이번에는 고추밭을 사고 보니 수입 고추가 들어와서 손해를 보았다. 고추밭을 살 때는 고추값이 비쌀 때였다. 청주에서 시집 먼 조카와 옷가게를 했지만 성공을 못하고 이종사촌 오빠 말대로 서울로 가기로 결심했다. 기다리던 사촌오빠 편지가 왔다. 서울에 올라와서 우선 방을 얻어 놓고 이사를 하라는 것. 사촌오빠의 편지를 받고 서울로 온 나는 오빠 집에서 머무르면서 방을 얻으러 다녔다.

"아주머니, 방 보러 왔습니다."

"아이들 있어요?"

"네, 둘 있습니다."

"안 되겠는데요, 우리도 아이가 있어서 싸우겠는데요."

단번에 거절을 한다. 가는 곳마다 집주인은 똑 같은 말 뿐이다. 방 얻기가 힘들었다. 오빠와 상의한 결과 작은아이는 아직 학교에 다니지 않으니 시골 언니네 집에 맡기기로 했다. 친정에서 장사를 하며 알뜰하게 모은 돈으로 방하나 얻고 자그마한 가게를 얻을 수 있었다. 겨울이 지나고 봄이 되어 나는 언니집에 가서 사정 이야기를 했다. 작은아이를 당분간 데리고 있어 달라고. 언니 눈에는 눈물이 글썽거렸다.

"내가 애들이 많아서 싸우지는 않을는지 걱정이다. 네

사정이 그러니 어쩌겠니. 자리 잡는 대로 데려가거라."

언니는 승낙을 했지만 형부는 말 한마디 없었다.

"중완아, 엄마가 방을 얻으려니까, 네가 어려서 방을 얻을 수가 없구나. 누나들 하고 싸우지 말고 이모 말씀 잘 듣고 이모 속 썩이지 말고 잘 지내야 해. 엄마가 자리잡는 대로 데리러 꼭 올게."

중완이는 말 대신 고개만 끄덕였다. 중완이를 언니집에 맡기고 나는 큰아이와 봄비를 맞으며 서울로 이사를 했다. 비는 쉬지 않고 계속 내렸다.

04
서울살이

비는 쉬지 않고 내린다. 서울 월곡동 달동네로 이사했다. 시골에서도 이렇게 험악한 판자집은 본 적이 없다. 비탈길을 오르내리는 가파른 길이었다. 이삿짐을 정리하고 먹을 것을 사러 시장을 다녀오는 길이다. 비탈길을 올라왔지만 집을 찾을 수가 없었다. 골목 골목 헤맸다. 내 눈에는 전부 똑같아서 분간을 못하고 한참을 오르락내리락하고 있을 때, 큰아이가 서 있는 것을 보았다. 나는 반가워 상신아, 상신아, 불렀다. 아들은 나를 보고 뛰어왔다.

"엄마가 집을 못 찾겠다."

"엄마 내가 집을 찾아 줄게요."

상신이는 팔짝팔짝 앞장을 서서 뛰었다. 꼬부라진 골목 길을 돌고 돌아서 집을 가르쳐주었다.

"엄마, 여기가 우리집이잖아요."

방 한 칸에 문도 없는 부엌 하나, 전세 5만 원이었다. 돈 없는 사람들이 사는 달동네 판자촌이다. 우선 잘 수 있고 쉴 수 있는 방이 있다는 것에 감사하고 만족했다. 서울 시내가 한눈에 내려다보였다. 밤이 되면 전기불이 낮과 같이 환하게 비쳤다. 모래알처럼 집들이 많은데 우리 세 식구가 살 집은 없다. 막상 이사를 하고 보니 무엇을 할지 몰라 영등포에 사는 작은숙부님 댁을 찾아갔다. 숙부님은 동아건설에 몸 담고 계셨다. 그 회사 식당에서 일을 하게 해 달라고 간청했다. 숙부님은 한 마디로 거절했다. 지금 그 숙부님은 중이 되어 지리산에서 혼자 지내신다.

고향에서 같이 지내던 친구가 결혼 후, 서울에서 산다 는 소식을 들었다. 전화번호 하나만 가지고 그 친구를 찾아갔다. 소문대로 잘 살고 있었다. 단독주택 3층짜리 양옥이었다. 남편은 구청에 다녔으며, 친구는 집에서 살림만 했다. 그 친구는 나를 보자마자 자기 자랑부터 했다. 가구며 살림살이가 번질거렸다. 홍도, 흑산도 전국에 안 가 본 곳이 없다는 이야기를 했지만 귀에 들어 오지 않았다. 남편이 외국 출장갔다 사왔다는 파란알이 박힌 반지를 보여주었다.

아무말도 못하고 돌아섰다. 잘못 왔구나, 후회스러웠다. 버스를 잘못 타서 밤새껏 헤매다가 겨우 집을 찾았다. 다시 숙부님 댁을 찾아갔다. 숙모님이 용한 점쟁이가 있으니 가보자 하셨다. 복채를 놓고 점을 쳤다.

"당신은 남의 밑에서 일을 하면 화병이 나서 죽으니까 가게를 얻어 장사를 하면 성공할 수 있다."

나는 점쟁이 말을 믿고 이종사촌 오빠를 찾아갔다. 며칠 후 이종사촌 오빠는 자기 친구인데 믿을 만하다면서 그 친구를 통해 가게 자리를 소개했다. 보증금 80만 원에 인수했다. 장위동 상가 건물이었다. 소개한 사람과 회사 직원 말이 달랐다. 장사가 안 되는 죽은 상가였다. 가게를 내놓았다. 2년 만에 정리가 됐다. 남은 돈이 거의 없었다. 매월 내는 청소비와 임대료 때문이었다.

어느 날, 이종사촌 오빠가 찾아왔다. 소개한 친구가 갑자기 오토바이 사고로 죽었다는 것이다. 젊은 사람이 너무 아깝다는 생각이 든다. 부인은 딸 하나 있는데 젊은 사람이 어찌살까. 가게를 넘겨주고 남은 돈은 얼마 되지 않아 금방 바닥이 났다.

일자리를 구하지 못한 채 겨울이 왔다. 지금까지는 시골에서 가지고 온 돈으로 생활했지만 앞날이 막막했다.

연탄 살 돈도 없고 쌀도 떨어졌고 우리 두 식구는 낯선 서울 땅에서 의지할 곳이 없었다. 춥고 배고파 방에서도 떨었다. 상신이는 낮에는 밖에서 뛰어 노느라고 추위와 배고픔을 잊은 채 해가 져야 방으로 들어왔다. 밤에는 나갈 수가 없으니까 눈만 말똥말똥 엄마를 쳐다본다. 방바닥에 깔아준 이불에 누운 아이는 잠을 자지 못하다가 겨우 눈을 붙였다. 옷도 벗지 못하고 입은 채 잠든 아이가 언제나 클 것인지.

나는 추워서 도저히 잠이 오지 않았다. 밤을 뜬 눈으로 새웠다. 낯선 서울 땅에서 일할 곳을 찾기란 쉬운 일이 아니었다. 아이를 배불리 먹이고 춥지 않게 할 수만 있다면 어떠한 일이라도 다 할 수 있으련만. 이웃의 집사님을 따라 작은 개척교회를 나갔다. 월곡동 올라가는 길목에 있는 우성교회였다. 교회를 나가면서 사람들을 알 수 있었다. 집사님 한 분이 명동 와이엠씨에이에 가면 일자리를 구할 수 있다고 알려주었다.

명동YMCA를 찾아갔다. 사람이 너무 많아서 시험을 보고 뽑는다고 직원이 자세히 메모를 해 주었다. 준비물은 주민등록증, 등본, 사진 한 장이었다. 시험보는 날짜도 적어 주었다. 사람들은 인산인해, 마당 가득했다. 시험을 치른 뒤 합격한 사람은 일주일 교육을 받았다.

한글을 모르는 사람이 많았고 그들은 일을 할 수가 없었다. 하루 일하며 받은 돈은 3,000원, 굉장히 큰돈이다. 힘이 생겼다. 이젠 살 수 있구나. 안도의 숨을 쉬었다. 건강하면 살 수 있겠구나. 희망이 보였다. 하루 일하고 받은 돈으로 쌀 한 되, 연탄 2장을 사서 아이에게 따뜻한 밥을 지어 주었다. 돈을 모을 수는 없지만 쌀과 연탄을 살 수 있다니. 상신이와 나는 열심히 교회를 다녔다. 하기수련회 때는 한얼산 기도원에도 가고 이천석 목사님 부흥집회 때 방언도 받았다. 집에서는 방언이 잘 안 되었다. 전도사님으로부터 다시 기도를 받으니 마귀의 영이 씌었다고 한다. 집사님들은 방언 은사를 받으며 듣지도 못하는 방언 기도를 잘들 하였다. 방언 은사를 받으며 집사님, 권사님들은 예수 점쟁이가 되었다. 집사님, 권사님 댁에서 집회가 열리고 봉투를 주면 예언기도를 해주었다, 삼각산 기도집회 때는 낮에는 일하고 밤에는 부흥집회에 열심히 참석했다. 삼각산 꼭대기에 올라가면 40명 정도 들어가는 넓은 굴이 있었다. 집회 때 모인 교인들은 박수치고 찬송하며 불이 붙는다. 집회가 끝나면 목사님이 머리에 손을 대고 안수기도를 해주었다. 교인들은 기도를 받기 위해 일렬로 서서 차례를 기다렸다. 때로는 목사님께서 예언기도를 해 주셨다.

집회는 밤12시에 시작하여 새벽 2시에 끝났다. 일하면서도 피곤한 줄 모르고 열심히 다녔다. 사글세가 전세로, 방세가 6개월마다 올랐다. 전세돈을 올려주지 못하여 이사를 하다 보니 월곡동 달동네에서 제일 높은 꼭대기로 올라가게 되었다. 수도가 들어오지 않아 물 한 동이에 10원을 주고 사먹었다. 항상 이삿짐은 풀지 못하고 보따리에 쌓아 둔 채 살았다. 언제 또 이사를 하게 될지 몰랐으므로.

지금 내가 의지할 곳은 하나님밖에 없었다. 교회를 가면 내 눈에는 교인 모두가 부자 같이 보였다. 번쩍거리는 금목걸이, 반지, 귀걸이, 화려한 옷, 요란스러운 화장……. 귀부인들이었다. 목사님도 그들에게만 정성을 다하시는 것 같았다.

나는 교회 가는 날이 두려웠다. 교회 나가는 게 수치스럽고 부끄러웠다. 갈등이 왔다. 다녀야 하나, 말아야 하나. 초라한 옷차림은 나 뿐이었다. 제일 뒷자리가 내 자리였다. 지금 내 소원은 옷 잘 입고 교회를 다니는 것. 그런 날이 올까?

그 무렵은 대개의 남자들은 사우디 가서 돈을 벌었다. 일거리를 찾아 나는 열심히 뛰었다. 아침 일찍 나가야 일감을 얻을 수 있었다. 와이엠씨에이에서는 일찍 오는 순서대로 일거리를 주었다. 가는 집마다 빨래는 산더미처럼 쌓여 있었다. 세탁기가 없었다. 빨래를 끝마치면 허리가 펴지질 않았다. 오전에는 빨래를 하고 오후에는 청소였다. 오전 9시에 시작하면 오후 6시에 끝이 났다.

어느 날 집에 돌아오자마자 옆방 새댁이 울울불락 떠들었다.

"상신이 못쓰겠어요. 야단 좀 치세요."

그 말에 아무 일 없는 듯이 들어서는 상신이를 연탄집게로 모질게 때렸다. 밤에 잠들었을 때 보니 다리에 피멍이 들고 부어 있었다. 얼마나 아팠을까. 나는 다리를 쓸어 주면서 울먹였다. 잘 먹이지도 입히지도 못하는 어미가……. 알고 보니 그 옆방 아줌마는 좀 모자라는 사람이었다. 내가 옷을 빨아 널면 속옷, 양말 전부 걷어 갔다. 엄마가 없는 집에서 진종일 심심했는지 상신이는 이따금씩 동생 생각을 했다. 아침에 일을 나가려고 하는데 상신이는 "엄마, 중완이 빨리 데리고 오세요. 싸우지 않고 잘 놀 수 있어요. 이젠 정말 안 싸울게요." 라고 날마다 졸랐다.

3월 중순, 아직도 찬바람이 불었다. 1년 만에 언니네 집에 갈 준비를 했다. 첫차를 타야 당일로 서울에 올 수가 있었다. 언니네 집은 청원군 오창면 가곡리 동촌이다.

"엄마 시골 이모네 가서 동생 데리고 올 때까지 잘 놀고 있어."

"네, 엄마 빨리 가서 데리고 오세요."

언니네 집에 도착하니 마당에서 사촌동생하고 싸우고 있었다.

"중완아, 엄마 왔어."

중완이는 엄마를 힐끗 쳐다보더니 도망을 갔다.

"엄마 왔어. 빨리와."

중완이는 더 멀리 도망을 갔다. 한참만에 들어왔다. 엄마에 대한 그리움일까. 노여움일까. 언니는 우리 중완이 때문에 마음고생을 많이 한 것 같았다. 지난 1년 동안 일들을 풀어 놓았다.

"형부가 술만 취하면 집안 살림을 전부 부수고 소리소리 지르며, 중완이 빨리 서울 보내라고 하루가 멀다 하고 술주정을 했단다."

언니는 울고 또 울었다.

"쌀도 없는데 밥만 축낸다, 하루에도 몇 번씩 데려다 주라고 소리소리 지르는 건 보통이었어. 동갑내기 이종끼리 눈만 마주치면 원수처럼 싸웠단다. 형부는 걸핏하면 술에 취하고 온 식구들을 밖으로 쫓아버렸단다. 그런데 다른 식구는 다 들어왔는데 중완이만 안 들어온 거야. 호롱불을 들고 동네 한 바퀴를 돌아도 중완이는 보이지 않아 혹시 집에 들어왔나, 하고 집에 와 봐도 중완이가 보이지 않아 다시 동네를 돌았는데 보이지를 않는거야. 이제 왔겠지 하고 집에 와 봐도 또 없으니 하늘이 무너지는 것만 같더구나. 세번째 찾으러 나갈 때에는 오금도 저리고 다리가 후들후들 떨려서 걸음도 걸을 수가 없지 뭐냐. 저녁 아홉 시면 시골에서는 깊은 밤이야. 날씨는 춥고 꼭 얼어 죽은 것 같아서 땅에 주저 앉았는데 짚을 쌓아 놓은 짚동가리가 보여 혹시 저 속에 있지 않을까, 하는 생각이 들어 짚단을 헤쳐보니 볏짚속에 웅크리고 앉아 잠을 자고 있지 않겠니? 그래도 죽지 않으려고 짚단을 덮고 잠을 잔 것 같더구나."

나는 언니한테 미안하다는 말밖에 할 수 없었다.

"언니 그동안 고생 많이 했지. 정말 미안해. 중완이 때문에 언니 속 많이 썩은 것 잊지 않을게. 지금까지 언니가 중완이 돌봐 준 것 고마워."

언니 눈에서도 내 눈에서도 눈물이 났다. 언니가 해주는 점심 밥을 먹고 서둘러 길을 걸어 오는데 3월의 봄 햇살이 눈이 부시도록 따뜻했다.

"중완아, 그동안 엄마 많이 보고 싶었지? 엄마도 중완이 많이 보고싶었어, 형도 중완이 보고싶다고 빨리 왔으면 좋겠다고 매일같이 졸랐단다."

뒤를 돌아보니 언니가 지켜서서 보고 있었다. 얼른 가라고 손짓을 하며, 연신 눈물을 닦았다. 언니의 그 모습이 서울 올라올 때까지 잊혀지지 않았다. 봄 햇살을 받으며, 동구밖을 막 벗어나는데 중완이가 엄마, 하고 부르더니 고사리 같은 손으로 동구밖에 서 있는 정자나무를 가리켰다.

"엄마 보고 싶어서 아침밥만 먹으면 날마다 언덕 위에 올라가서 저 나무 밑에서 엄마가 나를 언제나 데릴러 올까, 생각도 했고, 엄마가 올 것 같아서 지나가는 버스를 해가 질때까지 기다렸어."

순간 나는 가슴이 쿵 내려앉는 것 같았다. 말없이 중완이 손을 꼬옥 잡았다. 동구밖 정자나무를 뒤로 한 채 중완이와 나는 오솔길을 걸었다.

우리 모자가 걷는 둑길에 새파란 쑥이 봄바람에 팔랑팔랑 흔들렸다. 막 나온 새파란 쑥들이 옹기종기 모여서 봄바람을 따라 춤을 추며 노래 하는 것 같았다. 지난 가을에 핀 갈대가 저 멀리서 잘 가라고 손짓했다.

'부디 성공하세요. 어떠한 어려움이 있어도 가족과 헤어지지 말고 열심히 살아요. 좋은 날이 올거에요. 안녕히 가세요.'

중완이는 엄마를 놓칠까봐 잡은 손을 놓지 않는다. 나

는 중완이를 다독이듯 말했다.

"중완아, 이제 서울 가면 엄마랑 형이랑 중완이랑 우리 세 식구가 함께 사는 거야. 서울 가면 열심히 공부해서 훌륭한 사람되는 거지. 이다음에 중완이랑 형이랑 아주 많이 컸을 때 우리가 지나온 모든 것을 이야기하자. 중완아, 세월이 어서어서 갔으면 좋겠다. 형도 중완이도 어서 자라서 성공하면 너희들 어릴 때 엄마가 너희들 때문에 많은 고생했노라고 말할 수 있게 해 다오. 꼭 성공해야 한다. 이제 서울 가면 우리 세 식구 헤어지지 않는다."

중완이 손을 꼭 잡고 서울행 버스를 타고 집으로 왔다.

"중완아, 여기가 서울이야. 사람도 차도 시골보다 많지?"

집에 들어 섰을 때였다. 기척을 듣고 대뜸 "엄마 중완이 데리고 왔어요?" 하며 동생을 반기었다. 무슨 이야기를 하는지 둘은 이마를 맞대고 다정하게 소곤댔다.

우리 세 식구는 사계절이 수없이 바뀌어도 계절따라 과일 한번 사 먹질 못했다. 여름에 해가 진 뒤, 저녁때만 되면 길가에서 수박 한 통에 50원∼, 두통에 100원∼ 장사꾼은 손벽을 치며 소리를 지른다. 수박이 싸다는 것은 알지만 지금 내 형편에 사서 먹을 수 없었다. 하루 일하고 받은 돈은 3,000원, 생활에 여유가 없다. 연탄, 쌀, 수도 세, 전기세, 아이 둘 학용품 계산하면 10원도 낭비할 수가 없다. 아이들은 간식이 없어도, 과일이 없어도 불평 한마디 안하고, 먹고 싶다는 말 한 마디 없이 잘 자라주었다. 반찬이 없어도 투정 한 번 하지 않았다. 일하고 올 때 좋은 집주인을 만나면 과일이며 떡을 싸주었다. 아이들과 맛있게 먹었다. 어떤 집은 먹지 못하는 음식을 줘서 무겁게 가지고 와서 버려야 할 때도 있다.

여름 어느날, 비가 억수같이 쏟아지던 밤이었다. 잠에서 깨어 보니 이불 한귀퉁이가 젖어 있었다. 나는 중완이를 야단쳤다. 물도 없는데 오줌을 쌌다고. 중완이는 울면서 오줌을 싸지 않았다고 했다. 나는 중완이 말을 믿지 않았다.

"네가 오줌을 쌌으니까 이불이 젖었지."

한 대 쥐어 박았다. 중완이는 울기만 했다. 이튿날도 비는 진종일 내렸다. 밤에도 쉬지 않고 비는 계속 내렸다. 밤에 자는데 이상해서 깨어보니 이불이 전부 젖어 물이 뚝뚝 떨어졌다. 빗물이 방으로 스며들어 이불이 젖은 것이다. 달동네 판자촌은 바람만 세게 불면 지붕이 날아갔다. 빗물에 젖은 이불을 본 중완이는 "그것 봐요. 엄마는 알지도 못하고 나만 야단쳐요, 왜." 하면서 흐느꼈다. 나는 눈물을 닦아 주면서 말했다.

"중완아, 미안해. 엄마가 정말 미안해."

큰아이는 학교에 가고 작은아이는 혼자 집에서 놀다 다치는 일이 많았다. 일을 하고 집에 오면 늘 반가운 얼굴로 "엄마!" 하고 불렀는데 이날 따라 조용했다. 신발은 뜰에 있는데 아무 소리가 없다. "중완아!" 불러도 대답이 없다. 방문을 열어보니 중완이는 방바닥에 누워 잠이 들어 있었다. 아이의 이마에 흘린 피는 말라 있었고, 얼마나 혼자 울었는지 얼굴은 얼룩이 졌다. 눈은 부은 채 잠이 들어있었다. 깨웠다.

"얼굴은 왜 다쳤니?"

"엄마가 얼만큼 오나 나갔다가 엄마가 보이지 않아 다시 집으로 올라오는데 심심해서 길 가장자리로 걷다가 발을 잘못 디뎌서 도랑 밑으로 떨어졌어. 울고 있는데 지나가던 아저씨가 꺼내 주었어요."

"그랬구나."

달동네 비탈길은 안전하지 않았다. 도랑은 깊었다. 이마가 찢어진 채 엄마 올 때까지 참고 기다렸다니. 그래도 하나님이 도와주셔서 눈을 안 다쳤구나.

'하나님께 감사합니다.'

중완이를 병원에 입원을 시켰다. 병원비를 마련하기 위해서 일하던 집에 가서 가불을 했다. 병원에 와 보니 중완이는 밖에 나와 엄마를 기다리고 있었다. 의사 선생님은 아이를 맡기고 어디를 갔다왔느냐고 책망을 했다. 이마 찢어진 곳을 다섯바늘 꿰매었다.

"선생님, 미안합니다."

인사를 하고 중완이 손을 잡고 오는데 마음속에 공허함이 일었다. 사는게 비참하고 초라한 내가 싫었다.

상신이 아홉 살, 중완이 여섯 살 때다.

오늘도 일터에서 돌아와 대문을 들어서는데 상신이와 중완이가 한 목소리로 말했다.

"엄마, 우리 튀김 해주세요."

"튀김은 왜?"

"낮에 안집에서 튀김했는데 먹고 싶었어요. 주인집 아줌마는 윗집 영진네도 주고 아랫집 현준네도 주었어요. 그런데 우리는 주지 않았어요."

아이들이 얼마나 먹고 싶었을까, 생각하니 오기가 생겼다. 산동네서 시장까지 걸어가려면 시간이 꽤 걸리지만 한걸음에 달려가 재료를 사다가 튀김을 했다. 연탄불 아궁이는 깊었다. 튀김을 하다가 기름이 얼굴에 튀었다. 튀김을 멈추고 병원으로 달려갔다. 치료를 받았다. 눈만 빠꼼히 남기고 얼굴은 붕대로 감았다. 화상을 많이 입었다. 상신이와 중완이가 놀라 말했다.

"엄마, 이젠 튀김 해달라고 하지 않을게요."

엄마 얼굴에 붕대 감은 것만 안타까워했다.

9월 21일, 상신이 생일이 돌아오기를 기다려 떡을 많이 했다. 보라는 듯이 안집도, 영진이네도, 동현이네도 많이 주었다. 상신이와 중완이가 안집에서 튀김을 했을 때 먹고 싶다는 말을 한 것이 3개월이 지났는데도 마음 속에 남았다. 상신이와 중완이가 먹고 싶어 했던 튀김을 생각하면서……

교회 집사님 소개로 산꼭대기에서 평지에 있는 판자촌으로 이사를 했다. 진종일 힘든 일을 하고 산동네 길을 걷자면 힘이 들었다. 상신이는 장위국민학교를 다니고 중완이는 월곡국민학교 1학년 입학을 했다. 일이란 있으면 하고 없으면 못했다. 아이들 준비물도 제대로 챙기지 못했다. 주인집 아주머니는 나의 사정을 알고 동덕여대 구내식당에서 일할 수 있도록 도와주었다. 열심히 그릇을 닦았다. 많이 쌓여있어도 같이 일하는 분들은 쉬면서도 도와주지 않았다. 나는 키가 크고 주방 싱크대는 낮았다. 허리를 구부리고 일을 할 수밖에 없었다. 한 달을 조금 넘겼을 때였다. 허리는 구부릴 수도 펼 수도 없었다. 걸을 수도 없었다. 허리가 아파도 참고 일을 했다. 병이 악화된 것 같았다. 다른 사람들의 도움을 받아 집까지 왔다. 돈은 선불해서 썼기 때문에 병원에 갈 수도 없고, 선불 월급은 방 얻는데 보태었다. 당시 월급은 10만 원. 난 꼼짝 못하고 누워 살았다. 상신이와 중완이는 학교 갔다 집에 오면 엄마 시중을 들어주었다. 허리도 밟아 주고 다리도 주물러 주고 먹을 물도 갖다 주었다. 아이들은 밖에 나가지도 않았다. 쌀도 떨어진 지 오래다.

나의 아픈 소식을 듣고 교회 집사님들이 라면과 쌀을 가지고 왔다. 얼마 안 되어 라면과 쌀이 떨어졌다. 아이들은 굶고 학교를 가야만 했다. 주인집 아주머니가 딱해 보였는지 자기가 일하고 돌아 올 때 식당에서 팔다 남은 퉁퉁 불은 국수를 갖다 주면, 아이들에게 먹여 학교를 보냈다. 상신이와 중완이는 투정 한 번 하지 않았다. 목사님이 가끔 기도만 해주셨다. 약은 사다 먹여 보지도 못했다. 주인집 아주머니는 남편은 죽고 자기가 낳지 않은 아들 형제를 애기 때부터 장성할 때까지 궂은 일 하면서 잘 키웠다. 우리 애들은 삼촌이라고 부른다. 내가 할 수 있는 것은 기도뿐이다.

'하나님, 어린 두 자녀 불쌍하오니 이 죄인에게 건강을 주십시요. 하나님께서는 죽은 나사로도 살리셨지 않습니까.'

하나님은 나의 기도를 들어주셨고 응답해주셨다. 한 달

이 지났을 때 아프던 허리가 조금 나아졌다. 더 이상 누워 있을 수가 없었다. 다소 아픈 몸으로 일하러 갔다. 마음은 바빴다. 어서 집에 가서 배고픈 아이들에게 밥을 지어 먹여야지. 쌀 한 되와 연탄 두 장을 사가지고 집으로 오는데, 급하니까 걸음이 더 안 걸렸다. 얼마나 아이들이 배가 고팠을까. 아침도 안 먹었는데……. 아이들이 눈에 자꾸 아른거린다. 대문에 들어섰을 때 엄마 발소리를 들었는지 방문이 열리며 엄마! 엄마! 하며 중완이는 금방 숨이 넘어 갈 듯 엄마를 불렀다.

"엄마 있잖아, 있잖아, 엄마 나 좀 봐. 낮에 주인아주머니 심부름을 했더니 돈을 주셨어."

고사리 같은 손에 꼭꼭 접은 천 원짜리 지폐 한 장. 얼마나 돈을 꼭 쥐고 있었는지 체온이 돈에 따스하게 남아 있었다.

"엄마 나, 학교 갔다 와서 배가 고팠는데 참았어. 엄마 오시면 쌀 사서 형하고 밥해서 먹을려고. 그리고 잃어버릴까 봐, 밖에도 못 나가고 손에 꼭 쥐고 주머니에 손 넣고 있었어. 돈이 도망 갈까봐. 그리고 엄마 오시기만 기다렸어요."

나는 할 말을 잃은 채 중완이를 끌어안았다. 그날 주인집 아주머니는 식당이 쉬는 날이라 동네 아주머니끼리 화투를 쳤다고 했다. 빨리 커라, 빨리 커라. 너희들이 빨리 크고 세월이 빨리 빨리 갔으면 좋겠다. 엄마는 세월 가기만 바란다. 설이 되어도 팔월 추석이 되어도 아이들을 집에 두고 남의 집에 가서 일을 한다. 좋은 집도 만나고 나쁜 집도 만난다. 힘들게 일한 사람에게 버리기엔 아까운, 먹다 남은 떡과 상한 과일을 준다. 무겁게 가지고 와서 버렸다. 비싼 생선 연어를 주는 집도 있었다.

밀린 빨래는 산더미 같았다. 여름에 흐르는 땀은 괜찮은데 겨울에는 발가락이 얼어 빨갛게 부었다. 젖은 양말을 신고 캄캄한 밤길을 버스를 타고 집에 오면 발가락이 가려워 밤새 잠을 이루지 못했다. 버스에는 중학생, 고등학생이 많이 탔는데 그들을 바라보면서 나도 우리 아들을 학교에 보낼 수 있게 되기를 마음속으로 기도했다.

'하나님, 예수님. 우리 아이들도 중학교, 고등학교 갈 수 있도록 축복하여 주세요.'

오늘은 5월 5일 어린이 날. 밖에 나갔다 온 상신이가 말했다.

"엄마, 영진네는 김밥 싸가지고 엄마, 아빠랑 창경원에 놀러 간대요."

상신이는 친구처럼 엄마랑 놀러가고 싶은 것 같았다. 김밥을 싸가지고 놀러가는 사람들은 얼마나 부자일까. 우리 세 식구가 먹는 쌀은 정부미였다. 보리가 섞인 혼합곡은 먹고 돌아서면 배가 금방 고팠다. 밥알은 후 불면 날아갈 것 같은 끈기없는 쌀이다.

"상신아 어떡하지. 엄마는 오늘 일을 하기로 약속이 돼 있어. 엄마가 놀러가지 못해 미안해. 그 대신 엄마가 일 끝나면 맛있는 닭 사다 해줄게."

아이들과 약속을 한 뒤 일터로 향했다. 일이 끝나고 집에 올 때 시장에 들러 닭을 한 마리 샀다. 집에 들어오니 중완이가 기분이 좋은지 방문을 열며 반색을 했다.

"엄마, 닭 사왔어요?"

"그래, 엄마가 얼른 끓여 줄게."

닭을 씻는데 중완이는 수돗가에 앉아서 종알댔다.

"엄마, 난 닭발 주세요."

"알았어, 엄마가 닭발 두 개 다 줄게."

"형 주지 말고, 나 꼭 주셔야 해요."

중완이는 불안한지 쫓아다니면서 말을 한다.

"잊지 않고, 꼭 줄게."

부지런히 일손을 서둘렀다. 중완이는 닭발 두 개를 그릇에 떠주고 상신이는 닭다리 한 개를 주었다. 중완이는 자기의 그릇을 보고 형 그릇을 보더니 눈을 꼭 감고, 말도 없이 훌쩍훌쩍 울었다.

"네가 달라는 대로 다 주었는데 왜 우니?"

그래도 못들은 체 이제는 통곡을 했다.

"울지 마!"

나는 주먹으로 한 번 쥐어 박았다. 중완이는 더 큰소리로 운다.

"울지 말라니까!"

"때리니까 아파서 울지!"

"너 엄마 속 썩이면 다시는 안 해 준다."

그제야 중완이가 입을 열었다.

"엄마는 내가 닭발 달라고 하니까, 형만 주고 난 닭 손만 줬잖아!"

중완이 말에 우리 세 식구는 한바탕 웃었다.

"중완아, 이것은 닭 손이 아니고, 닭 발이야."

웃을 수 있다는 것 그것은 사랑하는 가족이라는 울타리가 있었기 때문이다.

중완이 초등학교 1학년 때다. 저녁을 먹은 뒤 이상하게 배가 아팠다. 잘못 먹은 것도 없는데.

"중완아, 엄마 배 많이 아파. 저녁 먹은 게 체한 것 같아. 약국에 가서 약 좀 사 올래?"

"네."

아무리 기다려도 중완이는 오지 않았다. 참다 못해 약

069 ──────────── 04 서울살이

국에 가서 물어 보았다.

"선생님, 혹시 작은 남자 아이가 와서 약 사 갔나요?"

"아니요?"

약을 사서 먹으니 복통이 가라앉았다. 얼마나 기다렸을까. 시간이 많이 흘러갔다. 불을 끄고 잠자리에 누웠는데 중완이 들어왔다.

"엄마. 약국에 갔더니 문을 닫아서 못 사왔어요."

"엄마가 사다 먹었어. 어디서 놀다가 이제 오는 거야?"

나는 화가 났다.

"약 사러 가는데 길거리에서 장사하는 아저씨들이 장기를 두는데, 사과 파는 아저씨가 지는 것 같아 훈수를 들었어요. 사과 파는 아저씨가 이겼거든요? 아저씨가 고맙다고 사과를 줘서 먹고 약국에 갔더니 문이 닫혀서 사오지 못했어요."

문득 암행어사 박문수가 생각났다. 박문수 부인이 애 낳을 때 불초산을 지어 오라고 약국에 보냈다. 박문수가 약을 지어 가지고 집에 왔다. 사람들이 많아서 웬 사람들이 이렇게 많으냐고 박문수가 물었다. "오늘이 애기 돌입니다." 동네 사람들이 말했다. 나는 웃었다

"어쩜 넌 암행어서 박문수랑 똑 같구나. 어서 자거라. 일찍 자야 일찍 일어나 내일 학교 가지."

05
잊지 못할 사람들

　지금도 잊지 못하고 생생히 기억된다. 청량리의 단독주택, 서울대학교 교수네 집이다. 주인사모님은 이북 개성이 고향이라고 했다. 내가 일하러 다닐 때는 몹시 추운 겨울이었다. 집이 굉장히 큰 편이다. 마당도 넓었다. 집안 청소가 끝나면 그 다음 목욕탕 청소다. 목욕탕 청소를 할 때는 비위가 상했다. 물 위에 때가 둥둥 떠 다녔다. 목욕탕 물은 연탄불로 데우는 것이었으며, 욕조가 넓고 깊어서 청소할 때에는 옷을 버리곤 했다. 옷이 젖은 채 수돗가에 앉아서 빨래를 하고 나면 발은 얼어서 빨개지고 양말은 다 젖어 신을 수가 없다. 허리도 다리도 펼 수가 없다.

저녁 5시면 어두워졌다. 빨리 좀 보내 주었으면 하는 생각뿐이다. 나머지 한 시간을 더 해야만 되었다. 주인아주머니는 저녁상을 차리면서 고기는 불에 구워야 맛이 난다고 말했다. 한 시간을 캄캄한 뒷골목에서 연탄불에 저녁 먹을 고기를 석쇠에 구우라는 것이다. 고기 굽는 냄새에 입안 침이 고였다. 배가 너무 고팠다. 골목에서 불어오는 밤 바람은 매섭고 차가웠다. 몸이 떨렸다. 고기를 다 구웠을 때도 주인아주머니는 저녁 먹고 가라는 말 한 마디 없이 6시가 되니까 3,000원을 주었다. 점심에 먹던 밥을 모아서 주었다. 나는 점심을 먹지 않았다. 뱃속에서 꼬르륵 소리가 났다.

상신이가 초등학교 4학년 때였다. 신문배달을 하겠다고 해서 승낙했다. 새벽에 일찍 일어나 신문을 돌렸다. 두 달을 하더니 지치는 것 같았다.

"신문배달 하지 마라, 힘들지?"

나는 장사를 시작했다. 새마을 일도 하고 꽃밭에 가서 흙이 있는 꽃나무를 사서 머리에 이고 다니면서 팔았다. 여름이면 경동시장에서 찐옥수수를 받아다가 "옥수수 사세요." 외치면서 골목을 다니기도 했고 육교 위에 앉아서 팔았다. 입시철에는 손수레를 끌고 다니며 종암동 시장입구에서 엿장사를 했다. 엿에다 '합격! 축하합니다.' 글을 써서 붙였다. 생각보다 잘 팔렸다. 지나가던 어느 아주머니가 나를 한참 보고 있더니 "아줌마! 참 아까운 사람이에요." 했다. 검은 모자 쓰고 남자 검정잠바를 입은 나는 누가 보아도 거지였다. 시린 손을 호호 불면서 사인펜으로 '합격'이라는 글자를 한문으로 써서 붙이는 것을 본 그 아주머니는 엿을 다른 곳에서 샀는데, 또 산다는 것이다. 젊은 아줌마가 장사하는게 딱하다는 것. 봄이 되면서부터 찐빵장사를 했다. 새벽에 성남으로 가서 빵을 떼어 양동이에 담아 이고 다니면서 팔기도 하고, 유원지에 가서도 팔았다. 거리에서는 단속이 심했다. 피해다니면서 장사를 했지만 남의 집에서 일을 하는 것보다 수입이 많았다.

저녁때 교회 다니는 함옥순 집사님이 우리집에 찾아 왔다. 아들 등록금을 내지 못해서 그러니 10만 원만 빌려달라는 것이다. 나는 의심하지 않고 10만 원을 빌려주었다. 함옥순 집사님은 아들과 같이 도망을 갔다. 함옥순 집사님은 아들 하나를 데리고 재혼하여 남매를 낳았는데 어린 남매는 떼어 놓은 채, 데리고 온 아들만 데리고 야반도주를 한 것이다. 먹지도 못하고 써보지도 못하고 모은 돈인데……. 함옥순 아들 이름은 한식이었다. 상신이와 중완이에게 고기도 생선도 밥상에 한 번도 해 준 일이 없이 모은 돈이다. 상신이는 함옥순 집사님 아들을 형이라고 불렀다.

새벽에 서대문 가서 떡을 떼어 월곡동 달동네 올라가는 고기집 앞에서 장사를 했다. 하루에 이익금이 5,000원도 되고 6,000원도 되었으며, 잘 팔리는 날에는 8,000원까지 되었다. 안 팔리는 날에는 본전도 안 될 때도 있었다. 일요일이었다. 상신이는 친구들과 약속이 있다고 일찍 학교에 갔다. 나는 교회를 가려고 하는데 밖에서 "계십니까?" 부르는 소리에 문을 열고 보니 상신이가 다쳐서 어느 아저씨하고 같이 서 있었다. 난 놀라서 일어나려는데 가슴과 다리가 떨려 일어나질 못하였다. 상신이는 얼굴을 붕대로 감고 있었다. 아저씨는 학교에서 일하는 분이었다.

"얼굴은 병원에서 꿰맸습니다. 그런데 앞니 2개가 부러졌습니다. 부러진 이는 치과에 가서 치료하세요."

다행스럽게도 눈은 다치지 않았다. 상신이 혼자 운동장에서 공줍고 놀다 넘어졌다는 것이다. 나는 하나님께 기도를 드렸다.

'하나님, 우리 아이들 불쌍합니다. 밖에서 놀 때 하나님은 우리 아이들 엄마대신 아빠대신 보살펴 주시고 항상 건강하게 잘 자라도록 도와주세요.'

그 뒤로는 아무 일도 없이 무럭무럭 잘 자라 주었고, 아이들은 교회를 열심히 다녔다. 60만 원 전세에서 80만 원 전세가 되었다. 우리 세 식구 겨우 살 수 있는 방 한 칸에 부엌 없는 집이었다. 고기집 앞에서 떡장사를 하고 있을 때 사업을 하시는 모정선 집사님이 열흘만 쓰고 주겠으니, 돈을 얻어 달라고 했다. 나는 달라돈 30만 원을 얻어 주었다. 열흘이 지나고 한 달이 지났다. 달라 이자는 불어났다. 돈 이자를 준 사람은 날마다 나한테 와서 돈 갚으라고 독촉을 했다. 나는 할 수 없이 방을 빼서 원금 30만 원에 달라돈 이자를 갚았다. 방 얻을 돈이 없었다. 짐보따리를 길에 둔 채 하루가 지났다. 방을 얻으려 해도 보증금이 있어야 하기 때문이다. 권사님 댁을 찾아가 사정 이야기를 했더니 방 한 칸을 비워 주셨다. 식구들이 당장 입어야 할 옷과 그릇, 시골 언니가 준 꿀 한 병과 들기름 한 병, 쓸만한 물건들은 길거리에 내놓았을 때 몽땅 도둑을 맞았으므로 우리 식구는 그야말로 알몸으로 권사님 댁 방 한칸으로 들어간 셈이다.

권사님께서 내어 주신 방은 아이들 둘을 재우고 나면 내가 누울 자리가 없었다. 낮에는 장사를 하고, 추우나 더우나 교회가 나의 잠자리가 되었다. 여름은 괜찮은데 추운 겨울에는 불도 안 들어오는 얼음장 같은 시멘트바닥에서 잠바 하나만 입고 새우잠을 자야만 했다. 새벽 4시에 일어나 강대상이며 마당 청소를 하루도 빠지지 않고 했다. 눈이 오면 눈을 쓸었다. 가을 바람이 부는 날은 낙엽과 종이들이 지저분해서 쓸었다. 잠 잘 자리가 없는 나에게 잠을 잘 수 있다는 것이 너무 고마워 청소를 하루도 빠지지 않았다.

그렇게 3년이 지나자 나는 방을 얻을 수 있었다. 철야기도 때 사모님이 안 나오셨다. 집사님들이 수군거렸다. 사모님이 많이 아픈데 약국문이 닫혀서 약을 사올 수가 없다고 한다. 청심환이 있으면 좋을 텐데, 걱정들만 했다. 내가 말했다.

"집사님, 제가 구해 올까요?"

집사님들은 서로 약값을 자기네들이 줄 테니 청심환만 구해 오라고 했다. 목사님 앞이라서 그런지 집사님들은 자기들이 먼저 내겠다고 빨리 약만 구해오라고 재촉을 했다. 새벽 2시. 나 혼자 밤길을 걷는데 으스스하고 무서웠다. 서울 밤거리가 이렇게 무섭다고 생각하긴 처음이다. 낮에는 사람들로 북적거리던 거리가 밤이 되면서 이렇게 적막하다니. 높이 뜬 달만 나를 볼 뿐 들려오는 것은 내가 걷는 발자국 소리뿐이다. 골목길을 올라가고 꼬불꼬불 길을 따라 돌고 돌아 성덕교회 다니는 집사님댁에 가서 대문을 두드렸다. 내 목소리를 듣고 밤중에 웬일이냐고 물으셨다. 내 말을 듣고 집사님은 선뜻 청심환을 주셨다.

"값은 얼마예요?"

"3,500원입니다."

"내일 꼭 갚을게요."

사모님은 청심환으로 위기는 모면했다. 며칠이 되어도 청심환 값을 준다던 집사님들은 입을 꼭 다물었다. 나는 생각했다. 목사님 앞에서는 잘 하는 척 하더니…… 집사님 남편들은 사우디에 가서 돈을 많이 벌지만 나는 방도 없이 힘든 생활을 했다. 일이 없거나 비가 올 때는 걱정뿐이다. 비가 오면 장사를 못하고 운이 좋은 날은 일을 할 수가 있었다. 오늘은 그래도 운이 좋아 일한 돈 3,500원을 받아서 청심환 값을 주었다. 한 번 아프고 난 뒤 사모님은 회복이 되질 않았다. 자꾸만 사모님 아픈게 마음에 걸렸다. 개척교회가 많이 어려웠다. 저축은 할 수 없는 형편이지만 절약해서 모은 돈 6만 원이 있었다. 내가 가지고 있는 전 재산이라고 할 수 있는 돈이다. 망설임도 없이 사모님 한약 한 제를 지어 드렸다. 그 뒤 사모님은 건강을 회복하셨다. 새벽기도 시간에 목사님이 칭찬하시며 하늘의 상금이 크다고 하셨다.

어느날 새벽기도가 끝나고 목사님이 나의 이름이 나쁘

다고 이름을 윤정으로 바꾸어주었다. 목사님은 내가 하는 일이 예수의 향기라고 칭찬하셨다. 그 다음날 집사님들이 나보고 강대상은 청소하지 말고 밖에 마당만 청소하라고 했다. 평신도는 강대상에 올라갈 자격이 없다는 것이다. 새벽기도를 마치고 집으로 오는 길은 눈이 와서 유리알처럼 미끄러웠다. 발자국을 떼어 놓을 수가 없었다. 어두워서 앞이 잘 보이지 않았는데 멀리서 커다란 물체가 흔들흔들 희미하게 보였다. 한참을 쳐다보았다. 미화원아저씨가 끄는 짐수레였다. 나는 뒤로 가서 내가 가는 곳까지 밀어주었다. 미화원아저씨는 "고맙습니다." 인사를 남기고 어둠속으로 사라졌다. 나는 그 자리에 서서 아저씨가 안 보일 때까지 지켜보았다. 낮은 목소리로 나도 모르게 찬송을 부르고 있었다.

'몸도 마음도 연약하나 새 힘 받아 살았네.'

저 아저씨도 사랑하는 가족, 아들과 딸이 있겠지. 그래서 이 추운 새벽에 일을 열심히 하는 걸까? 나한테도 저렇게 열심히 일하는 동반자가 있다면 이렇게까지는 힘들지 않았을 텐데. 그래 사람은 역시 혼자 아닌 동반자가 있어야 해. 둘이서 하는 일은 힘들지 않을 거야. 어려울 때 서로 힘이 되고 위로가 되고 무거운 짐이 있어도 나누어지면 가볍지 않을까? 어린아이가 있으면 돈을 주시든가,

돈이 없으면 짐을 지우지 마시든가. 세상 사는게 너무 공평하지 않았다. 나는 돈도 없고 짊어질 짐만 있지 않은가. 차라리 아이들을 외국에 입양 보내고 내가 돈을 많이 벌었을 때 만나면 어떨까?

오늘은 일도 하기 싫었지만 일거리도 없었다. 오랜만에 망우리 사는 숙모님 댁에 갔다. 숙모님은 내가 고생하는 게 안되어 보였는지 그만 고생하고 마땅한 자리가 있으니 아이들 시댁에 떼어 주고 재혼하라고 하신다. 나도 고생스럽고 힘들 때는 그런 생각도 해보았다.

"숙모님 며칠만 생각할 여유를 주세요."

그 다음 숙모님 댁에 가지 않았다. 임춘자 집사님이 우리집에 왔다. 취직자리 좋은 데가 있다고 하면서 돈을 요구했다. 외국도 있고 영사관 청소원 자리도 있다고 했다. 나는 아무데라도 있으면 빠른 대로 해달라고 부탁을 했더니 집사님은 돈을 요구했다. 돈 30만 원을 주었다. 1년이 지나고 2년이 지나도 취직자리는 없었고 돈만 날렸다.

다시 떡장사를 시작했다. 떡을 떼러 서대문을 가면 아주머니들이 줄을 서 있다. 일찍 가면 순서대로 떡을 받는다. 내 차례가 돌아왔다. 사장님 하시는 말씀 "아줌마는 떡장사 할 사람 같지 않아요." 난 웃음으로 인사를 했다. 월곡동 달동네로 올라가는 길가에서 팔았다. 비가 오는 날은 월곡동 올라가는 길목의 고기집 추녀 밑에서 팔았다. 비를 피할 수 있었다. 고기집 앞에서 한 달쯤 떡장사를 했다. 그런대로 잘 팔렸다. 그날도 나는 고기집 앞에서 떡장사를 하는데 고기집 아주머니가 가게를 봐 달라고 했다. 잠깐이었다. 나갔다 들어온 고기집 아주머니는 방에 있는 돈이 없어졌다고 했다. 한 가방에는 90만 원이 있었는데 20만 원이 없어졌고, 70만 원이 든 가방에서는 10만 원이 없어졌다고 하면서 도합 30만 원이 없어졌다고 떠들었다. 나는 도둑 누명을 쓰고 장사하던 자리에서 장사를 할 수 없게 되었다.

지금 내가 믿을 곳은 하나님밖에 없다. 아침에 아이들 밥을 먹여 학교에 보내고 교회에 가서 울면서 기도했다.

'정말 하나님이 살아 계시다면 도둑 누명을 벗겨 주시고 아무것도 모르는 어린 두 아들, 또 부족한 이 죄인을 불쌍히 여기시고 갈 길을 인도하여 주십시오.'

기도가 끝났을 때는 밖이 어두웠다. 얼마 후, 소식을 듣게 되었다. 고기집 아주머니 남편이 바람이 나서 아내의 돈가방을 쑤셔 돈을 가져갔다는 것이다. 밤이 되어도 잠을 이루지 못했다. 도둑 누명이 억울해서 견딜 수가 없었다. 도둑질 하지 않았다는 말을 경찰서에 가서 해야 할 것 같았다. 종암동 경찰서 정문을 들어서려는데 다리가 떨렸다. 경찰아저씨가 신분증을 달라고 했다.

"없는데요."

그 경찰관은 출입문을 막아섰다. 그냥 집으로 왔다. 통장을 찾아갔다. 일도 없고 장사도 할 수 없고, 당장 먹고 사는 게 문제지만 아들 등록금이 더 문제다. 이웃에 사는 동네 어떤이는 생활이 나보다 나은데도 영세민으로 자식의 학교 수업료를 면제 받는다고 동네아주머니 한 분이 귀띔해 주었다.

"아주머니가 젊어서 영세민으로 할 수 없습니다."

통장이 말했다. 더 이상 사정할 수가 없었다. 나는 직접 동회장을 찾아갔다. 동사무소에 들어가니 무엇 때문에 왔느냐고 직원 한 분이 물었다.

"동회장님을 뵈러 왔습니다."

"무슨 용건이지요?"

"동회장님을 보기 전에는 말할 수 없습니다."

어느 직원이 동회장실로 안내했다. 나는 인사를 하고 정중하게 말했다.

"동회장님, 우리 영세민 좀 해 주세요."

동회장은 한참 생각하더니 "영세민을 왜 하려고 합니까? 아직 나이도 젊고 예쁜데 시집이나 가지." 라고 말했다. 나는 화가 머리끝까지 치밀었다.

"동회장님, 지금 하신 말씀 다시 한번 해보세요."

동회장은 당황했다.

"알았으니, 집에 가서 기다리세요."

이튿날 담당직원이 나한테 찾아와서 화를 냈다. 내가 동회장한테 직접 말을 해서 직원이 혼난 것 같았다. 그 뒤에 영세민이 되어 아들 수업료가 면제되었다.

봄이 되자 교회에서는 대심방이 시작되었다. 대심방 때는 목사님이 오셔서 예언기도를 해주셨다. 나는 교회 나간 지도 얼마 안 되었다. 정분옥 집사님 대심방 하는 날 나는 집사님 댁으로 갔다. 목사님 기도가 끝나자 집사님들은 질문을 했다. 조 집사님과 정 집사님은 아들 장래에 대해 상담을 했다.

"정 집사님, 걱정 마세요. 동국이는 장차 의학박사가 될 겁니다."

목사님 말이 끝나자 마자 조 집사님이 물었다.

"목사님, 우리 창록이는요?"

"걱정하지 마세요. 공학박사 될 겁니다."

목사님 말씀이 끝나자 두 분 집사님은 웃음꽃이 얼굴에 가득했다. 현재 조 집사님은 딸을 하나 데리고 재혼한 상태이고, 정 집사님도 재혼한 상태다. 나는 기어들어가는 목소리로 물었다.

"우리 상신이는요?"

"이윤정 성도는 아직 까마득합니다."

목사님 말씀을 듣고 나는 평신도로서 마음에 상처가 크게 남았다. 두 분 집사님 남편은 사우디 가서 돈을 많이 벌어 올 때였다. 집사님 아들과 우리 상신이는 서라벌중학교 동급생이다. 그런데 두 분 집사님 아들은 중간에 수업료를 갖고 가출을 했고, 중학교 졸업도 못했다.

일자리도 없고 장사할 자리가 없어 밖을 나가지도 않고 여러 날을 집에만 있었다. 매일 나가서 일을 해도 생활이 어렵다. 몸은 놀고 있지만 마음은 바늘 방석이다. 성덕교회 권사님이 지나가는 나를 불렀다.

"아줌마 요즘은 장사도 안하고 어떻게 지내요?"

"아직 손에 일이 잡히지 않아서 못하고 있습니다. 지금 일자리 알아보러 가는 중이에요."

"오늘 하루만 기다려봐요, 내가 일자리를 알아 볼게요."

권사님은 간단하게 말하고 급히 언덕길을 내려갔다. 이튿날 아침 일찍 권사님이 오셨다.

"내가 다니는 공장에서 사람을 구합니다. 나하고 같이 갑시다."

나는 권사님을 따라 공장 사장님을 만났다. 사장님은

우리집안에도 사람은 있지만 쓰지 않았고, 3일 전에도 아주머니가 왔었는데 마음에 안 들어 쓰지 않았다고 했다.

"월급은 한 달에 10만 원이고 매점은 아주머니가 운영하세요."

"아이들 둘이 있습니다."

나는 주뼛거리며 어렵게 입을 열었다.

"걱정하지 마세요, 먹는 것 식당에서 먹으면 되고 방은 하나 줄 테니 아이들 하고 사시면 될 겁니다."

"사장님, 고맙습니다. 일하겠습니다."

수출품 보세공장이었다. 사장님은 커다란 방하나를 살 수 있도록 배려해 주었다. 우리 세 식구는 먹는 것은 식당에서 해결하고 월급으로 학비를 낼 수 있었다. 정말 하나님은 살아계셨다. 믿음은 약했지만 하나님이 계시다는 것을 확신했다. 나의 기도를 들어 주셨던 하나님, 우리 세 식구 사는 게 너무 불쌍해서 하나님은 우리 세 식구를 이곳까지 인도하셨다. 다니던 교회가 싫어졌다. 교인들과의 사이에 상처가 늘 마음 한구석에 있었다. 눈으로 보면 그들이 미웠다. 남을 미워하는 것도 죄인데 죄를 짓고 싶지 않았다. 나는 교회를 옮기기로 하고 아는 집사님을 따라 미아리교회를 갔다. 교회 안에는 강대상 옆에 북도 있었다. 목사님은 단위에 서시자 성도들을 향하여 손을 들고

"복 받으시요, 복 받으시요." 했다. 교인들은 "아멘 아멘
~" 했다. 도대체 이해가 되지 않았다. 우리가 교회 다니
는 것은 예수님 말씀대로 순종하고 선한 일에 앞장서 실
행하는 것으로 알고 있던 나는 목사님이 복을 주시면 우
리가 정말 복을 받는 건지 의문이었다. 자신이 복을 받을
일을 해야 복을 받는 것이 아닐까, 생각했다. 그 다음에는
월곡동 장로교회를 갔다. 그날 목사님은 영에 대한 설교
를 하셨는데, 내가 생각하는 것과 다른 것 같았다. 목사님
은 우리가 죽으면 혼은 천국으로 올라가고 육신만 땅에
묻힌다고 하셨다. 나는 성경책에서 아직 그런 말씀을 보
지 못했다. 목사님은 죄를 지으면 천국에 가지 못하고 끓
는 기름가마에서 죽지도 않고 고통을 당한다고 했다.

이번에는 침례교회를 갔다. 침례교회 목사님은 성지순
례 다녀오신 뒤라 겨자씨를 선물로 주셨다. 예배 때 성지
순례에 대한 말씀을 하셨다. 겨자씨는 우리나라 맨드라미
씨와 같았다. 공장에서의 식당일, 내가 짊어진 그 짐은 너
무 무거웠다. 힘들고 지쳐 나는 눈을 꼭 감아본다. 뜨고
싶지 않았다. 새벽에 일어나 기숙사에 있는 식구들 아침
밥을 준비했고 점심은 70~80명 밥을 혼자 준비했다. 그
래도 하나님이 일자리 주시고 건강을 주신 것 감사해서
열심히 일했다. 내가 만약 불구자였다면 일도 못했을 것

이다. 일할 수 있도록 건강 주신 것, 감사하다.

상신이는 방학 때는 공장에서 아르바이트를 해서 학비에 보탰다. 공장에서 일하는 아이들은 한 달을 채우기 전에 바뀌었다. 매점에서 외상으로 가져간 물건 값은 받지 못하고 많이 떼였다. 매점 운영을 포기했다. 식당일을 끝마치면 공장일을 했다. 스웨터 하나에 10원부터 30원까지 단가를 먹였다. 한 달 일을 하면 아이들 학용품 값은 됐다. 밤 12시가 되면 공장 식구들의 야식을 준비했다.

06

씨받이

점심을 먹고 난 뒤 설거지를 하는데 새길교회 집사님이 오셨다.

"오해하지 말고 내 말을 잘 들어봐요, 아줌마가 아이들 데리고 너무 고생하는 것 같아 내가 왔어요, 힘들게 일하는 것보다 아이들 하고 좀 편안하게 살면 안 돼요? 아줌마 아직 생리하지요?"

"네."

"지금 아이들 둘은 남자죠?"

"네."

"내 생각에는 아줌마가 힘들게 일하지 말고 씨받이를

하면 아이들 하고 좀 편할 텐데요. 남자하고 잠자리를 하는 건 아니고, 지금 살고있는 남편 정자와 부인의 난자를 합하여 아기집만 빌리면 되는 겁니다. 만약 아줌마가 허락한다면 목돈 2,000만 원은 주고, 아이를 낳을 때까지 모든 생활비는 책임집니다. 2,000만 원 받으면 아이들 하고 살아가는데 덜 고생하지 않겠어요?"

아기를 갖기로 원하는 집은 재벌가이며 명문가라고 했다. 2,000만 원이면 작은 돈은 아니다. 집을 한 채 사고도 남는다. 집사님은 내일 다시 오겠으니 잘 생각해보라고 하면서 가셨다. 나는 뜬 눈으로 밤을 지샜다. 내 몸 편하게 살자고 한참 사춘기인 아들이 마음에 상처를 받을 것 같아서 용기가 나지 않았다.

내가 고생 안하고 아이들을 잘 먹일 수 있다면 나쁘지 않겠다는 생각도 들었다. 엄마가 배가 부른 것을 보며 아이들은 무슨 생각을 할까? 혹시 탈선하지 않을까? 모든 사실을 아들한테 말할까? 아들은 No라고 할까? Yes라고 할까? 오늘도 나는 2,000만 원을 눈앞에 놓고 저울질을 한다. 전화 수화기를 들었다 놓았다 말을 할까 말까. 망설임으로 하루를 보냈다. 내일은 꼭 말을 해야지. 돈 앞에 노예가 되는 나 자신이 싫어진다. 만약에 아기가 기형아라면 돈을 주겠는가. 안 주겠지. 생각은 꼬리에서 꼬리를 잇는다. 허황된 생각은 버리자, 아들의 장래를 위해 마음을 비우자. 힘들어도 우리 다같이 살고 돈이 없어도 웃으며 살자. 결론을 내리니 눈앞의 돈도 온데 간데 없다. 돈이 눈앞에서 떠나니 마음이 편안하다. 며칠동안 돈의 노예가 되어 허황된 생각을 잠시나마 가졌던 일들에 쓴 미소가 지어진다. 2,000만 원, 며칠 간의 행복이 물거품처럼 사라졌다. 내 행복을 머언 훗날에 기대며 웃음꽃을 피워 본다.

이날 오후, 집사님이 다시 오셨다.

"집사님, 고맙습니다. 집사님이 저를 생각해 주신 것 정말 잊지 않을게요. 그런데 받아들일 수가 없네요. 미안합니다."

겉으로는 거절했지만 내가 고생 안하고 두 아들을 잘 먹일 수만 있다면 괜찮겠다는 생각도 들었다. 아들이 학교에서 정지처분을 받았다. 성실하고 착한 아들이 왜 학교에서 정지처분을 받았을까. 왜 그랬을까. 아무리 생각해도 알 수 없다. 한 달쯤 되었을 때 친구 경세가 왔다.

"경세야, 상신이가 학교에서 무얼 잘못 했니?"

경세는 우물쭈물 말을 하지 않았다.

"경세야 괜찮아 말을 좀 해봐."

너무 답답해서 또 물었다.

"선생님한테 꾸중 들었니? 학교에서 일 저질러 친구들과 싸웠니?"

"아닙니다."

묵묵부답이다.

"경세야, 내가 안들은 걸로 할 테니 말을 해봐."

경세는 그때야 말을 했다.

"학교 반 친구가 시험 볼 때 답을 알려주면 기타를 주겠다고 약속했는데, 시험지 답을 쪽지에 적어 건네 주다가 선생님한테 적발되어 혼났어요. 그 뒤에 기타는 받지 못하고 상신이만 억울하게 학교에 가도 수업은 하지 못한 채 학교 화장실 청소를 10일간 했어요. 그 친구는 기타도 안 주고, 억울한 거는 상신이예요."

"경세야, 고마워. 말해 주어서 정말 고맙다."

상신이가 얼마나 기타를 갖고 싶었으면 그랬을까. 며칠을 두고 마음속에서 그 문제가 떠나지 않았다. 우리집안 사정을 잘 아는 상신이는 엄마한테 갖고 싶은 기타를 사 달라고 말을 못했던 것이다. 저녁밥을 짓고 있는데 상신이가 학교에서 돌아오자 방에 앉아 엉엉 소리 내어 울었다.

"울지 말고 말을 해야 엄마가 알지."

상신이는 울면서 말했다.

"난 이제 취직도 못하고요……."

담임으로부터 전화가 왔다. 학교로 오라는 것이다. 담임선생님을 만났다. 상신이가 친구들과 어울려 다른 학교 선배를 때려 병원에 입원했다는 것이다. 병원에 찾아가 보니 학생이 침대에 누워 있었다. 원인은 상신이가 집에서 공부를 할 수 없으니까 복지관에 가서 공부를 하겠다고 하여 허락한 것이 원인이었다. 집에서는 공장아이들이 밤늦게까지 시끄럽게 하니까 공부가 안된다고 해서 보냈는데 복지관에 처음간 날, 다른 학교 형이 오지 말라고 했는데 또 왔다고 주먹으로 때려 상신이가 맞았다고 했다. 성이 난 상신이가 친구 다섯 명을 데리고 가서 때린 형을 다리 밑으로 끌고가 한 명을 때린 것이다. 맞은 학생은 병원에 입원을 했고, 복지관에 불려간 다섯 명은 주소를 대라고 하여 다들 주소를 틀리게 하였는데 그 중 한 명이 바른대로 얘기해서 한 명 때문에 다섯 명이 들통이 났다. 다섯 명 학생 엄마와 같이 병원에 가보니 정말 아파서 병원 침대에 누워 있었다. 맞은 학생 부모님도 있었다. 피해자 측에서 합의를 안 해주어 우리 아이들 다섯 명이 종암동 경찰서까지 가게 되었다. 벌금과 합의금을 내고 병원비 지불하고 엄마들은 각서를 써서 경찰서에 내고 아이들은 각자 집으로 돌아왔다. 아이들로 인해 만나던 엄마들은 지금까지 친하게 지내며, 조그마한 친목계를 만들었다. 이곳 공장식당에 왔을 때 그러니까 상신이 고등학교 3학년 때다.

공장에 와서 살면서 고등학교를 졸업하기 전, 삼성이라는 대기업에 취직이 되었다. 상신이 취직 후 첫 월급을 받았다. 내가 식당에서 받는 월급의 두 배 이상이었다. 하나님께서 '너의 첫 열매를 여호와께 바쳐라. 너의 앞길을 책임지리라.' 하신 말씀에 순종했다. 상신이는 학벌 때문에 회사에서 속이 상한 것 같다. 엄마로서 할 노릇을 못해서 죄스러울 뿐이다. 상신이가 삼성이라는 회사에 취직했을 때 나는 한없이 기뻐 눈물을 흘렸다. 세계에서 알아주는 우리나라 대기업, 누구나 한번쯤 들어가기를 희망하는 회사다. 상신이 회사에 취직하여 얼마 안 됐을 때 회사에서 연수를 미국으로 다녀왔고 미국을 갔다와서 서너 달이나 밤잠을 설쳤다고 말을 했다. 얼마나 큰땅이었을까. 혼자 상상을 해 본다. 그 다음 연수는 중국으로 갔다. 상신이는 만리장성에도 가보았고 건설회사에서 필요한 여러 곳을 돌아보았다고 기분 좋게 말했다.

상신이는 퇴근길에 먹을 것을 사 들고 왔다. 이유를 알아 본 즉 엄마가 길에서 장사할 때 생각이 나서 아주머니가 팔고 있는 것을 보는 대로 몽땅 샀다는 것이다. 다 먹지 못할 때가 많았다. 아들의 마음 씀씀이가 너무나 고마웠다. 상신이가 늦게 들어올 때는 항상 가슴을 졸였다. 대문이 없기 때문에 담을 뛰어 넘어야 했다. 상신이는 담을 뛰어넘다가 죽을 뻔 한 적도 있다고 했다.

공장이 어려워지자 다른 곳으로 이사를 했다. 이곳도 화장실과 대문이 없다. 공장일이 끝나면 가장 어려운게 들어오는 대문과 화장실 문제다.

"엄마 오늘 직장에서 선배님네 집들이를 갔는데 그렇게 좋은 집은 처음 보았어요."

대문도 없는 판자집에 살았던 상신이는 아마도 대궐 같은 집을 본 모양이다. 그때 우리나라 경제가 어려워지면서 보세공장은 문을 닫아야 했다. 국내 많은 공장들이 중국으로 나갔다. 우리가 살던 공장도 일부는 중국으로 가고 일부만 남아 식당일을 하지 못하게 되었다. 사장님 일하는 공장에서 작은 방 하나를 전세 400만 원에 살게 되었는데, 사장님이 중국으로 가면서 300만 원은 주고 100만 원은 받지 못했다. 300만 원으로 방을 얻을 수가 없어 주택은행에서 대출받아 500만 원 전세방을 얻었다. 상신이는 매일같이 술을 먹고 취해 들어와 토하고 힘없이 누워 천장만 쳐다볼 뿐 말이 없다.

하루는 카드 빚이 많이 밀렸다고 말했다. 40만 원이었다. 내가 공장에서 일할 때 4개월치 월급이었다. 카드 빚을 갚아 주었지만 속이 많이 상했다. 아들이 취업 후, 처음 가지고 온 선물이 동원참치다. 선물은 큰 가방에 반만 채워져 있었다. 아무리 생각해도 이상했다. 대기업에서 선물을 반만 줄 수 있을까. 퇴근해서 돌아온 아들에게 물었다.

"상신아, 선물이 반밖에 없네. 큰회사에서 선물을 어떻게 반만 채워 주었니?"

"버스를 타고 오는데 아는 사람을 만나 반을 덜어 주었어요."

주는 것도 좋지만 첫번 받은 선물인데 좀 서운했다.

"중완아, 엄마 정말 속상해. 형이 술만 먹고 돈을 모을 생각을 안하니 어떻게 했으면 좋겠니?"

중완이는 아무 말도 하지 않는다. 얼마 후 상신이는 대전으로 전근을 갔다. 직장에 들어간 지 얼마 안 되어 새 양복을 사 입었다. 양복 색깔은 쥐색인데 잘 어울렸고 멋있었다. 어느날 보니까 양복이 눈에 띄지를 않았다. 물어보아도 상신이는 대답이 없다. 친구 경세한테 물어보았다.

"그 양복 만춘이 주었는데요."

그 친구가 직장이 없을 때 옷도 없고 해서 주었던 것이다.

07

내 고생의 잔이 넘칩니다

지금 살고 있는 집 옆에 연립을 짓는데, 밥을 해주었다. 다른 교회 집사님과 같이 시작했는데, 의견 충돌이 있어 끝까지 하지 못했다. 3개월 후 집 짓는 일이 끝났다. 앞으로 일이 없어 걱정이다. 티브이에 학원에서 자수를 배우면 일하는 것보다 났다는 얘기가 나왔다. 동대문 자수학원을 찾아가 속성과로 등록, 3개월 만에 졸업을 했다. 미싱자수를 배웠더니 일감이 전부 중국으로 갔다. 일을 할 수가 없었다. 돈을 벌려다 학원비만 날렸다. 스승의 날이라고 상신이는 선물을 사왔다. 그런데 얼마 안되어 선생님께 드린다고 또 선물을 샀다. 왜 그랬을까. 친구 경세가 집에 왔다.

"경세야, 상신이는 스승의 날이라고 선물을 사더니 며칠 전에 선생님 선물을 또 샀더구나."

"먼저 산 선물은 제가 선생님 드렸어요."

스승의 날 친구는 직장에 다니지 않았기 때문에 돈이 없어 선물을 준비하지 못했는데, 상신이가 선생님한테 드리려고 준비한 선물을 친구한테 주어서 친구는 선생님한테 선물을 하고 상신이는 그냥 빈손으로 선생님 댁에 갔다는 것이다. 선생님이 상신이를 어떻게 생각하셨을까. 직장 없는 제자는 선물을 사오고 직장이 있는 제자는 빈손으로 갔으니.

오늘은 일하기가 싫었다. 일을 하다가 실수로 계단에서 넘어졌다. 다리를 다쳐 많이 아팠다. 그때 넘어진 흉터가 지금도 있다. 일을 마치고 저녁 때 오는데 종암동사거리에 흩어진 쌀을 손으로 모아 봉지에 넣어 가지고 와서 수십 번을 씻고 일어서 밥을 해 우리 세 식구가 한 끼를 배불리 먹었다. 목사님 아들이 다쳐서 병원에 입원을 했다. 정성스레 김밥을 싸서 목사님 편에 보냈다. 사모님한테서 전화가 왔다. 아들이 맛있게 잘 먹고 같이 입원한 병원식구들과 나누어 먹었다고. 우리 아이들 어릴 때 김밥을 한 번도 싸 주질 못했다. 김밥은 부자들만 먹는 음식인 줄 알았기 때문이다. 아이들 어릴 때 나는 언제 부자가 되어 김밥을 먹을 수가 있을까, 간절했던 기억이 주마등처럼 스쳐간다.

상신이 초등학교 다닐 때였다.

"엄마 오늘 어린이 날이라고 윗집 동현이네는 김밥 싸가지고 창경원 놀러 간대요."

상신이는 나도 가고 싶어요, 라는 말 한마디도 하지 않았다. 어린이날 상신이와 중완이는 엄마도 없는 집에서 둘이 지냈다. 동네친구들은 다들 놀러갔기 때문에…… 상신이와 중완이는 어린 시절 '아빠' 또는 '아버지'란 호칭을 얼마나 불러보고 싶고 안겨보고 싶었을까. 아버지란 호칭 아래 풍기는 향수, 맡아보고 싶은 아빠 냄새. 엄마 앞에서는 한번도 말하지 않던 두 아들의 가슴에 숨겨진 그리움을 생각하면 뼈가 녹는 아픔으로 가슴이 시리다.

'엄마, 우리는 왜 아빠가 없어?'

한 마디도 묻지 않고 두 아들은 잘 커 주었다.

아이들이 어릴 때 나는 돈을 조금이라도 더 받기 위해 남들이 가지 않는 상가집 일을 마다하지 않고 일을 했다. 상가집은 밤을 새워 일을 하기 때문에 돈을 더 받을 수가 있었다. 상신이가 대전에서 근무할 때였다. 상신이가 친구들을 데리고 포장마차에서 김밥과 오뎅을 먹고 있었다고 한다. 어린아이가 구걸을 하러 들어왔다. 상신이는 어린아이에게 떡볶이랑 오뎅을 사서 먹이고 필요하면 언제든지 또 오라고 전화번호를 메모해 주었다. 상신이 친구들이 나한테 그런 이야기를 해주었다. 아들친구한테 말을 듣는 순간 엄마한테 해준 것보다 더 기분이 좋았다.

벼룩시장, 가로수 등 신문을 매일같이 가지고와 일거리를 찾던 중 마침 작은 분식가게 자리를 보았다. 광운대 앞이었다. 간판 이름은 '또와 분식'. 나는 그곳에서 대학생과 대학원생을 상대로 장사를 했다. 내가 파는 음식은 밥, 라면, 국수 등이었다. 대학원생들이 오면 늘 하는 말이 있다.

"반찬이 집에서 엄마가 해주는 것과 똑같아요."

어느 날, 저녁시간에 대학원생들이 라면을 먹으러 왔다.

티브이의 임성훈프로였다. 할아버지가 길을 가다 아이를 만났는데 할아버지가 "너 몇 살이냐?" 물었더니 아이는 들판을 가리키며 "뚝이 무너졌시다."하며 지나갔다. 그 아이 나이는 몇 살이냐, 하는 문제다. 대학생도 대학원생도 라면을 먹으면서 답을 못 맞추었다. 나는 학생들과 농담도 하고 친숙한 사이였다. 티브이를 보고 있다가 열 살이네, 하고 내가 대답했다. 라면 먹던 학생들이 깜짝 놀란다. 나는 '아이가 들을 손으로 가리키며'에서 힌트를 얻었다. 내가 어릴 때 살던 진천 시골에서는 어른들 말씀에 논이나 밭을 전답이라고 했고, 좋은 땅은 옥답이라고 했다. 학생들은 저마다 한마디씩 했다.

"아주머니, 학교 어디까지 나왔어요?"

나는 웃으면서 학교를 다니지 않았다고 대답했다. 엄마 몰래 혼나면서 배운 한문을 이렇게 써 먹을 줄이야. 티브이에서도 임성훈 아나운서가 칠판에 글을 쓴다. 밭 전(田)자다. 전자를 써놓고 가의 면을 떼어내니 열십(十)자가 되었다. 두번째 문제는 이도령과 방자가 서울로 가는 도중에 방자가 이도령 보고 하는 말.

"도령님, 난 더 이상 갈 수가 없습니다. 지금 내 배속에 산이 두 개가 들어있어 갈 수 없습니다."

대학원생들은 서로 눈들만 마주보고 있다. 나는 알 수가 있었다. 산이 두 개. 뫼산(山)자 두 개를 한데 붙이면 출(出)이 된다. 결론은 방자 속이 출출하여 못 간다는 얘기다. 출출이란 배가 고프다는 뜻. 분식가게에서 서빙하는 아가씨가 아들친구 동생이다. 대학원생들과도 친분이 있지만 잘 아는 사이라서 대학원생들이 우리집에 많이 왔다. 분식가게를 떠나올 때 우리집에 왔던 학생들을 초청하여 인절미를 만들어 먹었다.

다음에 밖에서 만나도 잊지 말자고 약속했다. 그때 그 학생들이 이 글을 본다면 '언덕 위 하얀집'에 오라고 초청하고 싶다. 분식가게를 할 때 큰아들은 대전에서 근무했고, 작은아들은 군대에 갔었다. 큰아들이 주말에 오면 분식가게에서 서빙도 하고 그릇도 닦아주었다. 작은아들도 휴가 나오면 엄마를 도와주었다.

어느 날 큰 양동이를 머리에 이고 물건을 가질러 가다가 나는 깜짝 놀랐다. 10년 전에 내가 달라돈 30만 원을 얻어 준 김종민씨를 만났다. 김종민씨는 모정선 남편이다. 당황하는 것 같았다. 나는 순간 가슴과 다리가 떨려서 말을 못하고 그냥 지나갔다. 마음을 진정하고 다시 그 자리에 가보니 그는 없었다. 어차피 내가 포기한 돈이니까. 마음을 스스로 달랜다. 집주인 송씨는 100만 원 빌려 주면 바로 준다고 하더니 주질 않아서 변호사를 선임 한 후 법정에서 돈을 받았다. 1년 만에 별 이익을 보지 못하고 분식가게를 걷어치웠다. 잘 아는 목사님이 과천에 괜찮은 식당 자리가 있다고 전화로 소개했다.

분식가게를 정리하고 과천으로 이사를 했다. 식당 주위에 있는 작은 공장의 직공들 상대였다. 그들에게 밥을 해 주고 한 달에 한 번 결재를 하는 것이었다. 가끔 가다 대학생들이 오기도 했다. 혼자서 큰 식당을 운영한다는 것은 쉬운 일이 아니었다. 한 달 후 결재인데 오던 사람이 오지 않아 찾아가 보면 벌써 이사를 가고 없었다. 1인분 2,500원, 한 집에 100만 원~ 200만 원 떼이다 보니 적자가 계속, 운영이 어려워졌다. 시장보는 것도 힘들었다. 근방에 시장이 없어 안양까지 가서 시장을 보아야만 했다. 손님이 없을 때는 인건비가 문제가 되고 갑작스레 손님이 들이닥치면 손이 모자라고 급하게 사람을 쓰면 이익금이 없다. 장사는 그런대로 잘되는 편이었다. 지하수를 썼는데 수질이 너무 나빴다. 아는 사람들은 밥을 먹으려고 하지 않았다. 내 손바닥이 노랑색으로 변하기 시작했다.

어느 날이었다. 이상하리만큼 10여 년 전에 파출부로 일하던 분의 소식이 궁금했다. 늘 잊혀지지 않아 전화를 걸었다. 내가 잘 사는 날이 오면 꼭 은혜를 갚고 싶었다. 아니나 다를까, 자궁암에 걸렸는데 간병할 사람이 없다는 것이다. 나는 식당을 주방 아줌마한테 맡기고 그분을 돕고 싶어 간병을 자청했다. 그분은 진실한 기독교 신자였다. YMCA에서 소개받아 첫번째로 간, 인연이 깊은 집이다. 이북사람들인데 인정이 많았다. 어린아기가 있어서 일주일에 3번 일을 했다.

지난 날 어려울 때 도와주신 고마운 분이다.

우리 세 식구를 추운 겨울동안 걱정없이 살도록 도움을 주었다. 밥 걱정도 하지 않았다. 옛날에는 목장을 크게 했는데 현재는 하지 않았다. 경기도 광주 쌍령리 크로바목장. 별장이 있는데 비어 있어서 우리 세 식구는 이곳에서 겨울을 무사히 지낼 수 있었다.

눈이 오는 겨울 어느 날. 손님이 오기로 약속되었다. 주인아주머니가 시장을 봐 오셨다. 냉면을 만든다고 재료를 준비했다. 내가 살아오면서 처음 들어본 냉면. 냉면이 무얼까 궁금했다. 내가 살았던 곳에서는 냉면이라는 음식을 들어보지 못했다. 충북 시골에서만 살았으니까. 나는 옆에서 심부름만 했고, 주인아주머니는 냉면을 만들어 손님 접대를 했다. 손님들은 맛있다고 자기네들끼리 말을 주고 받았다. 이 추운 겨울, 동치미국물에 말아먹으면 정말 맛이 있을까? 주인아주머니가 나에게도 한 그릇을 주셨는데 난 도저히 먹을 수가 없었다. 너무 차가워서 먹지를 못하고 부엌에 나와 아궁이불을 끄집어 내어 따뜻하게 데워서 먹었다.

아주머니는 일거리가 마땅치 않으니 낚시터에서 밥장사를 하라고 하여 아이 둘은 서울집에 놔두고 낚시터에서 장사를 했다. 여름에는 손님이 많았고 밤에도 늦게까지 낚시하는 사람들이 많았다. 날씨가 선선해지면서 낚시터에는 손님이 줄었다. 두 아이는 엄마가 없어도 학교는 잘 다녔다. 일요일에만 아이들이 엄마에게 오곤 했다.

크로바목장 낚시터에서 장사할 때였다. 어느 일요일, 땅거미가 지고 어둑어둑해지는데 "엄마!" 부르는 소리에 뒤돌아보니 중완이가 걸어오고 있었다. 순간 깜짝 놀랐다. 너무 놀라워 말도 못하고 다리만 후들후들 떨렸다. 어린 것이 차를 어떻게 타고 왔으며 산길을 올라 왔을까. 얼마나 무서웠을까.

낚시터에서 장사한 이익금으로 추석 때 송편을 만들어 월곡동 시장에서 팔았다. 아이들에게 먹을 것도 제대로 해 먹이지도 못하고 다시 낚시터로 가는 도중 마장동에서 광주로 오는 버스를 타려고 줄을 서 있었다. 주머니에 넣은 돈이 잘 있나 생각하면서 주머니에 손을 넣으니 아무것도 없었다. 큰 돈은 손수건에 싸서 주머니에 넣고 차비만 손에 들고 있었다. 통곡을 한들 무슨 소용이 있으며, 땅을 친들 무슨 소용이 있으랴만, 나는 주저앉아 통곡했다. 하늘은 노랗고 피가 거꾸로 솟는 것이었다.

여러 날을 먹지도 못하고 아팠다. 여러 모로 신세를 많이 졌기 때문에 조금이나마 빚을 갚을 생각으로 왔건만 내가 생각한 것보다 그분은 교만하였다. 나는 아파서 그런가보다 생각하고, 내가 배려하고 이해를 했다. 환자보다 아들 딸들이 너무 미웠다. 나의 하루일과는 쉴 틈이 없다. 남들은 내가 환자인 것 같이 착각할 정도로 내 몸이 수척해졌다. 과천의 식당은 더 이상 할 수가 없었다. 먼저 하던 간판 그대로 오성회관이다. 40평 이상이 되므로 조리사자격증 없이는 할 수가 없었다. 자격증 소유자에게 대여를 부탁했지만 거절당했다. 만약 문제가 생기면 자격증 소유자가 책임을 져야 하므로 안 된다는 것이다. 장사는 잘되는 편이지만 더 이상 할 수가 없었다.

광주 쌍령리 크로바목장에서 환자와 같이 있었다. 건강식으로 아침식사 7시 30분. 아침식사 끝나면 수치료 9시 30분에 시작, 10시에 끝나면 점심식사 준비, 12시 30분 점심식사, 저녁은 5시에 간단히. 점심식사 끝나면 쑥뜸을 했다. 조금도 쉬는 시간이 없다. 이곳에서 3개월이 지났을 때 미국에서 딸이 왔다. 딸은 교만하고 오만하였다. 그래도 전에 환자가 나한테 말씀 한마디라도 따뜻하게 해 주시고, 내가 어려울 때 도와 주셨기 때문에 고마움을 잊지 못해 조금이나마 돕고 싶었다.

과천에 있는 식당에 일이 있어 왔다가 목장으로 가는 길에 얼마나 고생을 많이 했는지 지금도 생각하면 끔찍하다. 내가 환자를 돌보면서 식당을 내놓았기 때문에 과천에서 일을 보고 광주행버스를 탔다. 너무 피곤하여 깜빡 잠이 들어서 과천에서 광주로, 광주에서 다시 과천으로 버스가 왔다 간 것도 몰랐다. 버스가 광주에 도착하였을 때는 막차였다. 광주에서 내려 환자 있는 곳까지 산길이라서 걸어가지 못하고 택시를 탔다. 상신이가 걱정됐다. 회사를 가려면 있을 곳이 마땅하지 않았다. 식당에 별도로 방이 없었다. 환자한테 불편하다고 말을 했더니 서울집이 비었으니 서울집에서 다녀도 된다고 했다. 서울 아파트에서 회사를 다녔다. 서울아파트에 상신이를 보러 갔다. 나는 어이가 없었다. 아파트 관리비 많이 나온다고 난방을 전부 차단했다. 무척 추웠다. 그래도 상신이는 말 한마디 없었다. 내가 왜 금쪽 같은 우리 아들을 추운 곳에서 자게 해야 하나.

아들한테 너무 미안했다. 상신이가 엄마한테 와서 하루 밤을 같이 잤다. 상신이가 깜빡 잊고 아파트 문을 잠그지 않고 회사를 간 것 같다. 할아버지가 아침밥을 먹을 때 야단을 쳐서 상신이는 아침밥을 먹지 못하고 회사를 갔다. 그때부터 나는 환자한테 잘 해주고 싶은 마음이 싹 가셨다. 온갖 정성을 다하여 간호했건만 아무 소용이 없지 않는가. 추운 겨울에 난방도 안 들어 오는 곳에서 잠을 자다니.

시편 1편의 말씀.

복 있는 사람은 악인의 꾀를 쫓지 아니하며, 죄인의 길에 서지 아니하며, 오만한 자의 자리에 앉지 아니하고, 오직 여호와의 율법을 즐거워하여 그 율법을 주야로 묵상하는 자로 다. 저는 시냇가에 심은 나무가 시절을 쫓아 과실을 맺으며, 그 잎사귀가 마르지 아니함 같으니 그 행사가 다 형통 하리로다. 악인은 그렇지 않음이며 오직 바람에 나는 겨와 같도다.

시편 23편 말씀.

여호와는 나의 목자시니 내가 부족함이 없으리로다. 그가 나를 푸른 초장에 누이시며 쉴 만한 물가로 인도하시는도다. 내 영혼을 소생 시키시고 자기 이름을 위하여 의의 길로 인도하시는도다. 내가 사막의 음침한 골짜기로 다닐지라도 해를 두려워하지 않을 것은 주께서 나와 함께 하심이라, 주의 지팡이와 막대기가 나를 안위하시나니, 주께서 내 원수의 목전에서 내게 상을 베푸시고 기름으로 내 머리에 바르셨으니 내 잔이 넘치 나이다.

성경 말씀이 마음의 지팡이가 되어 살았다. 길을 거닐 때도 일을 할 때도 마음 속으로 찬송을 불렀다.

'멀리멀리 갔더니 처량하고 곤하면 눈물 씻어 주시고 나를 보호 하소서.'

목사님과 집사님들이 오면 환자의 장점만 말해 주었다. 내가 볼 때 환자는 점점 교만해지는 듯이 보였다. 미국에서 아들, 딸이 번갈아 들어왔다. 환자 말로는 재산이 다른 곳으로 샐까 봐, 재산 지키러 온다는 것이다. 일요일에 상신이가 왔다. 하루 저녁을 엄마와 같이 자고 아침 일찍 회사로 갔다. 부엌에서 설거지를 끝마치고 마루에 올라섰을 때 방안에서 딸과 엄마가 하는 말이 들렸다. 일부러 들으려고 한 것은 아니다.

"상신이 덮은 이불 빨아야 하잖아요."

이 말을 듣는 순간 환자도 아닌데 한번 덮은 이불이 더러우면 얼마나 더러울까. 생각하고 방으로 들어와 이불을 솜만 남기고 전부 빨았다. 그렇게 안 해도 덮었기 때문에 빨건데. 가족이 아닌 탓에 불결감을 느낀 것이리라.

환자 친척이 강원도 평촌요양원에 있다고 한다. 그 말을 듣고 환자 작은아들과 나는 요양원에 가서 20일을 있었다. 요양원은 교회 장로님이 운영하는 곳이었다. 작은아들은 교양도 없고, 버르장머리도 없다고 사람들이 수군거렸다. 나도 그 말 끝에 실수로 환자의 단점을 말했다. 내가 한 말이 불어났다. 요양원에서 일하시던 분은 미국에서 온 선생님이었다. 환자를 돌보는 선생님들은 어떠한 말을 들어도 환자한테 말을 하지 않아야 된다. 환자는 재산 자랑을 한 것 같다. 환자가 재산이 많으니까 미국에서 온 선생님이 아첨을 한 것 아닐까?

환자는 나보고 재산 노리고 들어왔다고 억지말을 한다. 나보고 가라고 했다. 나도 더 이상 도와주고 싶은 마음도 없었다. 그날로 집으로 왔다. 얼마 후 환자는 나한테 전화를 했다. 나보고 말도 없이 갔다고 억지말을 또 했다. 나는 전화를 받으면서 도무지 용기도 나지 않아 아무런 대꾸를 하지 않았다. 그 뒤 미국으로 가서 얼마 살지 못하고 세상을 떠났다고 목사님으로부터 소식을 들었다. 세상 떠나면서 나한테 100만 원 주라고 하셨다고 목사님이 돈을 주셨다.

세상을 떠났다는 말에 눈시울이 뜨거워지며 지난 날들이 꼬리를 물었다. 1993년도 중완이가 대학에 들어갈 때 사모님에게 전화를 했다.

"안녕하세요? 상신이 엄마예요."

"요즘 어떻게 지내요? 열심히 살면 좋은 일 있을 거예요."

"네. 올해 중완이가 대학에 들어가요."

"벌써 그렇게 됐군요. 세월 참 빠르네요. 아이고 반가워라, 벌써 대학에 들어가는구먼."

사모님은 어느 대학이냐고 물어보지도 않으셨다.

"요즘 내가 돈이 없네요. 많이는 못 도와줘도 도와 줄게요."

며칠 후, 전화가 왔다.

"상신이 엄마, 시간 있으면 와요. 돈이 없어서 적금 들은 것 해약했다우."

200만 원을 입학금에 보태 쓰라고 주셨다. 고맙고 감사함을 어찌 말로 다 표현할까. 지금 생각하니 인사도 제대로 못 한 것 같다. 고마운 마음만 가슴 가득히 안고 있다. 일 하러 간 지 5개월이 지났을 때였다. 사모님은 속 상한 말을 서슴없이 했다.

"영감 젊었을 때, 바람을 피워 잠옷만 입히고 다른 옷은 전부 감추고 방에 가뒀지요. 영감이 있으려니 생각하고 방문을 열어보니 영감은 없고 창문은 열려있어. 잠옷바람으로 나간 거야."

사모님은 허탈하게 웃음을 지으셨다.

"그때는 영감을 죽이고 싶도록 밉고 나도 죽고 싶었지. 살다 보니 60평생이 됐구료. 이제 내 몸이 병들었으니 살고 싶어도 이젠 힘들지 않겠어? 친정엄마가 자궁암으로 돌아가셨는데 내가 자궁암에 걸리게 될 줄을 누가 알았

나. 엄마가 엑스레이 찍을 때 엄마와 같이 있었는데 그때 전이가 된거 같아. 그땐 엄마가 불쌍해서 견딜 수 없었다우. 이북에서 넘어와 의지할 곳은 엄마뿐인데 엄마가 아파하시니 하늘이 무너지는 것 같았다우. 중학교를 다니다가 졸업을 못했어. 그때 엄마는 바느질을 했고 언니, 오빠, 나 모두 네식구인데 위로 오빠와 언니는 공부를 했지만 나는 못하고 지금 영감하고 결혼을 했거던. 상처한 영감과 결혼했으니 나는 재취야. 동대문에서 열심히 장사를 해서 남들이 부러워할 정도로 재산을 모았고 아이들 셋을 모두 대학까지 보냈지. 이제 재미있게 살려고 하니 내 몸에 병이 들었으니 어쩌오. 하나님이 부르시면 가야지."

사모님 말씀에 더 살고 싶어하는 마음이 간절하게 배어있었다. 나는 위로의 말을 할 수 없었다. 내가 더 열심히 간호하는 길밖에……

처음 일 받아 갔을 때는 논현동 단독주택인데 이층은 아들 내외가 쓰고 아래층은 노부부가 살았다. 일주일에 3번 일을 했다. 어린 손자 현덕이 3살 되던 해였는데 아들 내외가 외국으로 떠났다. 일거리가 없어지자 나는 그 집을 그만두었다. 가끔 공중전화로 안부만 묻곤 했는데 그나마도 공중전화를 하려면 멀리까지 걸어가야 했으므로 생각날 때 가끔씩 안부 전화나 했다.

다시 식당으로 와서 일을 하려니 너무 힘들었다. 보는 사람들마다 환자처럼 야위었다고 나에게 인사말을 했다. 지금 내 몸이 식당을 운영하기엔 무리인 것 같다. 식당을 처분했다. 처음 인수 받을 때보다 많이 손해를 보았다. 서울로 이사를 했다.

파출부 소개 사무실에 가입하자, 처음으로 소개받은 곳은 종암동 국민은행 뒤 작은 식당이었다. 주인은 곱상하고 아주 얌전한 분이었다. 낮에는 식사로 칼국수, 밤에는 차를 파는 곳이었다. 낮에 손님이 너무 없었다. 손님이 없어도 일은 많이 있었다. 식당 주인아저씨는 안 계시고 여자 혼자 아이들 뒷바라지 하려고 식당을 시작한 것이다. 주인아주머니는 결혼 전에는 학교 교사였다고 말하면서 눈가에 눈물이 고였다. 3일을 일을 했지만 손님이 너무 없어서 그만두겠다고 말했다. 주인아주머니는 괜찮으니까 계속 있으라고 했지만 더 이상 미안해서 일을 할 수가 없었다.

"다른 분을 구하세요."

"아주머니가 일도 잘 하시고, 맘에 들었는데."

3일치 일당을 주었지만 나는 받지 않았다. 집에서 엄마 오기만 기다리는 아들을 생각하면 돈을 받아야 하지만, 식당 주인아주머니가 너무 측은했다. 돈을 받아 좋은 쌀과 맛있는 반찬을 만들어 아이들에게 먹이고 싶었다. 우리 세 식구가 먹는 것은 금방 배고픈 정부미와 간장과 된장뿐이다.

두번째로 간 식당은 경동시장 약정골목 영식당. 중국인 아줌마와 면목동아줌마, 나 셋이서 일을 했다. 주인아주머니는 흥이 날 때는 뒤뚱뒤뚱 뚱뚱한 몸을 흔들며 오리춤도 잘 추었다. 음식에 대해서는 절대로 가르쳐 주지도 않았다. 내가 배울까 봐 설거지 외는 다른 것은 못하게 하였다. 손님이 왔다. 손님은 비빔밥을 주문했다. 그런데 고추장 준비가 되어있지 않았다. 주인아주머니는 급하고 화가 나니까 고추장 통을 나한테 집어 던졌다.

'그래, 난 돈 때문에 이곳에 와서 일하니까 돈 벌 때까지 참자.'

이를 악물었다. 오늘도 나는 아침 일찍 식당으로 출근한다. 집에서 나올 때 굵은 빗방울이 떨어지기 시작했다. 오후 4시가 되자 하늘은 금방 주저앉을 듯했고 사방은 캄캄했다. 번개가 번쩍이며 천둥소리가 요란스럽다. 하늘을 쳐다보기도 무서웠다. 중국아줌마는 이따금씩 집에 두고 온 아들과 딸이 보고싶다며 울먹인다. 중국아줌마는 내가 어릴적에 쓰던 말들을 자주 사용했다. 중국에서는 회사에 다니면 1년에 한 번씩 원적을 갔다고 한다.

"아줌마, 우리나라에선 원적이 아니고 야유회야."

아줌마는 우리 보고 조선족이라고 하고, 데모를 폭동이라고 했다. 우리 남한사람은 남조선, 북쪽에 있는 사람은 북조선 이라고 하는 말을 자주 했다. 식당 주인아주머니는 한마디로 변덕쟁이였다. 주인아주머니가 기분이 안 좋으면 눈치 빠른 중국아줌마는 우리가 들을 수 없는 중국말로 중얼거린다. 중국아줌마는 입장이 난처할 때는 중국말을 자주 사용한다. 주인아주머니는 중국말만 나오면 좋아서 빨리 돈을 벌어 중국 구경가자고 한다. 오늘은 기분이 좋은지 뚱뚱한 몸으로 오리 춤을 추기 시작한다. 불쑥나온 배, 툭 튀어 나온 엉덩이, 손바닥을 쫙 벌리고 어깨를 붙인 채 뒤뚱뒤뚱 오리춤을 춘다. 이럴 때는 우리모두 한바탕 웃는다. 웃다가도 어느때 날벼락이 떨어질지 몰라 항상 긴장상태에서 일을 한다. 중국아줌마는 시간만 있으면 장백산 만리장성 자랑을 입이 찢어지도록 한다. 이북사투리, 경상도사투리를 섞는다. 주인아주머니는 중국아줌마가 맘에 안 들 때는 투덜댄다.

"중국년들은 점점 꾀만 늘어. 그 따위로 일하려면 집구석에 있지 무엇하러 나와."

입에 거품을 문다. 순간 내 가슴은 철렁 내려앉는다. 아무리 주인이지만 저렇게 쌍스러운 말이 함부로 나올까.

저녁 때 주인집 아들이 왔다. 푸짐하게 차려 놓은 저녁상에는 구운 고기도 있었다. 아들은 저녁을 먹으면서도 같이 먹자는 말 한마디 인사가 없다. 나는 또 한번 놀랐다. 다시 한번 주인집 아들을 보았다. 배운 사람다운, 지성인다운 모습을 찾아볼 수 없다. 일할 때 주인아주머니는 수시로 쌍스러운 말을 한다. 눈물이 나오지만 내일을 위해 이를 꼭 물었다.

'참자. 돈 벌때까지. 난 왜 이리 힘들게 살아야 할까.'

08

말이 안 되는 세상에서

신설동으로 갔다. 고려수지침을 배우기로 결심하고 등록을 했다. 낮에는 일을 하고 밤에는 학원가서 수지침을 배웠다. 피곤할 때는 강의시간에 졸기도 했다. 지하철을 타고 올 때도 깜빡 졸았다. 암기과목은 손바닥에 써서 차를 탈 때나 걸을 때나 외웠다. 지나가던 사람들은 이상하다는 듯 힐끗힐끗 쳐다본다.

방배동 어느 변호사님 댁에서 일을 했다. 집이 100여 평은 되는 것 같았다. 1층부터 2층까지 청소를 하려면 굉장히 힘이 들었다. 점심 때 밥을 먹으려면 반찬이 없어서 밥을 먹을 수가 없었다. 낮에는 일하고 밤에는 학원에서 공부하고 집에 오면 밤10시가 넘는다. 학원에서 배운 것 복습하다 보면 자정이 지났다.

아침 일찍 일어나 회사 가는 아들 밥도 먹어야하기 때문에 잠을 충분하게 잘 수가 없었다. 강의시간에 유태우 박사님이 깜짝 시험을 보았는데 50명 중에 2명만 상을 받았다. 남자분하고 나하고 두 명만 문제를 풀었다. 상품으로 새로 나온 침관을 받았다. 배운지 2년이 지난 후 자격시험을 치렀다.

2003년 4월 10일, 나는 당당히 합격하여 자격증을 받았다. 합격 후 나는 아들한테 말했다.

"자격증을 찾으려면 30만 원이 필요하단다."

작은아들은 선뜻 30만 원을 주었다. 졸업생 50명 중 두 명은 돌에 글을 새긴 패도 받았다. 남자 1명, 여자 1명. 졸업 후 YMCA에서 간병인 교육을 받았다.

훈이네 집에 갔을 때 훈이가 5개월이었다. 훈이는 이상하리만큼 가분수였다. 5개월 동안 사람이 세 번 바뀌었다고 한다. 훈이 엄마 생활을 도저히 이해하지 못했다. 훈이 엄마는 밤에는 잠을 자지 않고 낮에 잠을 잤다. 열흘정도 지났을 때 나는 훈이를 볼 수 없다는 핑계로 사람을 구해 놓고 훈이네서 나왔다. 한 달도 안되어 훈이 엄마한테서 전화가 왔다. 훈이 보는 사람이 금방 가서 다른 사람이 왔는데 또 갔다고 하면서 나보고 와서 훈이를 키워 달라고 사정을 했다. 다시금 훈이를 보게 되었다. 내가 훈이네 집에서 일을 하는데 이웃사람들 말이, 오는 사람마다 있지 못하고 바로 갔다고 한다.

훈이 엄마는 밤에는 술을 먹고 낮에는 잠을 자니까 불편한 것은 이루 말할 수 없었다. 훈이 엄마는 밤에 술을 먹으면 내가 훈이하고 자는 방에 들어와 서 있고는 했다. 나도 모르게 자지러질 때가 한두 번이 아니다. 잠결에 이상하여 눈을 살며시 뜨고 보면 훈이 엄마가 어두운 방에 들어와 서 있다. 나이 탓인지 한번 잠이 깨면 좀처럼 잠을 잘 수가 없었다. 잠을 자지 못한 날은 낮에 말할 수 없이 피곤하다.

훈이네 간 지 한 달이 지났을 때 훈이 엄마는 일본을 갔다. 나는 훈이를 수유리 집으로 데리고 왔다. 큰아들은 직장을 다녔고, 나도 쉬지않고 열심히 일한 결과 작은 빌라를 사서 살고 있을 때였다. 훈이는 클수록 예뻐졌다. 이유식을 할 때도 귀찮은지 모르고 온갖 정성을 다했다. 이웃 아주머니들은 나보고 고생을 사서 한다고 한다. 마트에 가면 만들어져 있는 것 사다 먹이지, 집에서 힘들게 만들지 말라고 한다. 쌀을 불려 밤, 양파, 당근, 호박, 시금치 등 야채를 곱게 다져 죽을 쑤어 먹였다. 매일같이 야채를

08 말이 안 되는 세상에서

번갈아 가면서 먹였다. 오전 간식에는 사과쥬스를 만들어 먹였고, 오후에는 포도를 생으로 주스를 만들어 먹였다. 말을 하면서부터 예쁘고 착해서 내 맘은 온통 훈이한테 가 있었다. 우리 작은아들은 찬밥을 주어도 훈이는 언제 나 따뜻한 밥을 지어 주었다. 아들은 가끔씩 질투를 하는 지 불만있는 눈치다. 그래도 훈이를 예뻐해 주었다. 훈이 도 잘 따랐다.

훈이가 우리집에 온 지 3개월이 되었을 때 큰아들이 회 사 일로 외국으로 나갔다. 아들이 외국으로 떠난 지 얼마 안되어 우리나라에 IMF가 왔다. 이웃들이 살기 힘들다 고 했을 때 우리는 다행히 걱정없이 지냈다. 그런데 훈이 가 잔병이 잦았다. 이웃집에서 가져온 호박죽을 먹였는 데, 체하고 자꾸만 보채서 병원에 데리고 갔더니 장염이 라고 했다. 약을 먹여도 소용이 없었다. 먹으면 토하고 설 사를 하는가 하면 밤새도록 보챘다. 토하고 설사하는 걸 치우다 보면 어느새 아침이 되었다. 밤에 갑자기 아플 때 아들친구한테 전화로 부탁해서 훈이를 데리고 병원을 가 기도 했다. 돌 때는 훈이가 볼의 살이 쏙 빠져 힘이 없어 보였다.

훈이 엄마가 일본에서 왔을 때 훈이가 아파서 훈이 엄 마한테 미안했다. 훈이 간식비로 한 달에 20만 원씩 받았는데, 훈이 엄마가 일본에서 올 무렵 두 달은 주지 않았다. 20만 원 받아도 훈이 간식비, 병원비 쓰고 나면 남는 돈은 없다. 훈이 엄마가 집에 왔을 때도 나는 훈이를 매일같이 병원에 택시를 타고 다녔다. 내 돈으로 계속 병원을 다녔다. 나는 훈이 엄마한테 병원비 말을 못했다. 내가 잘못하여 훈이가 아픈 것 같아서 말할 수가 없었다. 훈이 돌때 8만 원을 주고 한복을 사서 입혔다. 훈이는 귀공자처럼 예뻤다. 피부도 희고 잘 생겼다. 하얀 피부에 연한 오렌지 색깔의 한복이 잘 어울렸다. 훈이 돌 때 우리집에서 이웃사람들을 초대하여 식사 대접을 했다. 떡과 나물, 불고기, 통닭조림, 반찬을 골고루 장만했다. 돌 때 들어온 돈은 전부 훈이 엄마에게 주었다. 훈이 엄마가 우리집에 왔을 때 이웃집에서 애기 돌이라고 떡을 가져왔다. 내가 돈을 꺼내 주어도 훈이 엄마는 보고만 있다. 동네 젊은 엄마들이 많았다. 아기들 돌, 백일이 되면 훈이 돌 때 돈을 받았기 때문에 내가 전부 주었다.

훈이는 크면서부터 산만했다. 다른 아이에 비해 좀 문제아이처럼 보였다. 옆집 아기는 동갑인데 걸어다녔다. 훈이는 돌이 지난 지 한참 되었는데도 걷지를 못했다. 상체가 무겁고 하체가 약하니까 더 그런 것 같았다. 나는 훈이를 데리고 매일 밖에 나가 허리를 구부리고 훈이의 양쪽 겨드랑이에 손을 넣어 걸음마를 연습시켰다.

열흘이 되던 날, 나는 허리와 엉치가 움직일 수 없이 아팠다. 그런데 훈이는 혼자서 발짝을 떼기 시작하더니 조금씩 눈에 띄게 잘 걸었다. 이제는 발바닥이 땅에 닿기만 하면 뛴다. 앞에 장애물이 있는지 돌이 있는지 무작정 뛰고 본다. 나는 금방 지쳤다. 훈이 엄마가 마음씨는 착한 것 같지만 신경질을 내곤 한다. 훈이를 당장 보기 싫을 만큼 막말을 할 때는 참고 또 참았다. 지금 나한테는 돈이 필요하기 때문에 참을 수 밖에 없다. 아들이 대학 졸업을 할 때까지 참는다는 다짐을 하면서도 한계를 느끼고는 했다. 훈이는 차분히 앉아 노는 게 아니었다. 부잡스럽고 바시락대었다. 겨울이라 밖에는 나갈 수가 없다. 훈이 엄마 잠자는 시간에 나는 훈이랑 거실에 있는다. 훈이는 잘 놀다가도 조금 비위에 맞지 않으면 칭얼거리며 울곤 한다. 훈이 엄마는 자다 말고 일어나 아이 좀 잘 보지 울린다고 신경질적으로 말을 한다. 그러면 나는 훈이를 업고 나와 화풀이를 훈이한테 하고 금방 후회를 한다. 내가 좀 참을 걸, 훈이가 무슨 죄가 있나, 하고.

생각하면 훈이가 불쌍하다. 아빠는 보지 못하고 날마다 술과 담배로 세월을 보내는 엄마. 훈이가 무엇을 보고 자라겠는가. 내가 화장실을 갈 때도 안고 가야 했다. 훈이는 옷장이든 책상이든 올라갈 수 있는 곳은 무조건 올라간다. 훈이가 걸음을 걸으면서부터 발이 땅에 닿으면 뛰었다. 넘어지는지 다치는 건지 모르기 때문에 밖에 나올 땐 업어야 했다. 어릴 때 유모차를 타고 다녔지만 크면서부터 유모차를 타지 않겠다고 고집을 부린다. 진종일 훈이와 같이 있다 보면 무거운 짐을 짊어진 것 같다. 밤이 되어 훈이가 자면 나는 한숨이 저절로 나온다.

'이제야 훈이로부터 자유로운 몸이 되었구나.'

무거운 바위덩어리를 짊어지고 있다가 내려놓은 듯 몸도 마음도 가볍고 시원해서 하늘로 붕 떠오르는 느낌이다. 이제야 쉬는구나. 여름에는 훈이가 먹을 쥬스를 만들어 가지고 밖에 나와 나무그늘 밑에서 동화책을 읽어 주었다. 오전에는 훈이 엄마가 잠을 자니까 일어날 때까지 밖에서 있어야 했다. 어쩌다 훈이 아빠가 오는 날에도 훈이를 업고 나오면 문을 잠궈서 들어갈 수가 없다. 밤에는 훈이는 나의 등에서 자고, 나는 졸려서 계단 앞에 엎드려 문 열어 줄 때까지 밤 1시든 2시든 기다리는 날들이 많았다. 겨울이 되면서부터 추워서 밖에 나갈 수가 없었다.

훈이가 3살 되던 해, 일본을 갔다. 비행기를 처음 타는 나는 걱정이 되었다. 비행기 탈 때 무서워서 오줌을 싸면 어쩌나. 날짜가 다가올수록 밤잠을 설쳤다. 팬티를 두 개

입을까. 아니 두 개 입고 오줌 싸면 겉옷까지 젖겠지. 또 냄새도 나겠지. 아니 차라리 기저귀를 찰까. 날짜가 다가 왔다. 가슴이 콩닥거렸다. 비행기를 탔다. 큰 타올을 준비해서 가방에 넣었다. 만약에 실수하면 쓸 셈이었지만 생각보다 걱정될 일이 없었다. 비행기가 이륙할 때 굉음이 무서울 뿐 오줌도 싸지 않았다.

무사히 일본에 도착했다. 일본에는 훈이 이모가 살았다. 온천도 가고, 세계 유명한 곳을 모형으로 만들어 놓은 곳도 구경하고 음식을 잘 하는 맛집에도 갔다. 우리나라 음식보다는 좀 짠 것 같았다. 일본 사람들의 옷차림은 검소한 편이었다. 엘리베이터를 탈 때도 그들은 예의가 바른 것 같았다. 모르는 사람인데도, 말이 통하지 않는데도 웃으며 인사를 먼저 한다. 야시장도 구경했다. 어쩌다 기모노를 입은 사람은 한두 사람뿐. 훈이 엄마는 훈이 외할아버지 세번째 부인한테서 낳은 딸이다. 첫째부인 아들은 호주에 살고 두번째 부인과 낳은 아들은 캐나다에 살며, 딸이 일본에 사는 것이다. 세번째 부인과 낳은 사람이 훈이 엄마와 훈이 외삼촌이었다. 네번째 부인과 낳은 자손은 어디서 사는지 알지 못한다고 한다. 복잡한 가정이다. 훈이 외할머니는 젊은 시절 전화국 교환원이었고, 훈이 외할아버지는 건어물 장사를 하는 상인이었다.

훈이 엄마는 훈이 아빠의 첫사랑이었는데 어머니의 심한 반대로 태내의 아기를 유산시키고 결별을 했다. 그후 훈이 아빠는 아이 딸린 여자와 결혼을 했으므로 훈이 엄마와는 불륜관계가 되었다. 훈이는 떼가 늘었다. 시끄러우니까 훈이 엄마는 신경이 더 날카로워졌다. 마트에 갈 때는 집에서 기분좋게 나갔다가도 들어올 때는 기분을 잡칠 때가 많았다. 한번은 마트에 갔을 때 훈이 엄마는 화장실에 가면서 올 때까지 그 자리에서 기다리라고 했다. 그렇다고 훈이가 얌전히 있을 리가 없다. 인파가 복잡한데 손을 뿌리치고 도망을 치곤 했다. 나는 훈이를 따라 갈 수밖에 없었다. 훈이를 붙잡아 업고 돌아왔다. 훈이 엄마는 그 자리를 떠났다고 사람들 많은데 소리소리 지르고 신경질을 부렸다. 나는 부끄럽고 창피해서 얼굴을 들 수가 없었다. 치밀어 오르는 분노를 참았다. 훈이 엄마가 좀 화가 가라앉는 것 같아 사정 이야기를 했더니, 이유가 많다고 또 사람들이 보는 앞에서 큰 소리를 쳤다. 집에 와서도 너무 속이 상해서 며칠을 말을 하지 않고 지냈다. 그 후, 미안한지 사과는 없어도 친절하게 말을 걸어 왔다.

훈이가 아파서 병원에 입원하게 되었다. 이번에는 폐렴이었다. 얼마 안되어 또 장염으로 입원했다. 병원에서도 훈이는 잠시도 가만히 있지 않았다. 링겔을 꽂고서도 복도에서 뛰어 다녔다. 나도 같이 뛰었다. 의사 선생님도 간호사도 어이가 없는지 엄마는 무얼하느냐고 묻기도 했다. 훈이가 극성스러워 옆침대에 입원하고 있던 애기엄마가, "할머니가 너무 고생하시네요. 엄마는 무얼 하기에 보이지 않아요." 한다. 나는 그냥 훈이 할머니라고만 말했는데, 담당의사 선생님은 나보고 엄마냐고 물었다.

"아니에요, 엄마는 집에 있어요."

의사 선생님은 나를 다시 한번 쳐다본다. 낮에 훈이 엄마가 왔다가 갔다. 옆침대 애기 엄마가 나한테 말을 한다.

"할머니는 애기보는 할머니라면서요?"

옆침대 아줌마는 무엇이 그리 궁금한지 묻는 게 많다

"애기 엄마가 돈이 많은가 봐요?"

내가 화장실 간 사이 훈이 엄마는 돈자랑을 한 것 같았다. 순간 창피했다. 내가 도둑질 하지않고 부끄러운 일을 한 것도 아니다. 나는 떳떳하게 일하고 보수를 받는다. 내가 왜 부끄럽고 창피해야 하는가. 훈이 엄마가 저녁때 왔다. 나는 속으로 욕을 했다. 자기 자랑하면 남들이 얼마나 알아준다고. 병원에서 밤낮으로 시달린 나는 너무 힘들었다. 훈이가 퇴원한 후, 나는 수유리 나의 집에서 하루 쉬었다. 훈이는 건강한 체질이 아닌 것 같았다. 훈이 엄마가 임신 중에 술과 담배로 살았다고 한다. 훈이는 보통 산만

한 게 아니다. 하루가 멀다 하고 입원을 했다. 입원했을 때 훈이를 업고 잠깐 나온 사이 내 지갑을 도둑맞았다. 도장, 현금, 신분증, 열쇠, 통장 전부 잃어버렸다. 마트에 훈이 엄마랑 같이 갔다. 지갑을 사고 도장을 새기고 하여도 훈이 엄마는 하나도 보상해주지 않았다. 강남에서 수유리까지는 가까운 거리는 아니다. 훈이 엄마는 나보고 항상 훈이 힘들다고 택시를 타고 오라고 했다. 자기가 택시비 줄 테니 꼭 택시 타고 오라고 한다. 강남에서 수유리 올 때는 훈이 엄마가 택시를 태워주었다. 훈이 옷과 우유, 간식, 기저귀 짐보따리가 항상 2개 이상 되었다. 매주 오면 택시비가 작은 돈은 아니다. 한번에 13,000원, 어느때는 15,000원이 나온다. 수유리에서 강남 갈 때는 내 돈으로 주었다.

4년을 그렇게 살아왔지만 훈이 엄마는 나한테 말만 할 뿐이지 한번도 택시비를 주지 않았다.

훈이 아빠는 건축일을 하는 분이다. 나는 훈이 아빠에게 함바식당 자리를 부탁했다. 훈이 아빠는 금방 되지않아도 좀 기다리면 자리가 있다고 했다. 그때 큰아들은 외국에 갔지만 집을 사느라고 빚이 있었다. 빚도 갚아야 하겠지만 지금껏 살면서 내 가족만 위해 살았기 때문에 이젠 남을 위해 살아야 한다는 생각이 늘 마음속에 있었다.

봉사하려면 우선 돈이 필요했다. 훈이 아빠가 요구하는 4,000만 원을 2부 이자로 얻어서 주었다. 큰아들 월급은 집 살 때 융자 받은 이자와 함바식당을 운영하려고 얻은 돈 이자를 주고, 내가 훈이네 집에서 받은 월급은 생활비와 작은아들 학비에 썼다.

추석이 다가왔다. 훈이 아빠는 식당을 빨리 하려면 회사직원에게 선물을 해야 한다고 해서 나는 훈이 아빠와 같이 백화점에 가서 고급 양주 3병을 100만 원에 사서 주었다. 금방 된다던 식당일은 차일피일 미뤄졌다. 훈이 엄마는 날로 신경질이 늘었다. 그래도 나는 참았다. 식당하기 전까지는 모든 걸 참기로 했다. 속이 상할 때는 입술만 꼭 깨물었다. 나는 돈을 벌어야 하기 때문이다. 여러날을 생각한 끝에 돈을 달라고 했다. 4,000만 원 이자가 매달 80만 원이었다. 훈이 아빠가 즉시 4,000만 원을 해주어서 받았다. 식당을 하려면 사람이 필요했다. 남동생한테 식당을 같이하면 어떠냐고 했더니 동생 부부는 고개를 끄덕였다.

그런데 어느날 갑자기 예고도 없이 동생 부부가 이삿짐을 꾸려가지고 들이닥쳤다. 나는 깜짝 놀랐다.

"연락하면 오라고 했는데 웬일이야?"

"식당일 할 때까지 아무 일이라도 할 것이니 걱정 마세요."

동생네 세 식구는 우리집에서 생활했다. 막노동일이라도 찾아보라고 권하였지만 듣지를 않았다. 이때부터 나는 점점 힘이 들었다. 지출도 많아졌고 동생네 식구는 놀면서 전화비가 한 달에 15만 원이 나왔다. 늘어나는 것은 빚뿐이었다.

"형님, 생각해 봐요. 남자가 돈을 벌어야지 왜 여자가 벌어야 해요?"

올케의 그 말을 듣고 나는 두번 다시 말을 하지 않았다. 따르릉 전화벨이 울렸다. 수화기를 든 나는 깜짝 놀랐다. 경찰서였다. 작은아들이 사고를 내서 경찰서에 있었던 것이다. 한 번도 실수한 일이 없고 말썽도 부리지 않은 아들인데 사고라니. 기가 막혔다. 아들은 학교에서 시험을 보았는데 친구들이 시험을 잘 보았으니 한 턱 사라고 하여 친구끼리 어울려 술 마시고, 걸어 오다가 문이 열려있는 트럭을 보고 술김에 트럭에 올라가 운전을 하다가 사고를 낸 것이다. 다친 사람은 없는데 길에 설치한 바리게이트를 들이받아 차가 좀 망가졌다. 트럭주인이 합의를 해 주지 않아 경찰서에 있던 것이다. 트럭운전사에게 돈을 주고 합의를 하고 아들은 집으로 왔다. 합의금은 얼만지 모른다. 형 친구들이 대신 처리해 주었던 것이다.

생각지도 않은 곳에서 전화가 왔다. 전에 식당할 때 일하던 아줌마 남편한테서 온 것이다. 그 분도 건설업을 하는 분이다. 함바식당 자리가 있다는 것이다. 확인해 보았다. 식당 건물도 있는 상태고, 구청에 알아보았다. 건축허가도 나와 있었다. 의심하지 않고 훈이 아빠한테 돈을 받아 전달했다. 아줌마네 아저씨 말로는 일이 들어가니 빨리 모든 준비를 하라고 했다. 그릇, 고춧가루, 쌀 등을 장만했다. 현금 500만 원을 주어 현장 근처로 이사를 했다. 그런데 금방 한다던 식당은 차일피일 미뤄졌다. 완전 사기였다. 형사 입건을 하여 겨우 들어간 돈은 받았다.

동생네 식구는 다시 우리집으로 왔다. 함바식당을 하려면 조리사자격증이 필요했다. 낮에는 극성스러운 훈이 때문에 공부를 할 수 없고 밤이 되어야 자유로웠다. 훈이는 늦도록 잠을 자지 않아서 잠을 재우고 나면 새벽 1시나 2시. 훈이 잠자는 시간을 틈타서 공부를 했다.

그러던 어느날 훈이를 업다가 허리를 다쳤다. 걸을 수도 앉을 수도 없었다. 병원에 입원했으나 낮보다 밤이 되면 통증이 더 심했다. 시험날짜가 다가왔다. 나는 의사 선생님한테 사정 이야기를 했다. 선생님은 이상한 눈빛으로 나를 보았다.

"아줌마, 아픈 몸으로 어떻게 시험을 보실려고 하십니

까?"

　선생님은 마지못해 허락했다. 아무리 생각해도 시험장에 혼자 못 갈 것 같아 올케를 오라고 했다. 시험보는 날 올케하고 같이 가려고 했는데 훈이 엄마는 훈이를 봐야 하니까 안된다는 것이다. 나는 화가 치밀었다. 어쩌면 사람으로서 저럴 수가 있을까. 그렇다고 시험을 포기할 수는 없었다. 겨우 걸어서 택시를 타고 시험장까지 갔다. 계단을 올라갈 때는 금방 주저앉을 것같이 통증이 심했다. 한발짝 한발짝 걸을 때마다 고통은 이루 말할 수 없었다. 내 몸은 걸을 때 완전히 삐뚤어져 있었다. 시험장에 모인 사람들은 당일 시험에 나올 만한 문제가 적힌 인쇄물 쪽지를 들여다보고 있었지만 나는 움직일 수가 없어서 그들을 멍하니 바라보고 있었을 뿐……. 시험을 보고 일어나려고 하는데 일어서질 못했다. 나를 보고 있던 시험관 선생님이 일으켜주었다. 시험보러 가는 도중에 너무 아파서 포기할까? 생각도 해보았지만 밤으로 공부한 것이 너무 아까워 포기를 못했다.

　시험은 당일 발표였다. 발표가 날 때까지 학교 복도에 있는 의자에 누워서 기다렸다. 오후 2시가 되자 합격자 명단이 게시판에 붙었다. 아무리 찾아도 내 시험번호가 보이질 않았다. 옆에 있는 젊은 학생한테 봐 달라고 번호를 주었더니 합격이라고 알려주었다. 남들이 다 간 뒤 내가 번호표를 맞춰보니 정말 내 이름 석자가 번호판에 올라 있었다. 돌아오는 지하철에서 사람들이 힐끔힐끔 나를 쳐다보았다. 계단을 내려올 때나 올라갈 때 난간을 붙잡고 걸었다. 집에 와서 점심을 먹고 곧장 병원에 입원을 했다. 낮에는 아파도 참았는데 밤에는 너무 아파서 참기가 힘들었다. 이튿날 '우리들병원'으로 옮겨 그날 수술을 받았다. 급하다고 그날로 서둘러 수술을 했다. 척추의 연골이 밀려나와 다리의 신경을 눌러 통증은 심했다. 수술 후 아픈 통증은 가라앉았는데 입이 써서 밥을 먹을 수가 없었다. 배가 너무 고팠다. 옆에 있어야 할 올케는 뭐가 그리 바쁜지 내 옆에 있지를 않았다. 침대시트도 옆 침대 보호자가 계속 갈아 주었다. 나는 올케에게 물었다.

"어디 갔다 왔어?"

"떡볶이 사 먹고 왔어요."

올케는 자기 먹고 싶은 것은 나가서 전부 사 먹고 다니면서 나한테는 무관심이었다. 올케는 병원에서 한 번도 나에게 보호자가 되어주지 않았다. 퇴원할 때 머리 한번 감겨 준 것 외에는.

"올케, 내가 밥을 먹을 수 없으니 집에 가서 찰밥좀 해다 줄래?"

"형님, 난 찰밥 못해요.".

올케는 병실에서 휙 나가더니 좀처럼 들어오질 않는다. 만약 내 형제자매라면 올케처럼 말할 수가 있을까? 역시 올케는 남이었다. 피가 섞이지 않았기 때문일까. 순간 눈물이 핑 돌았다. 수술 후 이틀째 아무것도 먹지를 못했다. 아들 친구 엄마한테 전화를 했다.

"희봉 엄마. 지금 병원인데 입이 써서 아무것도 먹지 못하고 있어요. 미안하지만 찰밥 좀 해다 줄 수 있어요?"

희봉이 엄마는 즉시 찰밥을 해가지고 병원에 왔다. 웬만하면 알리지 않으려 했다. 희봉이 엄마는 다리가 아파서 잘 걷지도 못하는 분이었다. 찰밥을 먹으니까 살 것 같았다. 배고픔도 이젠 없다. 그 후 실기시험을 거쳐 드디어 조리사자격증을 받았다. 2001년 8월 28일이었다.

나는 다시 훈이 아빠한테 함바식당을 주선해 달라고 돈을 투자했다. 내가 투자하지 않으면 동생네 식구가 문제였다. 아무것도 없는 집에 와서 사는 올케가 불쌍하여 다시 훈이 아빠한테 함바식당을 부탁했던 것이다. 먼저 액수보다 더 많았다. 6,000만 원, 매월 이자가 120만 원이었다.

"올케, 나 혼자 너무 힘드니 올케도 돈을 벌어서 이자돈을 도와주면 안될까?"

올케는 대답을 하지 않는다. 이자에 이자가 늘었다. 그 와중에 올케는 돈을 얻어 달라고 하여 얻어주었다. 어차피 식당을 하면 월급도 주어야 하기 때문이었다. 내 사정을 어느 누구보다도 잘 아는 올케는 거짓말만 했다. 한 달이 지나도 두 달이 지나도 함바식당은 열지 못했다.

"함바식당 문 언제쯤 열게 될까요?"

조금만 참으면 된다던 함바식당은 4년이라는 세월이 흘러도 무소식이었다. 천년보다 더 긴 시간이었다. 이 시간만 넘기면 좋은 소식이 있겠지, 막연하게 기다렸다. 숨이 막히는 순간이었다. 기다림은 허사로 돌아가고 회사는 공사도중 부도가 났다. 나에게 남은 것은 태산같은 빚뿐이었다. 훈이 아빠한테 넣은 돈 중에 4,000만 원은 받고 나머지 2,000만 원은 술값이라고 주지 않는다. 2,000만 원어치의 술을 먹었다니. 말이 안되는 세상에 홀로 서 있었다.

09

하나님 울지 마세요

수술 경과는 좋았다. 7일 만에 퇴원했다.

"아들아, 미안하다. 엄마가 밥을 지어 먹을 수가 없구나."

나는 몸을 마음대로 움직일 수가 없었다. 아들은 그때서야 말을 했다. 외숙모가 있을 때도 아침밥을 해주지 않아 밥을 먹지 못하고 학교에 갔다고 한다. 자기 자식이라면 그렇게 했을까. 우리집에서 놀고 먹으면서 올케는 자기 식구끼리만 밥을 먹고 산 것이다. 내가 집에 왔을 때는 그릇도 유리컵도 제대로 있는 게 없었다. 많았던 유리컵과 그릇, 냄비가 어디로 갔는지 보이질 않았다. 화장실과 주방은 더러워서 눈을 뜨고 볼 수가 없었다. 밖에 나가서는 우리집 일을 전부 다 한다고 했다. 큰올케는 나보고 동서가 일을 해주어서 편할거라고 한다. 우리집에 있는 식구는 작은아들 하나였다. 나는 살면서도 아들과 대화가 없었다. 밖에서는 아빠 몫, 집에 들어오면 엄마 자리, 아이들과 대화할 시간이 없었다. 낮에는 밖에 나가 돈을 벌어야 하고 저녁이면 집에 있는 일들을 하니 항상 바쁜 나날이다. 집에 들어오지 못하는 날도 있었다. 돈만 많이 받는 일이라면 가리지 않았다. 나는 처음으로 작은아들과 대화를 했다. 아들은 시골 이모집에 있을 때의 기억을 되살리고는 했다.

"엄마가 언제나 데리러 올까, 하고 날마다 동구 밖 정자나무 밑에서 지나가는 버스를 해가 질 때까지 기다렸어요."

아들은 눈물을 글썽거렸다. 서울에 올라온 후, 너무 힘드니까 시골에 있는 아들 생각도 못하고 살았다. 다섯 살바기 아들이 엄마를 얼마나 기다렸으면 어린시절에 있던 일들을 지금까지 잊지 않을까. 그 무렵 직장 일로 언니의 딸이 우리집에 와 있었다.

"엄마, 힘들어도 이종사촌 동생한테 잘 해 주세요."

작은아들은 자주 당부의 말을 했다.

"저는 어려서 시골 이모 속을 많이 썩였으니까, 저보다 이종사촌 동생한테 잘 해 주셔야 해요."

나는 아프지만 쉴 수가 없다. 동생네 식구 생활비까지 책임지면서 다시 일을 시작했다. 훈이를 돌보면서 힘이 많이 들었다. 훈이에게 동화책을 많이 읽어 주었다. 훈이는 말을 조리있게 잘 했고, 상상력이 다른 아이들보다 뛰어난 듯했다. 놀이터에서 훈이와 시간을 보내다가 집에 들어오니 낯선 남자가 있었다. 훈이 엄마는 옛날에 자기를 따라 다니던 애인이라고 한다. 키는 자그마하지만 얌전해 보였다. 저녁 8시쯤 훈이 아빠가 왔다. 훈이가 볼까봐 얼른 훈이를 업고 밖으로 나왔다. 가슴은 두근두근 뛴다. 마침 저녁을 먹은 뒤라 훈이 배고픔은 신경을 안 써도 되었다. 멀리 유리창문을 통해서 훈이 아빠와 그 사람이 실랑이를 하는 모습이 비쳤다. 잠시 뒤 두 사람이 업치락뒤치락 싸우는 모습도 보였다. 얼마나 시간이 흘렀을까. 살며시 들어오니 조용하다. 낯선 사람은 간 것 같았고, 훈이 아빠는 잠이 든 듯했다. 밤이 꽤 깊었다.

아침에 일어나 보니 훈이 아빠가 다리를 쩔뚝쩔뚝 했다. 간 밤에 싸워서 다친 것 같았다. 훈이 아빠 종아리에는 피가 흘렀던 자국이 있고 무릎이 아프다고 했다. 새끼손가락에서 상응점을 찾아 침을 꽂았다. 갈 때는 걸어서 갔다. 훈이와 수유리 우리집에서 오던 날도 훈이 엄마는 낯선 남자랑 술을 먹고 있었다. 훈이 엄마 말로는 택시기사라고 했다. 로데오거리에서 다방할 때 만난 나이 많은 영감과 집에서 지내는 일이 많았다. 훈이는 아저씨라고 불렀다. 매일 집에 같이 있었고 가까운 유원지에 놀러도 다녔다. 넷이 강촌에 놀러도 갔다.

훈이는 크면서부터 거칠어졌다. 가만히 있다가도 갑자기 나한테 달려들어 머리를 잡아당기고, 얼굴에 상처를 내는가 하면 책을 던져 내 입에 부딪쳤다. 앞니 하나가 흔들거렸다. 훈이가 던지는 물건에 맞아 머리가 주먹만큼 부어오르기도 했다. 훈이 엄마는 보고 있을 뿐 훈이를 혼내 주지도 않는다. 얼굴의 상처는 세수할 때 쓰리고 아팠다. 거울을 보면 속이 상했다.

훈이를 애기 때 부터 교회에 데리고 다녔다. 내가 교회 갈 때는 꼭 훈이와 수유리 집에 같이 왔다. 교회에서도 말썽이다. 옥상에 올라가 돌을 던져 길가에 세워 놓은 차가 망가지기도 했다. 핸드폰 줄을 가위로 끊는가 하면 방충망도 가위로 구멍을 내고 하루하루가 정말 힘들었다. 힘들어도 훈이 아빠가 함바식당만 차릴 수 있게 주선해 준다면……. 참고 또 참았다. 핸드폰줄 값은 3,500원. 훈이가 카메라를 던져서 고장이 났다. 사진이 잘 나오질 않았다. 수리비가 50,000원이었다. 훈이 엄마한테 말을 했지만 들은 체도 하지 않는다. 옆집에 예쁘게 가꾼 화분의 꽃도 전부 꺾어놓았다. 훈이 엄마는 돈 있는 유세로 나를 무시하곤 한다.

어느날 갑자기 훈이 보는 아줌마를 데려왔다. 뜻밖의 일이다. 훈이 엄마는 나한테 먼저 말을 했어야 되지 않을까? 훈이 볼 사람을 구했으니 나보고 일자리를 알아보라고 하는 것이 순서가 아닐까? 집으로 와서 일자리를 알아보는데 훈이 아빠한테서 전화가 왔다. 새로 온 아주머니가 마음에 안 든다고 다시 오라는 것이다. 나는 가지 않으려고 했는데, 훈이 아빠의 간곡한 부탁에 마음을 돌렸다. 훈이 보는 아주머니는 중국 여자였다. 훈이는 나를 보는 순간 떨어지질 않으려 했다. 중국 아주머니가 오라고 하면 내 등뒤에 숨어서 꼼짝하지 않는다. 훈이 엄마는 백화점에서 선물을 사왔다. 물컵 3세트였다. 한솔 선생님, 놀이방 선생님 또 하나는 훈이 엄마의 것이었다.

"아줌마 예쁘지?"

"예쁘네요."

나는 훈이 엄마를 이해할 수가 없다. 금쪽같은 자기 아들을 봐주는데 나만 빼놓고 선물을 사가지고 와서 자랑을 하다니. 나는 이를 악물었다. 돈을 벌 때까지 모든 걸 참

자. 5년간 일을 했지만 내 생일이 되어도 설날이 되어도 선물이란 건 없었다. 훈이가 다섯 살이 되면서부터 공부를 시작했다. 현서와 같이 짝을 지었다. 그런데 둘이 싸워서 오래 이어지지 못하고 중도에 그만두었다. 내가 현서네 집에 갔을 때 현서 엄마는 많이 아팠다. 현서네 집에는 도우미 아줌마가 일을 했으며 잘 살았다. 현서 아빠는 MBC방송국에 다녔다. 현서 엄마가 많이 아파보여 현서 엄마 아픈 곳을 치료하여 줄까, 말을 했더니 거절했다. 남의 집 애기보는 할머니라고 생각했기 때문에 무시하는 것 같았다. 일주일에 3번 현서네 집에서 훈이와 같이 영어공부를 했다. 현서네 집에 갈 때마다 현서 엄마는 많이 아파 누워 있었다. 하루는 현서 엄마가 머리를 들 수 없이 아프다면서 방에서 나오질 않았다.

"현서 엄마, 내가 돈을 받지 않을테니 한번만 치료해 봐요"

현서 엄마는 못 이기는 척 치료에 응해 주었다. 침을 꽂은 지 10분 정도 되었을 때 현서 엄마는 "이제 살 것 같네요." 라고 말했다. 머리를 들지 못할 정도로 많이 아팠는데 지금은 안 아프네요, 하면서 일주일에 3번씩 치료할 것을 약속했다. 내가 처음 현서네 갔을 때는 물 한 모금도 없더니 음료수며 때로는 비싼 제과점 빵도 주고 귀한 수박도 대접을 했다. 현서 엄마를 3개월 치료를 하고 더 이상 못했다. 훈이와 현서가 만나기만 하면 싸워서 수업을 할 수 없었다.

두 달 후, 길을 가는데 뒤에서 "훈이 할머니, 훈이 할머니." 부르는 소리에 뒤를 돌아 보니 현서 엄마였다. 나를 보고 반가워하며 뛰어와 손을 붙잡았다.

"훈이 할머니 덕분에 지금까지 머리도 안 아프고 학교 다닐 때 가운데 손가락 손톱이 반이 없었는데 침을 맞은 후 손톱이 새로 나왔어요."

현서 엄마는 손을 보여주었다. 그 뒤로 체하기만 하면 밤중에도 나를 찾아왔다. 미안하다며 식사 한번 대접하겠다고 하더니 지금까지 아무런 연락이 없다. 반 년이 지났을 때였다. 현서 엄마한테서 전화가 왔다. 현서 아빠가 허리가 아파서 회사에 출근을 못했다고 치료를 부탁했다. 그런데 훈이 엄마가 가지를 못하게 했다.

훈이 다섯 살 되던 해, 어린이 날이다.

"훈아, 무얼 가지고 싶어?"

내가 물었다.

"비행기요."

"비행기로 무엇 할려고?"

"으응, 그것 비밀인데……"

"알았다. 할머니가 꼭 사줄게."

훈이는 신명이 났다.

"할머니가 비행기 사주면 할머니 비행기 태워 하늘을 날거야."

"어떻게 날 건데?"

훈이는 양팔을 벌려 비스듬이 세우고 방안을 빙글빙글 돌아다닌다. 훈이를 데리고 마트에 가서 비행기를 35,000원을 주고 샀다. 집에 오니 나보고 비행기를 타라고 한다. 비행기에 타니 훈이는 끌고 다니면서 좋아라 한다. 엉거주춤 한 상태로 비행기에 앉았더니 다리가 많이 아팠다.

"훈아, 할머니 그만 탈래. 많이 타니까 어지럽네."

그때서야 비행기놀이가 끝났다. 오늘도 훈이는 놀아달라고 떼를 쓴다. 크면서부터는 사랑스럽고 예뻤다. 예쁜 짓을 하다가도 떼를 쓸 때는 정말 힘들었다. 처음 말 할 때는 또래 아이들보다 늦었지만 동화책을 많이 읽어 줘서일까, 말이 늘었다. 말썽을 부릴 때는 속이 상했지만 웃을 일도 많았다. 제일 좋아하는 책은 『백조왕자와 피터팬』이었다. 왕관을 만들어 훈이 머리에 씌워 주었다. 훈이는 왕자가 된 듯 기뻐한다. 훈이는 '내 할머니'고 부르더니, 조금 더 크니까 '훈이 할머니'라고 불렀다. 지금은 '공주님할머니'라고 부른다.

"공주님할머니! 나한테 왕자님이라고 불러봐요."

훈이는 매달리며 떼를 쓴다. 나는 손을 입에 대고 큰소리로 "백조왕자님 오빠!" 부르면 훈이는 팔을 벌려 춤을 추며 돌아다닌다. 돌아다니다가 가까이 와서는 공주님할머니! 부르면서 품안에 안긴다. 나는 눈을 감고 자는 척한다. 훈이는 볼에 뽀뽀를 하며 "공주님할머니! 눈을 뜨세요." 한다. 나는 눈을 뜬다. "공주님이 눈을 떴어요. 살아났어요!" 소리를 지르며 좋아한다. 어느날 갑자기 "할머니 색종이 좀 주세요." 했다. 석장을 달라고 하면서 손을 펴 보인다. 훈이는 색종이를 열심히 접더니 주면서 "내가 할머니한테 편지 쓴거야." 한다.

"할머니 빨리 읽어 봐요."

훈이는 재촉한다. 나는 너무나 황당했다. 글씨도 모르면서 편지를 썼다고 읽어 보라고 재촉을 하다니. 읽을 수도 안 읽을 수도 없다. 난처했다. 어떻게 읽을까. 생각을 하면서 색종이를 펴보았다. 색종이는 정말 편지처럼 접어서 봉투를 만들어 그 속에 다른 색종이를 접어 넣었다.

"고마워, 훈이가 할머니한테 편지 써주어서 정말 고마워."

어떻게 읽을까 망설이다가 색종이를 펴들고 읽기 시작

했다.

"할머니 안녕하세요. 훈이는 할머니가 많이 보고싶어요, 할머니랑 놀이동산에 가고 싶어요, 맛있는 김밥 싸가지고 놀러가고 싶어요, 아빠한테 돈 많이 달래가지고 할머니와 같이 꼭 놀러가요, 할머니 꼭 가는 거죠? 훈이는 할머니를 많이 좋아해요, 엄마도 좋지만 수유리 할머니가 더 좋아요, 할머니 사랑해요. 훈이 올림."

나는 얼떨결에 생각나는 대로 얼버무려 읽었다. 훈이는 "내가 할머니한테 편지 썼으니까 할머니도 훈이한테 편지를 써 주세요." 했다. 나는 훈이가 접은 것처럼 색종이로 봉투를 만들고 그 속에 다른 색종이를 접어넣어 주었다.

"훈아, 할머니가 훈이한테 쓴 편지야, 어서 읽어봐."

색종이 편지를 훈이한테 주었다. 훈이는 봉투를 열어 색종이를 펼치더니 읽기 시작한다.

"강아지야, 잘 있었니? 말썽부리지 말고 맥그러기 아저씨 정원에는 들어가지 말아라."

나는 깜짝 놀랐다. 어떻게 빈종이를 들여다보고 읽을 수가 있을까. 기가 막혀 웃고 말았다. 훈이는 무안한지 응얼응얼 혼자 읽으며 방을 돌아다녔다. 편지놀이를 한 뒤 가끔씩 서로 편지 쓴 걸 읽어주곤 했다. 훈이는 블럭놀이

할 때도 크고 좋은 집을 만들어 놓고 "이것, 할머니 집이
야, 예쁘고 좋은 집이지? 할머니, 이곳에서 오래오래 살
아야 해요." 했다.

"훈아, 정말 고마워 예쁜집에서 잘 살게."

훈이는 이만큼 크면 할머니 옷도 사주고 집도 사주고
맛있는 과자도 많이 사준다고 어리광을 부린다. 훈이가
밤에 잠 들때까지 나는 항상 동화책을 읽어 준다. 훈이는
잠 잘 때마다 잊지 않고 하는 말이 있다.

"할머니! 훈이 꿈 꾸어요."

요즘 들어 장난감 사달라고 떼를 쓴다. 아빠도 보고 싶
은지 "할머니, 아빠 언제 와요?" 아빠를 찾는 훈이를 볼
때 내 가슴이 짠하다.

"할머니, 내가 절 할게요, 돈 주세요."

"그래, 훈이가 절하면 돈 주지."

"할머니 새해에 복 많이 받으세요."

훈이는 절을 하고, 고사리 같은 손을 내민다. 훈이에게
돈을 주었다. 돈을 받은 훈이는 뜻밖의 말을 한다.

"할머니, 까만색 좋아해요?"

"응, 할머니 까만색 좋아하지."

"할머니, 내가 까만색 옷 사줄게요."

훈이는 돈을 들고 말을 한다. 나는 훈이를 꼭 끌어안고

엉덩이를 토닥토닥 두들겨 주었다.

"훈아, 고마워, 할머니가 훈이 많이 사랑해."

훈이는 또 말썽을 부렸다. 일이 있어 버스를 타고 먹골 친구집에 갔는데 집에 들어서자마자 친구가 예쁘게 가꾸어 놓은 화분의 꽃을 갈기갈기 찢어 거실에 늘어 놓는가 하면 텔레비전을 고장내고 전축판도 꺼내어 망가뜨리고 심지어는 가스렌지까지 손을 대어 기술자가 와서 고쳤다. 훈이 엄마가 태중에 있을 때 술과 담배를 먹어서 산만한 것 아닐까? 훈이는 종이를 담배처럼 돌돌 말아서 담배 피우는 흉내를 내고 입에 물고 다녔다.

"훈아, 지금 뭐하는 거야."

"으응, 엄마처럼 담배 피우는 거야."

"이리 와, 앉아 봐. 지금 훈이는 잘 하는 걸까, 못하는 걸까?"

훈이는 말이 없다.

"우리 밖에 나가자."

훈이를 데리고 밖에 나왔을 때 나무에 새가 앉아 있는 모습을 보았다.

"할머니, 나무에 새가 앉아 있네요."

훈이가 좋아라 소리쳤다. 아파트 단지에는 소나무 두 그루가 서 있었다. 훈이를 업고 산책을 할 때부터 큰 소나

무는 할머니 소나무, 작은 소나무는 훈이 소나무라고 못
을 지은 터였다.

"새가 내 나무를 좋아하네. 할머니 나무에는 새가 없잖
아요."

"훈아, 이젠 엄마 소나무도 있어야하고 아빠 소나무도
있어야 하는데 어쩌지?"

"엄마 나무는 싫어, 아빠 나무도 싫어. 할머니 나무만
있으면 돼요."

때마침 불어오는 바람이 시원했다. 5월 초여름, 소나무
잎이 싱그럽게 푸른색으로 윤이 났다. 화단 입구의 소나
무 두 그루가 훈이와 나를 반겼다. 훈이는 혼잣말을 하면
서 소나무를 어루만진다.

"작은 것 훈이 것. 큰 것 할머니 것."

"훈이가 아주 많이 컸을 때, 이 작은 소나무가 할머니
나무보다 더 클 거야. 지금 할머니가 훈이를 보호하듯이
훈이가 크면 할머니를 보호해야 하거든? 큰 소나무는 구
부러지고 해서 아마도 훈이 소나무한테 의지하게 될 거
야."

"으응. 내가 크면 할머니 보호해 줄게."

"그래, 훈아 고마워."

훈이는 편지놀이를 하자고 또 졸랐다. 어디서 찾아왔는

지 꼭꼭 접은 색종이 편지봉투를 주면서 "할머니가 훈이
한테 편지 쓴 거예요, 빨리 읽어 봐요." 했다. 나는 빈종
이를 들고 또 읽기 시작했다.

"훈아 안녕! 할머니는 훈이가 많이 보고 싶어. 훈이도
할머니 많이 보고 싶지? 훈이는 언제 할머니 집에 올래?
할머니는 훈이가 빨리 컸으면 좋겠어, 훈이가 커서 훌륭
한 사람이 되어 불쌍하고 가난한 사람을 도와주는 착한
사람이 되고, 교회 잘 다니고 엄마, 아빠 말씀 잘 듣는 훌
륭한 사람 되거라, 건강하게 잘 크고…… 지금쯤 훈이는
무엇을 하고 있을까? 할머니는 훈이를 마음속으로 생각
하고 있단다. 훈이도 할머니 생각하고 있겠지? 훈아! 할
머니가 날씨 따뜻하면 훈이 손잡고 놀이동산에 꼭 갈게.
어디가 좋을까? 할머니가 오늘은 많이 바쁘거든? 훈이도
할머니한테 편지 써야지? 훈이한테서 편지 올 때까지 기
다릴게."

훈이는 빈 종이를 가지고 읽기 시작한다.

"할머니 안녕하세요? 훈이도 할머니 많이 보고 싶어요.
할머니하고 놀이동산에 꼭 가고 싶어요, 할머니 놀이동산
에 가기로 약속해요. 기다릴게요."

빈종이를 들고 읽는 훈이가 어린아이 같지 않았다.

밤에 잠들기 전 나는 "훈아, 하나님께 기도하자." 하고

숙제내듯이 말한다. 훈이는 개구장이 모습은 없고 단정히 무릎 꿇고 두 손을 모은다. 다섯 살이라고 할 수 없을 만큼 기도를 잘 한다. 나는 훈이에게 밤마다 자기 전에 기도를 시켰다.

'하나님 아버지, 나쁜 사람도 도와주는 착한 하나님. 우리 아빠 사랑해주세요, 우리 아빠 벌 주지 마세요. 하나님께 기도 자주 드리지 못해서 미안해요. 아멘.'

'하나님은 높은데 계시니까 난 못 올라가요 내가 하나님한테 편지 써서 우체국통에 넣을 테니까 하나님이 내려와서 가져가세요. 아멘.'

'하나님, 우리 아빠 만나게 해주세요. 하나님 잊지 말아요, 훈이가 아빠 꼭 만나게 부탁한 거 하나님 잊지 말아요, 하나님, 아빠 많이 보고 싶어요. 아멘.'

오늘은 안식일 날이라 훈이 손을 잡고 교회를 갔다. 눈이 녹기 시작했다.

"할머니!"

훈이가 불렀다.

"왜?"

"하나님은 마음이 슬프신가 봐요. 눈물이 뚝뚝 떨어지잖아요."

훈이는 담장 추녀밑에서 떨어지는 물방울을 손가락으

로 가리키며 말한다.

"오늘은 하나님이 많이 슬프신가 보구나, 훈이가 착한 일 많이 하면 하나님은 기뻐서 울지 않으신단다."

아침부터 눈이 많이 내렸다. 훈이는 좋아하며 "와 눈이다!" 소리쳤다.

"할머니, 이제 싼타할아버지 선물 많이 가지고 오면 할머니도 줄게. 오늘은 하나님이 기쁘신가 봐, 눈을 많이 보내 주시잖아요."

훈이는 혓바닥으로 눈을 받아 먹으며 좋아했다. 오늘은 비가 많이 내렸다.

"할머니, 할머니! 하나님은 많이 슬프신가 봐요. 눈물을 많이 흘리잖아요."

훈이가 창밖을 보며 말했다.

"지금처럼 훈이가 교회를 열심히 다니면 하나님은 기뻐서 방긋방긋 웃으실 거야."

훈이가 고개를 끄덕였다.

해가 바뀌었다. 며칠 전에도 훈이는 나를 바라보며 "할머니도 할아버지 있으면 좋겠어요." 했다. 그런데 오늘 노인들이 결혼식하는 장면이 티브이에서 나왔다. 훈이는 한참 보더니 "할머니, 꼭 할아버지 만나 결혼해요." 한다.

교회가는 날이었다. 훈이는 아빠 만나던 장소까지 왔을

때, 아빠 생각이 나는지 "할머니, 난 아빠를 잊어버렸어요. 아빠 생각이 안나요." 라고 말했다. 순간 나는 가슴이 뭉클했다.

햇빛이 뜨겁게 내리쬐는데 한 방울씩 비가 내렸다.

"할머니, 산성비 맞으면 안돼요, 산성비 맞으면 병 걸려요."

혼자서 열심히 지껄여댄다.

"그래 훈이 말이 맞아."

대답을 했더니 이번에는 큰소리로 "하나님 제발 울지 말아요." 하늘을 보고 크게 말을 한다. "할머니, 밤에 잘 때 훈이는 할머니 없으면 외롭고 슬퍼요." 하면서 훌쩍훌쩍 울었다. 그날 밤 훈은 기도했다.

'하나님, 나쁜 비는 오지 말고 착하고 예쁜 비를 많이 내려 주세요, 나쁜 비는 도둑에게 내려 주고요, 할머니 허리 아프지 않게 해 주세요, 함바식당 빨리 하게 해 주세요, 하나님 이름으로 간절히 기도드립니다. 아멘.'

훈이는 오늘도 잊지 않고 기도를 한다.

'하나님, 나무들이 물이 먹고 싶대요, 비가 많이 오게 해 주세요. 하나님, 비 안 오게 해 주세요, 훈이 잠 잘 때 무서운 꿈 꾸지 않게 해 주세요, 우리 할머니 함바식당 빨리하게 해 주세요.아멘.'

아침에 일어난 훈이는 비 오는 밖을 보며 "하나님, 그만 좀 울어요."했다.

훈이 6살. 금요일 저녁 때 수유리로 와서 교회에 가고, 월요일 아침에 훈이네 집으로 간다. 수유리 오는 길에 훈이는 권총을 사달라고 떼를 쓴다. 권총은 위험해서 안된다고 거절하자, "지하철에서 나쁜 사람 만나면 훈이가 총을 가지고 싸울 거예요." 했다. 할머니공주를 붙잡아 가면 훈이는 슬프다고 하며 눈물이 이슬처럼 눈가에 맺혔다. 나쁜 사람이 할머니공주를 붙잡아 가면 훈이가 권총으로 지켜준다고 엉뚱한 말을 한다. 훈이에게서 크는 마음이 느껴졌다.

훈이는 교회에 가기 싫다고 한다. 점심시간에도 밥을 먹지 않았다. 목사님이 교회에서 보이지 않아서 그런 것 같다. 교회 갈 때 훈이는 너무 좋아했으며, 팔딱팔딱 뛰기도했다. 교회 가는 날이면 잊지 않고 하는 말.

"할머니, 교회가면 목사님이 점심 주실 거죠?"

"그럼, 목사님이 훈이를 많이 사랑하는 것 훈이도 알잖아."

훈이는 고개를 끄덕인다. 교회에 가도 목사님을 보지 못하니까, 어린 마음에 가기 싫은 것 아닐까.

"공주님할머니, 식혜 주세요."

떼를 쓴다.

"훈아, 이제 다 먹어서 없어."

"물에다 설탕하고 쌀 넣으면 식혜 되잖아요"

"그래, 훈이 말이 맞아. 그렇지만 물과 설탕, 쌀만 넣으면 안 되는거야. 엿기름이 있어야 하거든? 할머니가 엿기름 사다 해줄게."

엿기름을 사다 식혜를 만들어 주었다.

아침밥을 짓고 있는데 훈이는 일어나더니 왕왕 멍멍 으르렁 으르렁 하며 치마 꼬리를 붙잡고 놓치를 않는다.

"훈아, 왜 이래 저리 비켜, 할머니 치마 찢어진다!"

"할머니, 강아지 배고파요 얼른 밥 주세요."

"그래, 우리강아지 얼른 밥해 주지."

나는 훈이 엉덩이를 손바닥으로 토닥거려 주었다.

"할머니공주 좋아해요."

훈이는 재롱을 부린다. 손을 하트모양으로 머리에 얹고 아양을 떨 때는 꼭 여자아이 같다. 그 반면 말썽꾸러기에 말도 어지간히 듣지 않았다. 내 입에서 큰소리가 나곤 한다. 티브이 위에 올라가 서 있는 것은 보통이고, 물구나무서기, 재주넘기, 의자 놓고 장롱 위에 올라가는 것, 냉장고 문 열고 서 있는 것, 이렇게 하루를 훈이와 싸우다 보면 저녁때는 힘도 없고 지쳐버린다.

오랜만에 훈이 아빠가 왔다. 훈이는 아빠를 보는 순간 울아빠! 소리치며 아빠에게 달려가 대롱대롱 매달린다. 급한 일(돈이 필요해서)로 온 것 같았다. 훈이 아빠는 훈이 엄마와 몇 마디 대화를 나누었다. 말소리가 거실에서 들리지는 않았지만 뭔가 조급한 눈치였다. 훈이 아빠가 가려고 하자, 훈이는 놀다 말고 쫓아가 바지가랑이를 붙잡는다.

"아빠, 가지 마!"

훈이 아빠는 들었는지 못들었는지 반응이 없는 채, 붙잡은 바지를 놓으라고만 한다. 훈이는 울 것 같은 표정이다. 어쩌다 한번 보는 아빠다.

"손 놓으라니까."

훈이를 달래주지는 않는다. 아빠가 문쪽으로 걸어가려고 하니까 "아빠! 우리집에 또 놀러오세요!"하며 바지가랑이 잡은 손을 놓는다. 금방이라도 울 것 같았다. 입을 삐죽삐죽 하며 나한테 안긴다.

"훈아, 아빠 회사 가서 돈 많이 벌어 와야지. 훈이 맛있는 과자랑 좋아하는 장난감 많이 사 오실 거야. 놀이동산도 가고……."

울상이던 훈이 얼굴이 금방 밝아진다.

아무리 바빠도 어린아이 마음을 달래주었으면 좋으련만, 매정하게 가버린 훈이 아빠가 야속했다. 아빠의 다정한 말 한 마디가 얼마나 그리웠을까. 어린 훈이 마음에 상처가 얼마나 클까.

　훈이 아빠한테는 딸만 둘이다. 하나는 부인이 결혼할 때 데리고 온 딸이고 하나는 훈이 아빠하고 살면서 낳은 딸이다. 아들은 훈이 하나.

　훈이가 결국 아빠를 보낸 다음 비죽 비죽 울었다.

　"훈아, 울지 마. 아빠 돈 많이 벌어 와야지."

　훈이는 울면서 고개만 끄덕였다.

　훈이 다섯 살 때였다. 밀감을 사 왔다. 훈이는 밀감봉지를 이리저리 뒤적였다.

　"훈아, 무엇하니?"

　훈이는 한참 대답을 하지 않는다.

　"찾았다! 할머니 것."

　고사리 같은 손에 들린 것은 귀퉁이가 반쯤 상한 것이다.

　"이거 할머니 거야."

　"왜 할머니는 상한 귤을 주니?"

　"할머니는 맨날맨날 상한 거만 좋아하잖아."

　태어나 5개월째부터 키우기 시작한 훈이가 그새 유치

원에 입학을 했다.

훈이 유치원 가는 길 옆에 예쁜 나무가 줄지어 있었다. 훈이 손을 잡고 걸어가는데 갑자기 손을 뿌리치고 뛰어가더니 나무를 꺾는다. 깜짝 놀라 훈이를 불렀건만 못들은 체 나무를 꺾는다. 훈이 앞 가까이 가서 "나무를 꺾으면 나무가 아파서 울거든. 그런데 왜 나무를 꺾을까? 나무가 아파서 아야 아야 하잖아, 훈이도 할머니가 때리면 아파서 울잖아."

훈이는 대답대신 고개만 숙인 채 말이 없다.

"훈이는 안 그러는데 손이 그랬구나, 손이 나쁘구나, 손을 한대 맞아도 되겠지? 손이 나무를 꺾었으니까. 나쁜 짓을 한 거야. 그치?"

훈이는 대답대신 고개를 끄덕인다.

"손 내밀어. 때찌해 주자."

훈이는 말 없이 손을 내밀었다.

"한 번, 두 번, 세 번."

나는 훈이의 손바닥을 손가락으로 때렸다.

"훈아, 너도 꽃 꺾은 손 때려야지."

훈이도 꽃 꺾은 손을 때렸다.

훈이는 자라서 철이 든다. 그런데 훈이 엄마의 신경질은 그대로다.

훈이 엄마는 신경질이 나고 맘에 들지 않으면 물건을 집어 던지고 화풀이를 한다. 어제 일만 해도 그렇다. 훈이는 유치원에 갔다 오면서 동전을 주워 가지고 왔다. 내가 빼앗으려고 하면 주질 않는다. 나는 다른 일을 하다가 깜빡 잊었다. 훈이가 돈을 갖고 놀다 엄마한테 꾸중을 들었다. 훈이 엄마는 돈을 내 앞에 던지고 화를 냈다. 훈이 돈을 빼앗으면 훈이를 야단치지 않았을 것인데, 나보고 잘못해서 훈이를 야단을 쳤다고 지껄인다. 그후 훈이 엄마는 나보고 자기 신경질을 받아 주어서 고맙다고 하면서 내가 쓰고 있는 비싼 이자를 싼 이자로 돌려주었다.

훈이가 초등학교 입학을 하면서부터 그림 공부가 시작되었다. 첫시간이 엄마 얼굴 그리기였다. 다른 학생들은 전부 엄마 얼굴을 그리는데 훈이만 틀렸다. 나도 당황했지만 선생님도 당황한 눈치다. 훈이가 그린 그림은 아무도 이해 할 수 없었다. 동그라미 세 개가 모두 빨강색으로 칠이 되어 있었다. 집으로 오는 길에 나는 훈이에게 물었다.

"엄마 얼굴 그리라고 했는데 훈이는 어떻게 그린 거야?"

"내가 그린 그림은 아무도 모를 거야, 태양 속에다 엄마를 그려 넣었으니까요 .아무도 엄마를 보지 못하게요."

훈이의 엉뚱한 대답에 다시 놀라지 않을 수 없다.

10
대만 구경

아들한테서 하루가 멀다 하고 전화가 왔다. 대만 구경을 하러 오라는 것이다. 나는 용기가 나지 않았다. 갈 수도 없는 형편이다. 당장 훈이를 누구한테 맡겨야 하는가. 우선 훈이 엄마한테 양해를 구해야 했다. 아들은 귀국하면 구경할 기회가 없다고 다그친다. 귀국하기 전 대만의 좋은 곳을 구경시켜 준다고 한다. 지금 내가 생활하고 있는 사실을 아들이 안다면 나는 어떻게 해야 될까. 두려운 생각에 선뜻 대답을 못했다. 오늘 또 전화가 왔다.

"엄마, 시간이 없어요, 회사에서 특별히 엄마 대만 구경시켜 주시는 거니까 안 오시면 안돼요, 되도록 빨리 오세요."

 "그럼 괴산 이모랑 같이 가도 될까?"

 "같이 오세요, 엄마 비행기표는 회사에서 준비했으니 걱정하지 말고요"

 괴산 여동생한테 전화를 했다. 동생은 같이 간다고 한다. 훈이는 다행스럽게도 길건너 사는 훈이 외숙모한테 맡기기로 되었다. 걱정하지 말고 다녀오라고 쾌히 승락했다. 여동생 내외가 서울로 왔다. 잠이 오지 않았다. 아들이 좋아하는 김밥을 쌌다. 동생은 말렸지만 엄마로서 그냥 갈 수가 없다. 오전 일찍이 리무진 버스로 인천국제공항을 향했다. 1992년 12월 20일, 눈이 하얗게 쌓였고 바람이 몹시 찼다.

 인천공항에 도착. 사람들이 많이 있었다. 인천공항이 이렇게 큰 줄 몰랐다. 외국에 온 느낌이다. 시골 사는 동생이나 서울에 사는 나나 똑같이 어디가 어딘지 분간하기 힘들었다. 티브이에서만 보던 인천국제공항은 굉장히 웅장했다. 사람들한테 묻고 또 물었다.

 "대만 가는 비행기 어디서 타야 합니까?"

 공항에 있던 사람들은 친절하게 잘 가르쳐주었다. 비행기 승무원이 여권 검사를 했다. 나는 여권이 있는데 문제는 동생이었다. 승무원은 여권이 없으면 갈 수가 없다고 한다. 혹 간다고 해도 내리지 못하고 다시 돌아와야 한단다. 동생은 여권을 찾지를 못했다. 가방을 다 뒤져도 없고 우리가 앉았던 자리에 가도 없었다. 승무원은 내리라고 채근했다. 동생과 나는 짐가방을 들고 내릴 준비를 하는데 다른 승무원이 쫓아왔다. 다시 차근차근 찾아보세요, 라고 한다. 가방서부터 지갑속을 뒤졌다. 지갑 속 깊숙히 여권이 있었다. 동생은 처음 타는 비행기라 너무 당황했던 것 같다. 동생과 나는 다행이다 싶어 한숨을 쉬었다.

대만까지 2시간 30분이 걸렸다. 대만에 도착하니 아들이 마중나와 있었다. 회사직원도 같이 나왔다. 회사직원과 동생 내외와 다섯 명은 차를 타고 대만의 서울 타이페이에 도착, 오후 3시였다. 점심 시간이 끝나면 밥을 먹을 수가 없었다. 호텔은 예약이 되어 있었다. 타이페이에서 제일 좋은 호텔이라고 한다. 우리 일행이 호텔에 갔을 때 미국인들도 있었다. 우리나라로 말하면 신라호텔쯤 되는 것 같다. 우리가 여장을 푼 방은 굉장히 컸다. 방 중에서 제일 큰방이라고 했다. 100평 쯤 되는 것 같았다. 점심으로 내가 싸가지고 간 김밥을 먹었다.

저녁에는 호텔에서 빵과 술이 나왔다. 돈을 지불하는 것인 줄만 알고 빵만 받아 놓고 나머지는 되돌려주었다. 나중에 알고 보니 호텔에서 서비스하여 주는 것이었다.

밤에 타이페이 시내를 구경하고 우리나라 남산 같은 곳에 가서 타이페이 시가를 내려다보았다. 우리나라 만큼 발전이 되지는 않았다. 밤인데 길에는 장사꾼도 있었고 연인들도 있었다. 늦게까지 구경하고 호텔에 들어와 샤워를 하고 잠자리에 들었다.

아침 일찍 아들이 우리 방에 왔다.

"엄마랑 이모님. 간밤 편히 주무셨어요?"

아들은 빨리 움직여야 구경을 한다고 서둘렀다. 아침식사로 호텔에서 주는 빵과 음료수를 먹었다. 나는 아들한테 말했다.

"이렇게 좋은 곳에 올 수 있게 해 줘 정말 고마워 아들! 엄마는 상상도 못하고 살았다. 옛날 떡광주리 이고 다니며, 장사하던 엄마가 이렇게 좋은 곳에 와서 특별 대우 받으며 구경한다는 것은 꿈만 같은 일이지. 아들아 고맙다."

겉으로는 웃으며 고마워 했지만 속마음은 걱정이 태산이다. 아들 돈을 너무 많이 썼기 때문에 좋은 구경, 좋은 음식을 먹어도 걱정스럽다. 아들이 근무하는 곳은 타이페이에서 떨어진 시골이다. 집에서 떠날 때는 추운 겨울이었는데 이곳은 한국의 초여름 날씨다. 아들 회사에서 운전기사와 차를 배려해 주었다. 어디든지 좋은 곳은 다 갈 수 있었다. 들에는 모 심을 준비를 하는 곳도 있고, 벼를 베는 곳도 있고, 모를 심는 곳도 있었다. 더운 나라니까 사철 벼농사를 지을 수가 있다고 한다. 우리나라에서 보던 나무와 크로바, 민들레, 제비꽃과 똑 같은 것도 있었다.

우리 일행은 아침 일찍 수목원에 갔다. 길가에는 바나나 밭도 있고 녹차를 재배하는 산기슭이 많이 보였다. 수목원에 도착하니 나무들이 아름답다기보다 태고의 신비가 가득해서 입이 다물어지지를 않았다. 수억 년 묵은 것 같았다. 나무뿌리가 밖으로 나왔는데 보는 이들을 감탄케 한다. 대만의 수목원은 천년의 숨결이 그대로 남아있었다. 비, 바람에 패인 나무뿌리가 천 년의 세월을 자랑했다. 억만 년의 세월이라고 할까. 나무뿌리 속으로 우리가 들어갈 수도 있었다. 그 숭고함에 고개가 숙여진다. 발길 닿는 곳마다 감탄사가 절로 나온다. 자연이 주는 즐거움, 이 세상 돈하고도 바꿀 수 없었다. 수목원을 뒤로 하고 돌아오는 길은 아쉽기만 했다. 나무가 너무 오래되어서 목석이 된 것도 많이 있었다.

그 다음 간 곳은 진흙 목욕탕이다. 물은 미지근했다. 목욕을 할 줄 몰라 서 있을 때 말은 통하지 않아도 젊은 아줌마가 말없이 흙물로 내 몸을 문질러 주었다. 나는 답례로 웃으며 고개숙여 인사를 했다. 진흙목욕 덕분인지 아침에 일어나니 몸도 가볍고 피부가 부드러웠다.

아침 일찍 시내로 갔다. 타이페이에서 잠깐 교회에 들러 기도를 드리고 나왔다. 한인도 있고 미국인도 있었다. 보물박물관에 갔다. 옛날 중국에서 모택동과 장개석은 처남매부 사이였는데, 장개석이 모택동에게 밀려나온 유배지가 대만이라고 한다. 장개석이 중국에서 나오면서 중국에 있는 보물을 육지로 항공기와 배로 실어 날랐다고 한다. 보물은 무지무지 많았다. 중국의 옛날 조상을 보는 듯했다. 도자기, 그림, 공예 중국인의 숨결이 그대로 담긴 보물이었다. 박물관을 뒤로하고 우리 일행은 시내 중심지로 들어갔다. 시내의 화려한 건물은 전부 절이었다. 용 그림으로 화려하게 장식되었다. 밤이 되니까 절에 기도하러 오는 사람들이 많았다. 촛불을 켜놓아 전기불처럼 밝았다. 향불 냄새가 진동한다. 타이페이에서 제일 유명한 식당을 찾아 들어갔다. 음식값이 1인분에 한국돈으로 10만 원이 넘었다 상어지느러미 요리였다. 나는 맛을 잘 몰라서 돈만 아까운 생각이 들었다. 이튿날은 저녁때 회사직원이 전부 나와서 식사 대접을 해주었다. 아들은 음식을 잘하고 유명한 곳은 전부 구경도 시켜주었고 식사도 하게 했다.

3일째 되던 날, 우리가 아침 식사를 하고 있는데 운전 기사가 왔다. 빨리 떠나야 한다고 했다. 오전 8시 30분에 출발, 저녁 7시에 도착했다. 점심은 차안에서 빵으로 해결하고 쉬지도 못했다. 대만 지도를 보면 맨 위에서부터 맨 아래 쪽을 바다를 끼고 계속 달렸다. 도중에 한번 쉬어 바닷가 구경을 했는데 과거에 지진이 났던 곳이라고 한다. 용암이 흘러 바위가 된 것이 바다 위에 있었다. 이 호텔에서 하룻밤 묵고 아침 일찍 일어나 다시 구경을 나갔다. 우리나라로 말하면 설악산 같은 곳이었다. 미국인들도 가끔씩 눈에 띄었다. 가는 곳마다 발길 닿는 곳마다 입이 다물어지질 않는다. 기암절벽인가 하면 밑으로는 수억만리 낭떠러지였다. 위로 보아도 밑으로 보아도 간담이 서늘했다. 밑을 내려다 볼 때는 다리가 후들후들 떨렸다. 차라리 간을 떼어놓고 왔으면 좋을 뻔했다.

지금 보는 이곳은 산과 산이 겹친 곳인데 하늘을 보니 자연 그대로 대만의 지도가 하늘에 선명했다. 신기했다. 대만에서 제일 경치가 좋은 곳이라고 한다. 절벽 밑으로 흐르는 물은 맑기가 수정 같았다. 4박 5일 동안 즐거운 여행이었다.

11

꿈과 눈물의 기도

지난 밤 꿈이 너무 생생해서 이튿날까지도 진종일 많은 생각이 들었다. 세 가지 꿈이었다.

첫 꿈은 주위가 어두워지면서 갑자기 불어오는 바람이 얼마나 센지 집들이 무너지고 하늘에서 우뢰소리와 함께 간판, 나무조각들이 날아다녔다. 주위는 캄캄하고 나는 무서워 오들오들 떨고 있었다. 쓰러진 집은 세찬 바람에 지붕이 뜯겨 날아다녔다. 내가 정신을 차리고 하늘을 쳐다보았더니 동편 하늘에서 빛이 환히 비추더니 먼지 같은 검정색 조그마한 물체가 날아왔다. 내 곁에 가까이 오면서 물체는 커지더니 더 환하게 비추었다. 가까이 왔을 때는 흰 옷을 입은 날개 달린 천사들이 내 머리 위에서 춤을 추었다. 그때 나는 공중으로 날아 올라가는데 내가 타고 있는 것은 얇은 나무판자였다. 중간쯤 갔을 때 공기가 깨끗하고 상큼하다는 느낌이 들었다. 그 순간 천둥소리보다 더 큰 소리가 들리면서 공중으로 올라가던 나는 멈추었다. 주위를 둘러보니 한 무리의 사람들이 모여 웅성거렸다. 예수님이 재림한다고 말들을 했다. 내가 뒤를 돌아보았을 때 내 등 뒤에 괴산 사는 동생이 있었고 좀 떨어진 곳에는 대구에 사는 동생이 많은 사람들과 같이 앉아 있었다.

그때 괴산 사는 동생이 만찬회에 가자고 나를 이끌어 그곳에 가보니 만찬이 가득히 차려져 있었다. 우리가 잔치 때 먹는 그런 잔칫상이었다. 내가 상을 마주하고 앉아 있는데, 그 옆에는 땅에서 하늘까지 닿는 물 줄기가 있었고 물이 뒹굴뒹굴 구르며 올라가기도 했다. 또 한 줄기는 뒹굴뒹굴 구르며 하늘에서 땅으로 내려왔다. 물소리는 웅장하고 큰소리를 내며 흘렀다. 하늘로 올라가는 물줄기와 땅으로 내려오는 두 줄기의 물은 장엄하기가 무어라 말할 수 없었다. 물이 내리는 뒤편에는 돌아가신 엄마가 나를 보고 계셨는데 깨끗하게 흰 옷을 입고 서서 또 누군가를 찾는 듯했다. 나는 큰소리로 엄마를 불렀다. 엄마, 빨리 오라고 손짓을 하니 엄마가 오시는 것을 보고 나는 꿈에서 깨어났다.

두번째 꿈은 파란 하늘에 솜뭉치처럼 작은 구름이 띄엄띄엄 떠 있었다. 맑고 깨끗한 하늘이었다. 산뜻하고 청순했다. 가을날 들국화처럼 보라빛 향기가 짙다. 비가 오고 난 뒤였기 때문이었을까. 사방에서 비둘기 떼가 날아왔다. 하늘이 금새 비둘기로 가득했다. 흰빛 비둘기는 흰빛대로, 보라빛비둘기는 보라빛대로, 잿빛비둘기는 잿빛대로 질서를 지킨 몸에서 쏟아지는 은빛은 눈이 부시었다.

세번째 꿈은 잉어가 하늘에 일렬로 정돈되었는데, 잉어 몸에서 뿜어지는 빛으로 하늘이 황금색으로 물들었다. 나는 언덕에 앉아 있었는데 낯선 사람들이 많았다. 초등학교 학생들이 그곳에 소풍을 온다고 했다. 그들은 내가 앉아있는 쪽을 향해 걸어 오고 나는 잔잔한 호수가에 앉아 있었다. 호수는 산으로 빙 둘러쳐져 병풍 같았다. 나는 호수를 바라보고 어쩜 유리처럼 반짝일까, 탄성을 질렀다.

지난 밤 꿈이 좋은 꿈일까, 나쁜꿈일까 생각하고 있는데 아들로부터 귀국한다는 전화가 왔다. 전화를 받으려던 팔이 힘없이 떨렸다. 전화를 받은 후 날마다 불안하다. 앉아 있어도, 서 있어도 불안감이 떠나지를 않았다.

밤에 잠을 잘 수가 없다. 아들이 귀국한 후 나는 하루하루 살아가는 게 살얼음 판을 딛는 느낌이었다. 아들도 신경이 날카로워졌다. 6년이란 긴 세월을 타국에서 고생한 돈을 부쳐주었는데 집에 오니 아무것도 없으니 엄마도 동생도 보기 싫고 짜증이 났을 것이다. 나는 아들 눈치보기에 급급했다. 친구한테 전화가 와도 아들 눈치보느라고 전화를 받지 못했다.

아들은 남산 구경을 가자고 한다. 못이기는 척 훈이와 같이 따라 나섰다. 남산에는 사람들이 많았다. 남산타워에 올라가서 망원경으로 서울시내를 보니 우뚝 솟은 빌딩도 있지만 나즈막한 집들이 한눈에 들어온다. 하얀 집, 붉은 벽돌 집, 작은 숲들도 있고 군데군데 서 있는 나무도 한몫을 했다. 집과 잘 어울려 보는 사람들의 눈도 마음도 즐거웠다. 오랜만의 나들이다. 생각할수록 엄마가 미워지련만 내색하지 않고 이곳저곳 다니며 구경을 잘 시켜주었다. 돌아오는 차 안에서도, 집에 와서도 하는 말은 금강산 구경을 가셔야 하는데…… 였다. 아들의 그 따뜻한 마음은 나에게 허전하고 미안한 마음만 불러 일으켰다. 남산에서 내려와 인체의 신비를 보러갔는데 사람이 너무 많아서 보지 못했다.

착한 아들에게 나는 미운 일만 한다. 나름으로는 사리를 분별한다는 일이 그렇지 않은 결과를 낳는다.

여름엔 배추 값이 비싸다. 때마침 트럭에서 배추를 싸게 팔았다. 나는 생각없이 배추를 샀다. 옮길 수가 없어서 아들한테 전화를 했다. 아들이 왔다. 화가 난 것 같다. 나는 바늘방석에 앉은 것같이 불안하다. 배추를 차에 싣고 오는 도중에 아들은 폭발했다. 조그마한 것 아끼지 말고 큰 걸 간수 잘하라고 하면서 아무리 못 모아 놓아도 1억이 넘어야 하는 돈은 전부 어떻게 하고 빚을 졌느냐고 소리를 질렀다. 나는 할 말이 없었다. 빚은 얼마나 졌느냐고 다그쳤다. 나는 말을 할 수가 없어서 일부만 말했다. 내가 말한 금액 3,000만 원은 집을 팔아서 전부 갚아 주었다.

괴산 동생한테서 전화가 왔다. 수지네 아빠 부부가 이혼했다고 한다. 수지아빠가 500만 원만 해주면 혼자 살 수가 있다고 해서 우리 자매가 모아 돈을 해 가지고 아산만을 찾아갔다. 이혼은 사실이고 수지아빠 혼자 아이 둘을 데리고 일하고 있었다. 집주인 아주머니의 말을 들어보니 너무나 기가 막혔다. 남편을 쥐잡듯 하고 살림은 전혀 안하고 식사 때는 네 식구가 외식만 했다고 한다. 수지아빠가 참다 못하여 술을 먹고 싸웠다는 것. 나에게도 책임은 있었으나, 수지 엄마는 뻔뻔스러웠다. 8년 전, 간판 가게가 되지 않는다고 해서 나는 어떻게 하든지 동생을 살려보려고 돈을 꾸렸다. 함바식당을 경영할 셈이었던 내 형편을 올케는 잘 알고 있을 터인데 엉뚱한 사태가 벌어진 것이다. 올케는 내가 조달해 준 돈으로 집안 살림을 새로 장만하고 놀면서 외식만 한 것이다. 이혼하기 전까지 네 식구 생활비를 내가 전부 조달했다. 내가 아산만에 내려갔을 때는 아무것도 없었다. 동생은 도둑맞았다고 하는데, 집주인 아주머니 말은 그게 아니었다. 올케의 친정동생이 식당한다고 물건을 두 번이나 자동차로 몽땅 실어 날랐다는 것이다.

나는 화가 났지만 참았다. 잠을 이룰 수가 없었다. 나의 형편을 잘 알면서 친정으로 빼돌린 것이다. 그릇을 살 때 돈이 없어 할부로 샀다. 그릇 산 것 중에 500만 원어치는 집으로 배달되고 500만 원 어치는 그릇상회에 보관했다. 나는 올케에게 전화를 했다. 그릇을 매입한 영수증을 달라고 하니 모른다고 딱 잡아 떼었다. 식당할 때 쓸려고 장만한 고추가루, 된장, 쌀, 참기름, 그릇 전부 다 친정동생한테 빼돌린 것이다. 나는 마지막으로 보관한 그릇값을 찾으려고 했지만 그 돈까지 빼 간 것이다. 올케는 식당 경영하면 쓰려고 준비한 돈이며 내가 이자돈 얻어준 것까지 챙긴 다음 이혼을 했다. 올케와 수 차례 전화를 한 끝에 그릇가게 사장님과 연결이 되었다.

"사장님, 아산만 현장 함바식당할 때 쓸려고 사서 보관

한 것 찾으려고 합니다."

사장님은 펄펄 뛰었다.

"아줌마는 도대체 누군데 그릇을 달라고 하십니까?"

오히려 화를 냈다.

"사실 주인은 전데요."

나는 통사정을 했다.

"지난 해 5월에 현금으로 찾아갔습니다."

마른하늘에 날벼락이었다. 치밀어 오르는 분노에 악한 말만 터져 나왔다. 저녁때 장로님 생신이라서 초대되어 여러 집사님들과 같이 장로님 댁에 갔다. 아무리 태연한 척 하려고 애를 썼지만 활활 타는 불 같은 악한 말은 자꾸 입밖으로 터져나오려고 했다. 참기엔 너무나도 힘들었다. 이용순 집사님이 사 오신 오렌지를 먹고 또 먹었다. 화풀이를 오렌지한테 했다. 몇 날 몇 일을 노여움과 싸우다 보니 나는 두들겨 맞은 사람처럼 온몸이 쑤시고 아팠다. 잠을 이루지 못했다. 아무도 없는 산에 올라가 울면 마음속에 응어리가 풀릴까? 산더미처럼 불어난 이자돈은 도저히 감당할 수가 없게 되었다. 생각할수록 내 입에서 자꾸만 악한 말이 나왔다.

'개 같은 년, 나쁜 년, 도둑 년, 죽일 년! 내 눈에서 눈물이 나면 네 년 눈에선 피눈물이 나야 한다.'

나는 비 맞은 중 염불하듯 날마다 혼자서 욕을 하고 혼자 울었다. 그러는 사이 나도 모르게 찬송이 입에서 나왔다.

'주안에 있는 나에게 딴 근심 있으랴~'

찬송을 부르면 조금 풀리는 것 같다가도 더 악한 말이 튀어 나왔다. '넌 죽어라!' 난 하나님 앞에 무릎 꿇고 기도를 드렸다.

'왜 하나님은 원수를 사랑하라 하셨으며, 왜 모든 걸 용서하라 하셨나요?'

기도 중에 떠오르는 성경 말씀이 생각났다. 나한테 손해 보게 한 사람을 위해 기도하라는 말씀. 그를 위해 기도할 때 그 복이 내게로 돌아온다는 성경말씀이 떠올랐다. 저녁 기도 중에 나는 울었다. 수지 엄마, 죄는 괘씸하나 죄를 사하여 주시고 앞으로 절대로 남의 속을 아프게 하지 말고 수지 엄마 불쌍하니 하나님께서 수지 엄마에게 복을 주시되, 복에 복을 더하여 주시고 어린 자녀 키우는데 조금도 어려움 주지 말게 하시옵소서.'

기도를 드리고 나니 내 마음이 조금 안정이 되었다. 악한 말을 할 때는 내 맘이 편치 않았다. 오늘도 나는 기도한다.

'하나님 아버지, 수지 엄마를 용서할 수 있는 마음과 그

를 사랑할 수 있는 마음, 배려할 수 있는 마음을……'

아침밥을 먹는데 아들 얼굴이 쭈그러든다. 아들은 생각할수록 속이 상한 것 같았다. 6년이란 긴 세월 더운 나라에서 고생한 것을 생각하면 속이 얼마나 아팠을까. 돈을 모아 놓지는 못하고 빚만 잔뜩 졌으니. 수지 엄마를 용서해야 한다는 것은 알지만 그럴수록 내 마음 깊은 곳에 분한 마음과 악한 마음은 자꾸만 용솟음 쳤다. 오늘도 나는 기도한다.

'하나님, 이 죄인을 용서하여 주시고, 수지 엄마 불쌍하니 복에 복을 더하여 주십시요.'

기도할 때 뿐이지 금방 내 마음이 변한다.

'수지 엄마를 용서해 줄 수 있는 마음을 주십시요.'

기도에 매달릴수록 마음속 깊이 패인 골은 메워지지 않았다.

'하나님! 이 죄인의 입술에 파수꾼을 세워 입술로 죄를 범하지 않도록 입술문을 지켜 주십시요.'

나는 밤에 자다가도 벌떡 일어나 나의 모든 것들이 현실 아닌 꿈이길 바라곤 했다. 이제 입맛을 잃어 밥을 먹을 수가 없어 누룽지와 죽을 끓여 한 달이 넘도록 계속 먹었다. 밥을 먹으면 소화가 되지 않았다. 정수리가 욱신거렸다. 자꾸 배탈이 났다. 지금 생각하면 수지 엄마한테 들어

간 돈이 너무 많았다. 받을 길이 없다 싶어 잠을 잘 수가 없었다.

오늘 하루도 멍한 상태로 하루가 저물었다. 이 모든 사실을 아들한테 말할 수도 없다. 내가 짊어지기에는 지나치게 무거운 짐이다. 수지 엄마의 거짓말이 너무 가증스럽다. 시골 사는 동생한테 전화를 했다. 앉아 있어도 불안하고 서 있어도 불안하고 미칠 것 같다. 눈을 감아도 누워도 가슴속에서 끓어 오르는 분노, 악한 마음은 점점 나를 악하게 한다. 내 나이 60, 일을 죽을 때까지 해도 될 것 같지 않았다. 현기증이 나고 아찔하다. 속옷도 꿰매 입는 나는 지금 태산이 무너지는 아픔이다. 시골에서 여동생이 왔다. 나더러 참으라고만 한다.

2003년 1월 6일 새해다. 아들이 저녁 때 외식을 하자고 한다. 순간 가슴이 두근거렸다. 즐거움보다 두려움이 먼저였다. 아들이 식사 자리에서 무슨 말을 할까 걱정뿐이다. 식사 도중 아들은 "엄마 많이 잡수세요." 권하면서 반찬을 내 수저 위에 얹어주었다. 아들이 말할 때마다 가슴이 쿵당쿵당 뛰었다. 식사 시간이 즐거움이 아니라 두려움뿐이다. 잘 살아 보려고 했지만 지금은 아들 앞에 죄인이다. 술 한 잔 먹은 아들 입에서 무슨 말이 나올까. 전혀 즐거움을 모르고 식사를 했다.

저녁이면 아들이 퇴근해서 오기 전에 얼른 이불 속으로 들어가 누웠다. 가슴은 아프고 배도 아프고 소리없이 흐르는 눈물로 베개만 적실 뿐이다. 남동생을 원망하게 되고 자꾸 욕설이 나왔다. 밤새껏 가슴이 아파서 잠을 잘 수가 없었다.

아들은 직장일로 매일 늦게 들어오는가 하면 어느 때는 들어오지를 못했다. 힘들어 하는 아들 얼굴, 내 가슴이 찢어지도록 아프다. 파김치가 되어 들어오는 아들을 볼 때마다 나는 소리없이 울었다.

'하나님, 저는 아들 돈을 쓴 죄인입니다. 갚을 길이 없습니다. 엄마로서 할 일은 하나님께 기도를 드리는 길밖에 없습니다. 아들이 하는 일 잘 되게 해주세요.'

한 달쯤 되었을 때, 아들은 웃는 얼굴로 퇴근을 했다. 다른 회사들을 제치고 아들이 다니는 회사에서 사업승인을 받았다고 기뻐했다.

'하나님 감사합니다. 정말 감사합니다.'

눈물의 기도가 이루어졌다는 생각으로, 하나님은 언제나 나와 함께 하신다는 걸 깨달았다.

12

아들아 고맙고 미안하다

친구 딸 결혼식장에서 이름이 명시되지 않은, 전화번호를 친구한테 받았다. 누구냐고 물어도 그 친구는 말을 하지 않았다. 전화하면 아는 친구니까 한번 해 보라고만 했다. 궁금했다. 예식이 끝나고 집에 오는 길에 공중전화 박스에 들어갔다.

"여보세요?"

"누구세요?"

친구는 내 목소리를 얼른 알아들었다.

"오늘 예식장에 갔는데 친구가 전화번호를 알려주었어."

"나, 고향 친구 옥선이."

"아, 그래."

"지금 어디 살아, 그 전에 살던 그 집인가?"

"아니야, 올 때 전화 해. 가르쳐 줄게."

"으응. 알았어."

며칠 후, 나는 그 친구를 찾아가 만났다. 30년 전 옛날의 부유한 모습은 간 곳이 없었다. 남편은 병원에 입원 중이었다. 그 친구는 자그마한 철물가게를 경영하고 있었다.

친구를 뒤로하고 돌아오는 내 발걸음이 무거웠다. 지하철을 타고 오면서 지난 날을 생각하다가 세 정거장을 지나쳤다. 친구 얼굴에는 굵은 주름이 있었다. 힘들었던 과거를 말해 주는 것 같았다. 돈이란 이렇게 허무한가? 사람이 잘 난 것이 아니라 돈이 잘난 걸까? 부자로 살던 친구가 집도 없이 세를 살다니, 기가 막혔다. 친구한테 할 말을 잃었다. 무어라 위로의 말을 할 수가 없었다. 사람이 평생을 살아가는데 굴곡이 없이 살 수 있느냐고 말하면서 앞으로 건강하면 살 수 있다는 말밖에 할 수 없었다.

"다음에 또 올게. 시간 있으면 우리집에 놀러와."

그 뒤로 가끔 친구한테 전화만 했다.

교회 이사 문제가 생겼다. 다들 건축헌금을 하는데 나

는 할 수가 없었다. 형편이 어려웠다. 헌금은 생각할 수가 없었다. 목사님으로부터 전화가 왔다. 건축헌금을 예정할 수 있는가, 하고.

"목사님, 죄송합니다. 제가 성의 표시만 할게요."

간단하게 말하고 전화를 끊었다. 아무리 생각해도 내 형편에 건축헌금은 어려웠다. 일을 하고 싶지만 일 자리가 없다. 빚이 많아 막연했다. 두번째 건축헌금 작정이 있었다. 나는 눈을 딱 감고 '그래 설마 믿는 자녀 죽기까지 할까.' 생각하면서 건축헌금 300만 원을 작정했다. 남이 볼 때는 작은 액수지만 나한테는 벅찬 것이다. 건축헌금을 작정하고 보니 못할 때보다 마음이 가벼웠다.

작정 후, 일 자리도 생겼다. 하나님께서 건강만 주신다면 어떤 일이든지 할 것이다. 다짐한다.

괴산 여동생이 왔다. 아들 때문에 속이 상한다고 한다. 직장에 들어가면 월급도 받지 못하고, 그나마 일자리도 없으며 가는 곳마다 애로가 있다고 한다. 상업디자인과를 졸업했지만 동생은 실망을 많이 한다.

"언니는 어떻게 해서, 아들이 직장에 잘 다니고 하는 일이 잘 되우?"

나는 첫열매에 대해 말해 주었다. 우리 아들이 처음 직장에 갈 때도 우리는 어려웠다. 하지만 난 망설임없이 아들의 첫열매를 여호와 제단에 바쳤다. 둘째의 첫 열매도 하나님께 바쳤다. 동생은 내 말을 듣더니 취업하면 첫열매를 꼭 하나님께 바치겠다고 약속했다.

여름에 동생네 집에 갔을 때였다. 아들이 취직을 했다며 자랑했다. 반 년만에 듣는 희소식이다.

"언니, 나도 아들에게 월급에서 십 원도 쓰지 말라고 했어요. 한 달 월급을 몽땅 하나님께 바쳤어요. 지금까지 잘 다녀요. 지난 여름엔 농번기에 쓰라고 5만 원을 줍디다."

동생은 희색이 만면하다.

어느날 연락도 없이 이혼한 올케가 쌍문동 집으로 찾아왔다. 내 눈에서 불이 났다. 생각같아서는 쥐어박고 머리카락이라도 전부 뽑아놓고 싶었지만 이웃이 부끄러워 그만두었다. 시집와서 고생하며 살아온 올케가 안 됐다는 생각이 들었다. 동생이 정신 못차리고 살았으니 올케가 사는데 힘들었다고 이해가 되기도 했다. 나는 서둘러 밥을 지었다.

"올케, 배고프지? 어서 밥을 먹게나."

올케는 아무런 말도 하지 않는다. 밥을 챙겨주었더니 먹는둥마는둥 수저를 놓았다. 올케는 말도 없이 일어났다.

"형님, 갈래요."

올케는 현관문을 열고 나갔지만 나는 잘 가라는 인사도 못했다. 정신 못차리고 사는 동생이 한없이 원망스러웠다. 남을 용서한다는 것, 정말 힘들다. 용서하는 착함보다 먼저 악이 깊이 뿌리 깊게 뻗었다. 하나님은 용서하기를 일곱번이 아니라 일흔번까지 하라고 하셨지만 견디기 힘든 일이다. 지금도 그 기억을 되살리면 꿈속에서 헤매는 것처럼 혼몽해진다.

오늘도 나는 하나님에게 기도했다.

'하나님, 아들 돈을 탕진했습니다. 죄인입니다. 갚을 수도 없습니다. 오직 엄마로서 하나님께 기도를 드리는 길밖에 없습니다. 우리 아들이 다니는 회사에서 인정받고 능력있는 사원되게 해주세요. 이번 재건축 시공사들이 많이 있습니다. 그러나 하나님께서는 전지전능하십니다. 많은 경쟁사들을 물리쳐 주시고 우리 아들이 다니는 회사에서 시공하도록 도움주세요. 하나님께서는 믿고 기도하면 다 받은 줄로 알라 하셨사오니 이 엄마의 기도에 응답하여 주세요.'

길을 걸을 때나 잠들기 전까지는 눈물로 기도했다. 아들한테 대한 죄책감이 다소 사라진다.

밤 10시쯤 되었을 때 따르릉 전화가 왔다.

"여보세요."

대답이 없다. 수화기를 놓으려고 할 때

"엄마, 접니다."

목이 멘 아들의 음성이다. 순간 가슴이 철렁 내려앉았다.

"우리 형제 버리지 않고 키워 준 것 고맙습니다. 오늘 발표가 났습니다. 진급이 되었습니다."

아들의 전화 한 통에 내가 고생한 보람이 이런 것이구나, 라고 가슴이 뿌듯했다. 볼이 눈물로 젖었다. 지금껏 고생하며 어려웠던 일들이 봄눈 녹듯이 사라졌다.

'아들아, 미안하다.'

오늘도 엄마는 일을 하면서 아들한테 미안한 생각만 머리속에 가득하다. 네가 더운 나라에서 고생하면서 벌어 온 돈을 전부 써버린 엄마, 가슴이 너무도 아프단다. 그러는 너는 얼마나 속이 상하겠니. 엄마는 지난 밤에도 잠을 자지 못하고 뜬 눈으로 지새웠다. 생각이 너무 많은 탓인지 아침에 일어나려니 현기증이 났다. 나이 60에 남의 집 (훈이네 집)에서 일하는 엄마도 때로는 죽고 싶은 생각이 든다. 엄마가 잘못 저지른 일이기에 누구한테 하소연도 못한다. 내가 진 빚을 너한테 전부 말 할 수가 없었다.

'아들한테 짐을 지어 주지 않고 엄마 혼자 해결하려고 노력하고 있다. 남은 빚 마저 갚아 주어서 고맙다. 아들아! 엄마는 너한테 할 말이 없다. 네 가슴을 많이 아프게 했으니 말이다. 엄마는 아들한테 너무도 무거운 짐을 짊어지게 해서 정말 미안하다. 어려서부터 고생만 했는데 엄마로서 아들한테 아무것도 해준게 없잖니. 엄마도 잘 살고 싶었어. 아들이 고생할 때 엄마도 아들한테 힘이 된다면 무슨 일이든 해서 아들을 돕고 싶었단다. 엄마는 실패했지만 아들만은 성공하여 잘 살기를 바란다. 엄마가 건강이 있는 한 힘 닿는 데까지 도와 줄게. 네가 지쳐 들어올 땐 엄마는 너를 똑바로 볼 수가 없었단다. 남들처럼 학교도 많이 보내지 못했으니 엄마가 아들한테 고개를 들 수가 없구나. 아들! 앞으로 눈물없이 우리 가족 웃으면서 살기를 소망한다.'

요즘 세상은 거꾸로 되었다. 돈이 많은 부모들은 돈 때문에 자식한테 죽고 돈이 없는 부모들은 자식한테 버림받는 세상이 되었다.

'아들아. 아침에 떠오르는 태양을 보라, 붉게 떠오르는 태양을 보면 힘이 솟지 않니? 넌 아직 젊고 희망이 있고 미래가 있잖니. 아들아. 아침에 떠오르는 해처럼 어디서나 용기 잃지 말고 힘차게 일하며 살아야 한다. 엄마는 모진 세파와 싸우면서 살았지만 너의 형제는 평탄하게 살아

주었으면 한다. 하지만 우리가 1년을 살면서 생각해 보자. 햇빛이 좋고 맑은 날도 있지만 때로는 비가 오고 눈도 오고, 바람도 불고, 우박도 쏟아지고 천둥번개가 치는 날도 있단다. 우리 사는 인생도 자연과 같단다. 살면서 일이 잘 풀리지 않아도 낙심하지 말고 열심히 살다보면 화창한 날이 올거야. 인생살이가 그런 거란다. 엄마도 노년을 아름답게 살고 싶은 게 마지막 소망이란다. 떠오르는 태양은 힘이 있고 저녁 노을은 피어오르는 꽃송이 같지 않니? 피는 꽃도 예쁘고 향기가 있지만 지는 꽃은 향기가 더 짙다는 걸 느껴 보았니? 엄마도 지는 꽃처럼 향기 짙게 살고 싶어. 노년을 보람있게 사는게 마지막 소망이야. 가장 불쌍하고 소외당하고 아파서 병원에 가지 못하는 사람들에게 봉사하며 살고 싶단다. 봄인가 생각하면 여름, 가을, 겨울이 오고, 세월은 참 빠르구나. 너희 형제 어릴 때 생각하면 엄마도 모르게 눈시울이 더워진다. 그런데 성장해서 둘 모두 직장생활을 잘 하니 엄마가 더 이상 바랄게 없구나. 남들이 부러워하는 대기업이고 세계에서도 알아주잖니. 앞으로 건강하게 진실하게 열심히 살면 된다. 어릴 때 얼마나 배가 고팠을까. 얼마나 추웠을까. 아들아. 그 추억들은 이제 잊어버리자. 한 떨기 국화꽃을 피우기 위해 봄부터 가을까지 모진 비바람과 더위를 헤친 국화꽃처럼 살아야 한다. 한송이 곱고 아름다운 꽃잎이 되기까지 얼마나 어려운 날들이 많았겠니. 어렵고 힘들어도 잘 참고 견디거라. 아들아. 엄마는 네가 술 먹고 들어와 일어나지 못하는 것을 보면 가슴이 너무 아프다. 네 자신이 몸을 사랑해야지. 네가 몸을 사랑하지 않으면 안 된다는 걸 왜 모르느냐. 술로 잠을 청하는 것은 지금 네 몸이 망가져 가는 것이란다. 부모한테 효도란 네가 건강하게 살아주는 것이다. 부모 앞에 자식이 아파 누워 있으면 불효 중에 불효다. 네가 술 먹고 들어오는 날은 엄마가 잠을 자지 못한다. 엄마는 가끔 꿈을 꾸면 어릴 때 살던 고향 마을이다. 그런데 너희 형제는 이사를 많이 다녀서 고향이 없구나. 미안하다. 아들아, 지금 우리는 지난 날들이 고생스러웠기 때문에 행복을 느낄 수 있는 거란다. 앞으로 우리 모두 같이 교회 나가자.'

13
성남에서 식당을 하다

올해 내 나이 61세다. 황혼의 길목에 서 있다. 지는 해를 보며 생각에 잠긴다.

'나도 해같이 지는구나.'

공허하다. 하루하루 귀중한 시간을 허비하지 말자, 마음속으로 다짐한다. 건강이 있는 한 일을 해야 한다는 생각으로 일거리를 알아봐도 나이가 걸림돌이 된다. 며칠을 생각한 끝에 아파트 짓는 현장 근처에 식당을 열었다. 손님은 그런대로 꾸준히 있었다. 일하는 아줌마 때문에 속을 많이 썩었다. 주인은 일하고 아줌마는 앉아있다. 우리 집에 식사하러 오는 손님들은 앉아있는 아줌마가 주인인 줄 알고 있다. 현장에서 일하다가 다리를 다쳐 절뚝거리며 오는 사람도 있었다. 무릎을 다친 것이다. 새끼손가락 둘째마디에서 상응점을 찾아 침을 꽂아주었다. 일주일 후 정상적으로 걷게 되었다. 나는 성의껏 치료를 해주었다. 치료가 잘 끝나면 천하를 얻은 기분이다.

내가 앞으로 살 날보다 죽음이 더 가깝다는 생각을 한다. 이제부터라도 죽음에 대한 준비를 해야 하는데 어떻게 죽음 준비를 할까? 생각한 끝에 아파하는 사람들을 돌봐주는 것이 마지막 나의 보람이었다. 아파서 식당으로 찾아오는 사람들을 치료를 할 때 돈을 목적으로 하지않았다. 노동자들은 좋은 사람도 많았지만 나쁜 사람도 많았다. 밥 값을 떼어 먹는 사람도 있다. 식사를 하고 몰래 도망가는 사람도 있다. 알면서도 모른 척 했다. 오죽하면 몰래 갈까. 장사는 현찰이 아니라 외상 장사였다. 남의 장부에 이름 써 놓고 식사하고 가는 아저씨도 있었다.

14
두 아들 결혼은 하나님의 축복이다

작은아들이 큰아들 앞서 결혼을 했다. 작은아들 결혼생활을 나는 이렇게 그림으로 상징하여 썼다.

'30년 만에 꽃밭을 만들었습니다. 예쁜꽃이 피었습니다. 이름을 가람이라고 지었습니다. 또 꽃이 피었습니다. 이름을 주신이라고 지었습니다.'

2006년 11월 18일, 작은아들은 이쁜 아내를 맞아 사랑스런 딸과 아들을 낳은 것이다.

작은아들이 결혼하던 날도 나는 아저씨들 아침식사를 해주고 점심까지 준비해 놓고 결혼식장을 갔다. 작은아들 결혼식에 큰아들이 색시감을 데리고 왔다. 색시는 바람이 불면 쓰러질 것 같았다. 눈이 오나 비가 오나 아무리 추위도 하루도 빠지지 않고 3년을 철야기도를 했다. 낮에는 힘들게 일하고 밤에는 교회 가서 기도한다는 것이 쉬운 일이 아니다. 큰아들 색시감은 슬기롭고 착하고 총명한 배필을 보내 달라고 하나님께 기도한 것을 하나님은 아셨는지 들어주셨다.

다행히 1년차로 큰아들도 2007년 10월 27일 결혼했다. 나는 큰아들 결혼생활을 작은아들처럼 그림으로 상징하여 그대로 모방하듯 썼다.

'37년 만에 꽃밭을 만들었습니다. 꽃밭에 꽃이 피었습니다. 꽃 이름을 규린이라고 지었습니다. 또 꽃이 피었습니다. 꽃이름을 민채라고 불렀습니다.'

이제 우리 식구 다 모이면 나까지 아홉이다. 모두 빛나며 행복하길 빈다.

큰아들 결혼 후, 며느리 생일에 『부부의 행복』이라는 책을 두 권을 샀다. 작은며느리도 한 권을 주었다. 작은며느리는 두 권을 준 셈이지만 큰며느리는 한 권밖에 주지 못했다. 큰며느리 생일 점심 때 상차림에 구절판을 만들었다. 상차림이 예뻤다. 며느리 둘이 맛있게 먹는 모습이 정말 사랑스러웠다.

15

큰며느리 오던 날

나풀나풀 뛰어오는 규린이 머리에 연분홍색 꽃이 앉아 있다. 피부가 하얗고 꽃과 잘 어울렸다.

"할머니!"

"규린이 머리에 앉은 꽃이 예쁘구나. 엄마가 사주셨니?"

규린이는 웃으면서 엄마를 본다. 말하기가 쑥스러운 모양이다.

"규린아, 할머니한테 말씀드려."

규린이는 역시 말을 하지 않는다.

"어머님……. 규린이 남자친구가 사 준 거예요."

"규린이가 남자 친구가 있다고? 아직 유치원생인데?"

"규린이 남자친구 엄마를 만났는데요. 아들이 규린이한테 꽃 사줘야 된다고 졸라서 사준거래요."

규린이 담임도, 다른반 담임도 규린이를 예뻐한다고 자랑한다. 집에서는 말도 별로 없는데 친구들과 잘 어울린다고 한다. 지금은 초등학교 3학년. 2학년 성적표를 보면 전부 '매우 잘함'이다. 규린이 성적표를 보는 할머니 마음도 기뻤지만 며느리도 만족해 한다. 규린이 외할아버지도 항상 입가에 웃음이 떠나지 않는다. 규린이 때문에 동네 아파트에서 스타가 되셨다고 자랑을 하신다. 규린이 학교 교장선생님도, 다른 반 선생님도 알아보시니 학교에서도 스타가 된 것 아니냐고 하신다. 규린이는 3학년이 되면서 회장으로 뽑혔다.

'인내는 쓰다. 그러나 그 열매는 달다.' 라는 금언을 생각했다.

작은아들 집에 있을 때였다.

"할머니, 우리 숨바꼭질 하자."

가람이가 말한다.

"가위 바위 보~"

꽃 세 송이도 외친다.

"가위 바위 보~"

"할머니가 술래다. 어서 빨리 숨어라."

가람이가 말한다.

"어디에 숨었을까?"

"문 뒤에도 없고, 미끄럼틀 뒤에도 없고 커튼 뒤에도 없네. 으음 여기에 있었구나. 찾았다. 이불 속에 숨었구나."

꽃 세 송이 이불 속에서 숨을 죽이고 있었다. 이불을 쳐드는 순간 꽃 세 송이 까르르 깔깔 자지러지게 웃는다. 할머니도 덩달아 하하 호호.

오늘도 즐거운 하루를 보낸다. 주신이 4살. 할머니는 주신이와 같이 책 읽을 때가 가장 즐거운 시간이다. 동화책 『빨간 모자』를 읽었다. 책을 다 읽고 나면 책 줄거리를 질문한다.

"주신아, 빨간 모자가 왜 그랬을까?"

"할머니, 그건 빨간 모자가 엄마 말을 안들어서 그래요."

"주신이는 어떻게 할건데?"

"할머니, 난 이다음에 커도 어르신 말씀 잘 들을 거야. 큰아빠, 큰엄마, 외할아버지, 외할머니, 외삼촌, 외숙모."

사돈에 팔촌까지 쉬지 않고 주워 섬긴다. 모든 어른들 말씀 잘 들을 거라고.

"우리 주신이 정말 착하구나."

나는 칭찬을 아끼지 않았다.

16
퍼즐 맞출 때

퍼즐을 맞추려고 한동안 애를 썼지만 실패했다. 조용히 지켜보던 주신이가 말했다.

"할머니 내가 맞출까?"

주신이가 금방 다 맞추었다. 맞춘 퍼즐을 가지고 엄마 방으로 간다.

"엄마, 이 퍼즐 할머니가 다 맞췄어요."

주신이 목소리가 거실까지 들린다. 나는 깜짝 놀랐다. 네살바기 어린아이가 어떻게 그런 말을 할 수 있을까. 주신이가 퍼즐을 들고 나오면서 말했다.

"할머니, 이 퍼즐 할머니가 맞췄다고 엄마한테 자랑했

어요."

기가 막혔다.

"주신아, 너 이다음에 커서 뭐가 될래?"

"할머니, 난 이다음에 크면 병원선생님이 될 거야. 병원 선생님이 되면 외할아버지 안 아프게 해 줄 거야."

"우리 주신이 정말 착하고 예쁘구나."

나는 주신이를 안아주었다.

주신이가 제일 좋아하는 책은 『흥부와 놀부』다. 책을 다 읽어 주고 나면 나는 질문을 했다.

"주신아, 흥부가 좋아? 놀부가 좋아?"

"흥부가 좋아요."

"왜 흥부가 좋을까?"

"흥부는 제비 다리도 고쳐주고 엄청난 부자가 되었으니까요"

"놀부는?"

"놀부는 제비 다리 부러뜨리고 놀부는 나빠요."

주신이가 무엇인가 한참 생각하더니 말했다.

"할머니, 내가 이다음에 크면 집을 크게 지어 반 뚝 잘라 줄게요."

2019년 5월 18일, 규린이의 동생 민채 유치원에서 엄마와 함께 하는 수업이 있었다. 며느리가 장미꽃 한다발을 가슴에 안고 왔다.

"웬 장미꽃이냐?"

"민채 남자 친구 엄마가 주었어요. 민채가 우리반에서 제일 예쁘다고 매일 꽃을 사달라고 조르더래요."

할머니로서 이런 얘기 말고 더 기쁜 일이 무엇이랴. 작은아들네 집에서 여주 집으로 왔다. 6개월 만이다.

17

사랑하는 우리 아들에게

아들이라고 부르기엔 너무 못난 엄마다. 아들아, 정말 미안하다. 지금까지 살아오면서 말하지 못한 것을 글로써 말한다. 엄마로서 미안하다는 말밖에 할 수 없구나. 쌀이 없어 굶어도 배고프다고 말하지 않은 우리 아들. 추운 겨울에 연탄을 살 수 없어 냉방에서 떨면서도 춥단 말 하지 않은 우리 아들, 정말 미안하다. 엄마는 추워서 잠을 못 자는데 너의 형제는 추운지도 모르고 새근새근 숨소리를 내며 곤히 잠이 들었지. 엄마는 너희 형제 빨리 크기만 마음속으로 외쳤을 뿐이다. 지금도 가끔은 너희 형제 어릴 때 생각을 한단다. 그럴 때면 너무 가슴이 아파 밤잠을 설친다. 여덟살 어린 나이에 연탄불을 갈았던 일, 동생을 돌보며 반찬 없는 밥을 먹고 엄마를 기다리다 잠들어버린 너희 형제, 지금도 눈에 선하다. 꼭 끌어안고 잠든 모습이…….

너희 형제 아들, 딸들이 똑똑하고 총명하잖니. 이보다 더 큰 행복이 어디 있겠니. 내 사랑하는 아들아, 정말로 고맙고 또 감사하다. 지금까지 살아오면서 너희 형제한테 하지 못한 이야기들을 글로 말한다. 어떠한 일이 있어도 의좋은 형제가 되어야 한다. 버리지 않고 키워주어 고맙다고 말하였을 때 엄마는 세상을 다 얻은 것 같았단다.

며느리를 볼 때마다 항상 미안한 마음이 한구석에 있었다. 착하고 예쁜 우리 며느리. 왜 내가 결혼을 반대했을까? 지금 생각하면 아찔하다. 하마터면 귀한 보물을 잃어버릴 뻔했다. 내가 반대한 것은 며느리가 아파보였기 때문이다. 오늘은 말을 해야지. 그동안 미안했던 말들을. 며느리와 마주 앉았다. 말을 내가 먼저 꺼냈다.

"내가 그때 결혼 반대한 것 알고 있었지?"

며느리 말이 없다.

"만약 규린이가 아픈 사람한테 결혼한다고 하면 넌 허락하겠니?"

며느리는 얼굴이 붉어진다.

"그건 절대 안되지요."

"그래, 그래서 내가 반대했던 거야. 그래도 네가 내 말을 잘 들어주어서 고마워."

내가 처음 본 며느리는 눈이 돌출되어 있어서 금방 아프다는 걸 알 수 있었다. 그래도 며느리는 내 말을 잘 듣고 약을 복용한 후 건강을 찾았고, 지금은 약을 먹지 않는다. 갑상선에 이상이 있기 때문이었다. 치료가 될 때까지 아이를 낳지 말라고 했다. 한의원에서 약을 먹고 치료 후 아기를 가졌다. 사부인에게도 전화를 했다.

"따님을 착하고 예쁘게 잘 키워 주셔서 감사합니다."

우리 가족은 시간이 있을 때 놀이동산이며 눈썰매장이며 아이들과 함께 놀러도 다닌다. 티브이를 시청하고 있는데 핸드폰이 울린다. 큰며느리다.

"네, 말씀하시와요. 전화 받았사옵니다."

나는 가끔 장난끼가 발동한다.

"어머님 모시고 갈려고 강릉 하슬라이트월드(뮤지엄호텔)를 예약했는데 회사일이 바빠서 갈 수가 없네요. 동서네 가족과 같이 가셔서 바람도 쏘일 겸 편히 쉬었다 오세요."

며느리 전화 한 통에 가슴이 설레었다.

"며느님, 고마워. 잘 갔다 올게."

기다리는 시간이 길게 느껴졌다.

작은아들네 가족과 출발했다. 예약 된 장소는 강릉 하슬라아트월드뮤지엄 호텔이었다. 목적지를 향하는 차 안은 사랑 가득, 행복 가득. 가람이와 주신이는, 마음이 들떴다. 차창 밖으로 보이는 산에는 한때 예쁜 단풍잎으로 옷을 입었건만 지금은 앙상한 나뭇가지만 쓸쓸하다. 어쩌다 남은 단풍잎이 바람에 떨어진다. 나뭇잎도 꽃잎도 떨어지는 것은 바람 때문이 아니고 세월이라고 하지 않던가.

"할머니, 점심 먹고 가요."

가람이와 주신이가 이구동성으로 말했다. 오후 2시, 나도 배가 출출했다.

"아들아, 점심 먹고 가자."

"잡숫고 싶은 것 있으면 말해 보세요."

"티브이를 보니까 도루묵이 맛있다고 하던데 어떻겠니? 며칠 전에 엄마 고향 친구한테서 전화 왔는데 도루묵 사다가 먹었더니 맛있다고 하던데."

"그럼 도루묵 먹으러 갑시다."

가는 길에 식당이 보이지 않아 한참 찾던 중 허름하고 작은 식당이 있어 들어갔다. 식당에는 서너 사람이 앉아 있을 뿐 썰렁했다. 아들은 도루묵 찌게 3인분과 돈까스 2

인분을 주문했다. 찌게가 나왔다. 아주머니는 주문한 찌게냄비를 불판에 올려 놓았다. 보글보글 찌게 끓는 소리가 요란스럽다. 냄비 뚜껑이 들썩들썩 뜨겁다고 소리친다. 냄비 뚜껑을 열었을 때 아뿔싸, 내 나이 70이 되도록 먹어보지 못한 찌게다. 그런데 웬일일까. 도루묵 생선알이 배 밖으로 튀어나와 말똥말똥 나를 쳐다보고 있다. 먹을 용기가 나지 않았다. 꼭 개구리 알처럼 엉켜 뭉쳐 있는 알을 보니 입맛이 없었다. 내가 먹지 않으니 아들도 며느리도 먹지 않는다. 맛있다던 찌게는 먹어 보지도 못한 채 우리 가족은 목적지를 향하여 다시 떠났다. 먹지 못하고 온 도루묵 찌게는 그리움 반 아쉬움 반이다.

'한번 맛이나 볼 걸.'

어느덧 목적지에 도착했다. 방에 들어서니 방 한가운데 달걀을 반으로 잘라놓은 듯한 원반형 침대가 있고 옆에는 미니 수영장이 있었다. 바다를 볼 수 있도록 사방이 유리창으로 되어 있어서 작은 수영장에서도 원방형 침대에서도 볼 수 있었다. 꼭 벤치에 앉아 바다를 바라보는 것 같았다. 수영장에 물을 받으니 따뜻한 물이 나왔다. 며느리만 빠지고 우리 가족은 재미있게 물장구를 치며 놀았다. 점심식사를 하지 않은 걸 본 아들은 김밥을 사왔다. 아들 내외는 김밥을 사다 주고 나갔다. 밤바다를 구경한다고……. 김밥을 입에 넣으니 모래알처럼 입안에서 굴렀다. 은근히 속이 상한다.

"아빠는 맛있는 걸 사오지, 맛없는 걸 사오니, 할머니 화났잖아."

주신이는 할머니 눈치를 본다. 할머니한테 도와달라고 하지 않고 혼자 원방형 침대에 올라가는 주신이 낑낑거린다. 만화 그림을 보는 것 같았다. 가람이는 크니까 금방 올라갔는데 나도 올라가려니 힘은 들었지만 꿈속에서 장난감 안에 들어가는 것 같았다. 나는 어린아이가 된 것 같았다.

아침 일찍 일어나 밖에 나갔다. 호텔 뒤쪽으로 작은 동산이 있었다. 동산에 올라오니 구경할 곳이 많았다. 멀리 보이는 바다가 더 좋았다. 하늘과 똑같은 파란 바다, 하늘과 맞닿은 수평선, 속이 탁 트이듯 시원하다. 하늘을 마음껏 날아다니는 갈매기, 순간 나도 날아 보았으면 하고 꿈같은 생각에 잠긴다. 가람이와 주신이가 소리친다.

"할머니, 바다 위에 새가 날아요."

"가람아, 주신아. 바다 위에 나는 새는 갈매기야. 갈매기는 물고기를 먹고 살지. 그리고 육지에 사는 새는 곡식을 먹는단다."

언덕에서 내려와 바닷가로 내려갔다. 멀리서 파도가 굴

러왔다. 철썩, 파도소리와 함께 내 앞 가까이 왔을 때 옷은 바닷물에 흠뻑 젖었다. 주신이가 고함을 쳤다.

"할머니, 바다가 사람을 잡아 먹으려고 해요."

손을 잡고 가던 주신이가 놀란다.

"우리 주신이 놀랬구나. 바닷물은 무서운 거야. 무서웠지?"

주신이의 젖은 옷을 털어 주었다.

"주신아, 이다음 크면 할머니 뭐 해 줄래?"

"할머니, 내가 이담에 크면 돈벌어서 1억 줄게."

"정말? 고마워, 약속!"

나는 잠시나마 환회에 잠긴다. 지금은 초등학교 3학년이다. 며칠 전, 여주에 왔을 때다.

"주신아, 다섯 살 때 할머니랑 약속한 거 잊지 않았지? 1억 준다고 한 약속!"

주신은 한참 생각을 하더니 말을 했다.

"할머니 1억 주면 나는 어떻게 살아요."

이제 돈을 안 걸까?

어느날 전화가 왔다. 가람이다.

"할머니, 나 비밀이 있는데 할머니한테 말하면 아빠한테 혼나는데."

"가람아, 괜찮아 말해봐."

"아빠한테 말하면 안 돼요."

"할머니는 아빠를 이길 수 있어. 그러니 말해봐. 아빠가 야단치면 할머니가 아빠 혼내줄게."

"비밀, 꼭 지켜야 해요. 아빠, 엄마, 동생 식구 전부 시골에 갔다가 오늘 왔어요."

"무슨 일 있었니? 무엇 때문에 갔는데?"

가람이가 망설였다.

"괜찮아, 빨리 말해봐."

"있잖아요. 할머니 남편이 죽어서 큰아빠, 큰엄마도 가고요 우리 식구도 갔다가 오늘 왔어요."

가람이는 전화를 끊었다. 아무 생각이 나지 않았다. 덤덤하고 남의 이야기를 듣는 것 같았다. 인생이란 한번 왔다 가는 것. 서글플 것도 잊지 못할 것도 없다. 이틀 전 꿈에 남편이 보였다. 옛날처럼 숨기가 바빴다. 숨으면 어느새 내 앞에 있었다. 뛰고 뛰어 숨으면 또 내 앞에 나타났다. 꿈속에서도 숨으면 꼭 앞에 나타났다. 두렵고 떨렸다. 꿈에 얼마나 뛰었는지 눈을 떴을 때는 기운이 없어 거동을 할 수가 없었다. 입안은 바짝 말랐고, 물도 써서 마시기 힘들었다. 입속 말로 '차라리 교통사고라도 나서 죽으면 불안하지도 않고 두렵지도 않을 것을…… 어서 죽기라도 했으면 좋겠다'고 생각하고 있을 때 가람이 전화를 받은 것이다. 큰며느리한테 전화를 했다.

"지금 가람이한테서 전화가 왔었는데, 시골 갈 때 왜 나한테 말 안했니?"

"규린아빠가 말씀드리지 말라고 했어요. 2년 전에도 규린아빠 혼자 갔다 왔어요."

"무엇 때문에?"

"아버님이 교통사고로 병원에 입원하셨을 때요."

며느리한테 말을 듣는 순간 또 다시 놀라지 않을 수가 없었다. 내가 차라리 교통사고라도 나서 죽었으면 했던 것이 정말 교통사고가 난 것이다. 말에는 씨가 있다고 어른들이 하신 말씀이 생각났다. 말은 항상 조심 또 조심하라고 하더니. 내가 분당병원에 갔을 때 어느 환자가 들어오는데 옆모습, 뒷모습이 어쩜 남편하고 너무 똑같아 난 재빨리 몸을 숨기고 그 환자가 보이지 않을 때까지 지켜보았다. 내 가슴은 쿵당쿵당 뛰었다. 남편이 하늘나라로 간 것도 잊은 채.

손자, 손녀 넷이 다 모이던 어느날, 용돈을 주었다.

"이젠 할머니 돈이 없어서 많이 못 주니까 아빠한테 할머니 돈 많이 주라고 해, 아빠가 많이 주어야 너희들한테 용돈 많이 주지."

듣고 있던 주신이 무언가 생각하는 것 같았다. 돈을 만

지작 만지작 하더니 할머니 쪽으로 살그머니 오더니 할머니 지갑에 돈을 넣는다.

"주신아, 할머니가 준 건데 왜 할머니 지갑에 넣는 거야?"

주신이는 웃으면서 말했다.

"할머니, 돈이 없잖아요. 할머니 쓰세요."

돈을 받은 손녀딸들은 호호 깔깔 좋아라 한다. 주신이는 어린아이 같지 않고 다 큰 것 같다. 집에 갈 때 주신이 손에 만 원짜리를 손에 쥐어주었다. 주신이 쑥스러워하며 받는다.

'언덕 위 하얀집'으로 이사를 했지만 살 수가 없었다. 집을 지어 놓고 아무도 살지 않으니 곰팡이도 슬고, 지붕이 누수가 되어 살 수가 없었다. 친구로부터 소개를 받았다. 쌍문동 상가에 '미래건축'이라는 상호를 건 사람이었다. 나는 실수를 하고 말았다. 공사를 시작하기 전에 치밀한 견적서를 챙겼어야 했는데 미처 생각을 못 한 것이다. 수리할 곳을 이곳저곳 다 지적을 했다. 사장은 연필로 메모를 하며 견적서를 내밀었다. 2,300백만 원이 나온다고 했다. 공사를 시작했다. 내가 지적한 곳은 전혀 손도 대지 않고 추가비용 300만 원이 더 들어갔다. 일도 끝나지 않았는데 돈을 달라고 한다. 1,000만 원만 주고 남은 금액은 일이 끝나면 줄 셈이었다. 그런데 일은 하지 않고 돈만 달라고 한다.

골머리를 앓다가 나는 병원에 입원하게 되었다. 서울 천호동 영림내과였다. 과거 박정희 대통령의 주치의였다고 한다.

"너무 걱정을 해서 병이 난 것이니 일단 입원을 하고 안정해야 합니다. 무엇 때문에 신경을 쓰셨습니까?"

"그냥요."

입원한 지 열흘이 지나니 머리 아픔도 가슴 통증도 좀 나아졌다. 건축업자는 남은 돈을 달라고 전화를 했다.

"지금 병원에 있습니다. 퇴원하면 말씀 드리지요."

퇴원한 뒤, 집에 누워 있는데 건축업자가 찾아왔다.

"집수리를 할 테니 문을 열어주십시요."

나는 그가 원하는대로 문을 열어주었다. 그는 거실에다 바리게이트를 쳤다. 사람이 다닐 수가 없어 기어다녔다. 집수리를 하는 줄 알았더니 나가면서 하는 말.

"술을 사주었느냐? 고기를 사주었느냐?"

나는 말 한마디 못한 채 서 있었다. 한 달이 지나고 두 달이 지났다. 집수리는 안하고 돈만 달라고 한다. 며느리는 당장 사는게 불편하니 돈을 주고 그냥 편하게 살자고 한다. 나는 너무 억울해서 명동에 있는 소비자 고발센터를 찾아갔다. 집수리 하는 것은 잘 모른다고 한다. 지구대를 찾아갔다.

"알아서 하십시요."

그들은 무성의하게 말을 했다. 변호사를 선임할 수도 없고 애만 태우다가 며느리가 말 한대로 공사비 정산을 끝내고 집안을 정리했다.

은수저 5벌, 방자 수저 두 세트, 작은며느리의 혼수, 이불은 가져가고 베개만 두 개 남았다. 건조대 하나는 가져가고 하나는 쓰지 못하게 부셔놓았다. 큰아들 회사에서 가져온 회사 건물 사진을 넣어 만든 패와 내가 수지침 자격증 졸업할 때 돌에 이름을 새긴 기념패도 가져갔다. 책상의자는 흠집이 나고, 인삼주 병 큰 것은 박살이 난 채, 화장실 쓰레기와 자루에 담아져 있었다. 거실 바닥이며 주방바닥도 흉한 흠집투성이다.

"인삼주 값 30만 원만 제하고 잔액 모두 정산했어요."

며느리의 말에 나는 또 충격을 받아 입원치료를 받았다.

"상대하지 말고 그냥 덮어요, 어머님."

전기불도 켜 놓은 채 방치했으므로 동네사람들의 연락을 받은 뒤 지구대의 도움으로 소등을 했는가 하면 가로등은 쓰지 못하게 망가뜨려 놓았다. 생각할수록 우울했다. 다른 친구들이 소개한 친구한테 말을 했다고 한다. 인간이라면 그럴 수 없다. 소개한 친구한테서 전화가 왔다. 나는 받지 않았다. 너무 속이 상해서 받을 수가 없었다. 발코니의 화분은 없어져서 가져갔나, 생각했는데 박살을 내어 자루에 담긴 채 뒤뜰 구석에 처박혀 있었다.

작은아들 집에 갔을 때였다. 문 열고 막 들어 서는데 여섯살바기 가람이 좋아라 한다.

"할머니, 나 고추 사다 주세요, 시장가서 사오면 되잖아요. 고추를 꼭 사고 싶어요."

"뭐 할려고?"

"고추가 있으면 주신이처럼 서서 오줌을 싸잖아요."

나는 어떻게 말을 할 수가 없었다.

"가람아, 할머니는 돈이 없어서 고추를 살 수 없거든?"

가람이 심술이 났는지, 선 채로 화장실에서 오줌을 쌌다. 옷을 버려서 다른 걸로 갈아 입었다. 조금 있더니 다시 말했다.

"나, 쥐띠가 싫어요. 예쁜 토끼띠로 바꿔 주세요."

"쥐띠가 왜 싫을까?"

"쥐는 무서워요. 토끼띠, 예쁘잖아요."

"할머니 말 잘 들어봐."

12동물 이야기를 해주었다.

"으음, 알았어. 정말 할머니 말대로 쥐띠가 좋아요. 12 동물 중에 쥐가 일등했으니까요."

가람이 좋아라 한다. 가람이 다섯 살 때였다.

"할머니는 왜 남편이 없어. 얼굴에는 왜 지렁이가 많아?"

나는 웃었다.

"외할머니 집에 가면 외할아버지가 있거던? 그런데 왜 할머니는 남편이 없느냐고."

가람이한테 열 손가락을 펴보였다.

"백 밤 자고 또 백 밤 자면 올 거야."

"으응, 알았어."

그리고 12월 11일 내 생일날이었다. 손녀, 손자들과 너무도 행복했다. 그 마음을 꽃으로 비유해 그렸다.

오늘이 할미꽃 생일이랍니다. 쿵쾅쿵쾅 규린이 꽃이 뜁니다. 콩콩콩콩 민채꽃이 뜁니다. 한 송이 두 송이 네 송이 다 모였습니다. 창밖으로 보이는 꽃 네 송이 햇님이 반짝반짝 비쳐줍니다. 꽃 네 송이 웃는 얼굴에 할미꽃 따라 웃지요. 꽃 네 송이 인사를 합니다. 안녕하세요. 안녕하세요. 꽃 네 송이 할미꽃에 안깁니다. 꽃냄새가 납니다. 향기로운 꽃냄새가 가슴에 스며듭니다. 예쁜 꽃들에게 할미꽃 인사를 합니다. 안녕~안녕~ 꽃들의 향연이 시작됩니다. 할미꽃 피아노 치고 꽃 네 송이 노래합니다.

'나의 살던 고향은 꽃피는 산골'

피아노 음률이 퍼져 나갑니다. 점점 더 멀리…….

꽃들도 삐질 때가 있습니다.

규린이 꽃이 삐졌습니다. 민채꽃이 눈치를 봅니다. 가람이 꽃이 눈을 동그랗게 떴습니다. 주신이 꽃이 멀리서 웃고 있습니다. 할미꽃이 화가 났습니다. 다들 모여! 할미꽃이 소리칩니다. 시간은 흘러 갑니다. 꽃 네 송이 재미있게 호호깔깔 조잘거리며 웃고 있습니다. 할미꽃도 웃습니다.

18
큰언니 소식

큰언니한테서 전화가 왔다.

"오늘 병원에 가려고 은주네 집에 왔어."

은주는 상봉동에 사는 언니의 맏딸이다. 나는 작은아들한테 이 소식을 전했다.

"오창 이모가 아파서 병원에 가려고 상봉동 이종누나한테 와 계시단다. 엄마가 가 봐야겠구나."

"엄마, 나도 가 뵈어야지요. 내가 어릴 때 이모 속 많이 썩혔어요. 같이 가십시다."

나는 봉투에 20만 원을 넣고 아들은 30만 원을 챙겨 가지고 찾아갔다.

"처제, 너무 걱정 하지 않아도 돼요. 우리나라에서 제일 큰 삼성의료원으로 갈려고요."

형부는 남의 말처럼 했다.

이틀 후, 다시 전화가 왔다. 삼성의료원에서 다른 병원으로 가라고 해서 분당 차병원으로 옮겼다는 것이다. 병명은 위암 말기. 나는 형부 처사대로 볼 수밖에 없었다. 분당 차병원에서 항암 치료 1년 후, 언니는 75세를 일기로 하늘나라로 갔다. 2017년 11월 10일 큰언니가 떠난 뒤, 형부는 술만 취하면 전화를 했다. 나는 전화를 받지도 않았고 형부네 집에 가지도 않았다. 형부는 농촌에 살아도 일을 하지 않아 손이 여자 손보다 곱고 예뻤다. 언니는 일을 많이 해서 손이 머슴처럼 거칠었다.

어느 해였던가.

겨울 해는 짧았다. 해질 무렵 어둑어둑할 때 큰언니네 집에 간 적이 있었다. 큰언니는 추우니까 더운 물로 소젖을 씻어 내리면서 소젖을 짜고 있었다. 형부는 방에서 티브이를 보고 있었고 큰언니 혼자 추운데 일을 하고 있었다. 내 눈에서 불이 났다. 큰언니는 농사도 짓고 아이들 학비와 뒷바라지를 하려고 젖소를 키웠다. 아이들 넷을 대학까지 보냈다. 여자 혼자 일꾼도 두지 않고 50마리를 키우려면 얼마나 힘이 들었을까. 형부는 놀면서 술이나 마시고 툭하면 애비 없이 커서 가정교육을 못 받았다고 큰언니한테 입버릇처럼 말을 했다고, 큰언니는 눈물을 머금고 말을 했다.

소젖을 짜다가 힘이 없어 주저앉았는데 병원 가니 엉치등뼈가 빠졌다고 해서 청주대학병원에 입원, 뼈를 맞춘 적도 있었다.

큰언니는 가끔 우울하게 말했다.

"며칠 전에 앞집에서 까마귀가 몹시 우짖더니 그 집 할머니가 돌아가셨거든? 그러더니 3일 전부터 뒤울안의 오동나무 위에서 까마귀가 또 그렇게 울더라. 쫓아도 가지 않고 나를 보며 울더니 내가 엉치등뼈가 빠진 거야. 병원에 가서 맞추는 데 얼마나 아팠는지 창피한 줄도 모르고 아프다고 소리를 질렀어."

10월 중순이 넘었다. 아침저녁으로 제법 춥다.

괴산 동생네 집으로 향하는 버스는 느리지도 빠르지도 않은 적당한 속도로 달렸다. 가로수는 고운 옷으로 입었고, 차창 밖 산야는 초록으로 가득했던 모습이 울긋불긋 시새우듯 화사한 빛깔로 물들었다. 들판은 익은 벼가 황금물결로 춤을 추었다. 이 무렵, 큰언니가 먼 길을 떠났다. 괴산 동생네 도착했을 때는 오후 5시, 해가 어슬어슬 저물었다. 대구 동생까지 세 자매가 모였다. 큰언니 이야기가 나왔다.

"큰언니 떠나던 날, 날씨가 몹시 추웠지."

괴산 동생이 입을 열었다.

"여름에 우리집에 왔을 때, 형부는 술을 마시고 실수로 똥을 쌌지. 그 생각하면 큰언니가 너무 불쌍해. 큰언니 속 많이 썩었지. 큰언니는 지금쯤 아버지랑 엄마를 만났을까?"

우리들 세 자매는 밭에서 총각무를 뽑았다. 다듬어서 김치를 담았다. 대구 동생이 두 봉지, 내가 세 봉지, 각기 몫을 챙겼다.

"올해는 비가 많이 오고 병충해 때문에 야채 값이 금값이야."

내가 말했다. 하하 호호 웃다가 언니 생각에 문득 숙연해진다. 큰언니가 병원에서 퇴원해서 집으로 왔다는 소식을 듣고 갔을 때였다. 큰언니를 보는 순간 이제 마지막이라는 느낌이 왔다.

"언니, 뒤뜰에 민들레꽃이 많이 피었네. 언니가 심었어요?"

내가 물었다.

"속이 상하면 민들레꽃을 보며 노래를 불렀지."

큰언니는 힘없이 말했다. 분당병원에서 항암치료를 받고 회복될 때까지 집에 머물다가 또 병원에 가서 항암치료를 받았다. 1년에 11번을 받았다.

"언니, 이제 일 하지 마. 몸은 약한데 밭일 더 하면 죽으려고?"

큰언니는 몸이 뼈만 앙상했다. 옛날 어른들 말씀에 집 짓고 3년 나기 어렵다 하더니 큰언니는 슬레이트집을 허물고 아담한 양옥집을 깔끔하고 예쁘게 짓고 살아보지도 못하고 갔다. 동화에 나오는 집처럼 안방과 사랑방, 손님방 해서 모두 30여 평, 거실 다용도실, 요모조모 쓸모있게 잘 지었다. 뒤뜰은 여전히 민들레꽃 밭이다. "형부는 허구헌날 술로 세월을 보내잖니." 하며 큰언니는 눈물을 삼켰다. 새벽부터 늦은 저녁까지 하루에 세 번 젖소들 밥 주고, 풀이나 짚으로 간식 주고 참참이 쇠똥 치우고, 오전에 한 번, 오후에 한 번 하루에 두 번 소젖 짜고…… 언니의 고달픈 일상이었다.

"제 시간에 젖을 안 짜면 소들이 아파서 소리 소리를 지르는데 너의 형부 귀에는 아무 것도 들리지를 않는 모양이야. 이제 기력이 딸려서 나는 아무 것도 못하겠어."

큰언니의 뼈아픈 육성이었다.

19

태국여행

2007년 12월 20일, 추웠으므로 출발할 때 겨울옷을 입었다. 태국에 도착하니 완전히 우리나라의 한여름 날씨였다. 태국에는 전신주가 둥글지 않고 네모 모양이었다. 왜 그럴까? 궁금했다. 가이드한테 물어보았다.

"더운 나라라서 뱀이 많습니다. 뱀이 전신주에 올라가지 못하게 하기 위해서입니다."

가는 곳마다 꽃으로 정리가 잘 되었다. 눈이 즐겁다. 바다에서 파도타기가 즐거웠다. 밤에는 쇼구경. 머리에 모자를 쓰고 춤을 추는데 전부 남자였다. 여자보다 더 예뻤다. 가는 곳마다 음식이 잘 나왔다. 열대지방이라 과일은 마음껏 먹을 수 있었다. 4박5일 재미있는 여행이었다.

태국 여행에서 돌아와 얼마 뒤 백두산 여행을 떠났다.

백두산에 갈 때는 중국을 거쳐야 한다. 중국 만주 땅을 밟았을 때 가슴이 뭉클 했다. 우리나라 광개토왕비가 중국 만주 땅에 있기 때문이다.

'광개토왕이 이곳에 있을 때 우리나라 사람들도 이곳 만주 땅에서 살았을 것이고 우리 민족이 있는 한 우리 땅이 아닐까?'

자기 나라에서는 나라가 소중하다는 걸 못느낀다. 독립운동 지사들도 타국에서 독립운동을 더 열렬히 외쳤던 것도 그 때문이 아닐까. 큰 동산 하나가 광개토왕 묘지다. 우리 일행은 걸어서 광개토왕 시신이 있던 자리로 들어갔다. 시신이 있던 곳은 큰 바위인데 넓기가 우리가 쓰는 2인용 침대보다 두배나 컸다. 시신이 안치되었던 곳을 가운데 두고 우리 일행은 한바퀴 돌면서 동전을 던졌다. 동전이 많이 쌓여 있었다. 동전을 왜 던지는지 모르지만 나도 따라 100원짜리 동전을 던졌다. 500원짜리 동전도 여러 개가 보였다. 조금 떨어진 작은 동산은 광개토왕 아들 묘지라 한다. 가서 보지는 않았다. 걸어서 내려오는 길 옆에는 광개토왕 비가 서 있었고 비석 옆에는 커다란 검정개가 앉아 비석을 지키고 있었다. 가이드가 재촉한다.

"빨리 가야 합니다. 늦으면 힘듭니다."

우리 일행을 태운 버스는 백두산을 향하여 말없이 달린다. 백두산을 향하여 가는 길은 옥수수밭이 끝도 없이 길었으며 나즈막한 집들이 드문드문 마을을 이루고 있다. 우리나라 70년대 집들 같았다. 가이드가 말했다.

"지금 화장실 다녀 오세요. 지금 안 가시면 안 됩니다. 화장실이 없어요."

우리 일행은 소리내어 웃었다. 화장실은 엉성하게 판자로 가리워져 있고 아래는 풀더미가 자라는 도랑같았다. 옛날 우리 어릴 때 시골집 뒷간보다도 못했다. 문도 없고 구멍만 열 개쯤 있었다. 하나, 둘 엉덩이를 까고 앉아 오줌을 싸면서 웃는다. 맨 가에 앉아 오줌을 싸던 양순이 소리친다.

"멋져 부려!"

중국의 산은 우리 나라와 달랐다. 우리나라 산은 양지 바르고 아늑한 곳은 어디나 묘지가 차지하고 있지만, 중국은 묘를 찾아볼 수가 없다. 산 전체가 나무로 꽉 차 보는 이를 안도하게 했다. 몰래 산에 묘를 쓰는 사람도 있지만 표가 나지 않는다고 한다. 차창 밖을 바라보았다. 커다란 나무밑에 아주 작은 봉우리가 숨어 있었다. 몰래 쓴 묘지라고 했다.

우리 일행이 첫발 디딘 땅은 백두산이 아닌 장백산이었다. 땅에 길게 놓은 밧줄을 경계로 한쪽은 백두산 한쪽은 장백산이다. 장백산도 내 땅이요 이북 땅도 내 땅인데, 하는 생각에 가슴이 아프다. 왜 김일성은 백두산 반을 쪼개어 중국에 주었을까? 원망스럽다. 날씨가 청명해서 백두산 천지를 잘 볼 수 있었다. 백두산 천지를 뒤로하고 내려오는데 바람이 불고 사나워지더니 갑자기 비가 쏟아졌다.

20
유럽여행

　2012년, 70살은 안 되었지만 기념으로 미리 동유럽 여행을 갈 수 있도록 며느리 둘이 도와주었다. 12일간이었다.

　프라하에 도착했을 때 넓은 들녘은 유채꽃으로 금물결을 이뤘다. 끝없이 펼쳐진 유채꽃은 가슴깊이 파고 들었다. 하나의 꽃송이는 힘없이 바람에 흔들리지만 온 들판이 노랑색으로 그림을 그려놓은 듯 온 천지가 금으로 가득했다. 우리들의 마음을 한 순간에 사로잡았다. 우리 일행 20명은 누가 말하지 않는데 한 목소리로 함성을 쳤다. 웃음 가득한 얼굴은 행복으로 넘친다. 이 순간만은 아이들처럼 즐겁다. 프라하의 유채꽃은 하늘과 맞닿았으며 햇빛에 반짝반짝 빛이 났다. 나는 눈을 감고 상상의 나래를 펼친다. 아~ 아앗 유채꽃이다. 우리들의 함성에 숨이 잠시 멈춘다. 황금빛보다 더 찬란한 유채꽃 노랑 금가루를 뿌려 놓은 듯 반짝거리는 유채꽃은 지난 밤에 내린 이슬에 젖어 수줍은 듯 살랑살랑 춤을 춘다. 아…….

이럴 수가. 하늘과 맞닿은 금빛 유채꽃 마음 속에 퍼진다. 유채꽃 내음새가 이몸을 붙잡는구나. 은물결 아닌 금물결이 파도치는 프라하. 유채꽃이 예쁘다.

우리 일행 20명은 누가 말하지 않았는데 한목소리로 함성을 쳤다. 웃음 가득한 얼굴은 행복으로 넘쳤다. 이 순간만은 유년으로 돌아갔다.

헬브룬 궁전, 왕궁 옛터에 들어섰다. 귀족들이 예쁜 드레스를 입고 뜰을 걷는 모습이 눈에 아련히 서린다. 귀족이 풍기는 냄새, 천 년의 세월을 말하는 듯했다. 옛 사람은 보이지 않고 낯선 외국인들만 오고갔다. 허전하다. 천 년 전에 살았던 왕족들을 상상해 본다. 몸에는 은과 금으로 치장했고 서민들은 거들떠도 보지 않았을 터. 나는 한 줄의 시를 읊어 본다.

세월을 가라고 누가 말했나 / 왕궁 옛터에 천 년의 향수가

"여러분! 오늘 저녁식사는 아주 유명한 곳에서 하시겠습니다. 미국 클린턴 대통령께서 식사하시던 곳입니다. 그 분이 잡숫던 음식을 우리가 먹으러 갑니다. 만약 그곳에 갔을 때, 입구에 소나무가 꽂혀 있지 않으면 식사를 못합니다. 영업을 안 한다는 의미입니다."

가이드가 친절하게 설명을 했다. 나는 눈을 살며시 감고 상상을 해 본다. 도대체 어떤 요리일까? 미국 대통령이라면 일반 음식이 아니고 하늘의 별을 따서 만들지는 않았을까? 달을 따다 쟁반에 담아 내놓았을까? 식당에 도착했다. 들어가는 입구에 새파란 소나무가 꽂혀 있었다. 식당에는 손님이 북적거렸다. 음식이 나왔다. 아기돼지바베큐였다. 상상하던 것과는 판이했다. 우리 서민들이 먹는 음식과 별반 다르지 않았다. 우리 일행은 맛나게 음식을 먹고 숙소로 왔다. 이튿날 아침 일찍 버스는 우리일행을 태우고 짱브르트 산을 향해 신나게 달렸다. 우리가 목적지에 도착했을 때는 해가 뉘엿뉘엿 지고 있었다. 우리나라 아파트 한 동보다 더 큰 웅장한 산이 눈앞에 버티고 있었다.

아침 일찍 일어나 바위산을 보고 있을 때 햇님도 눈을

떴다. 높은 바위산에 핀 하얀꽃은 목화송이 같기도 하고 백합꽃 같기도 했다. 눈이 부셨다.

산아 고맙다 / 너는 말없이 나를 반기니 / 내 맘 기쁨이 넘치는구나 / 너에게 줄 것이 없어 미안하구나 / 산…… / 너는 나에게 든든함을 주었고 / 포근함을 주었고 / 아늑함을 주었잖니 / 산…… / 넌 나에게 아름다운 / 미소를 띄우는 지혜를 / 주어서 고맙다

내가 서 있는 이곳은 여름을 알리는 꽃들이 활짝 피어 있고, 바위산은 흰 눈으로 덮여있다. 5월을 알리듯 꽃이 만발했고 벌나비 부지런을 떠는데 나는 지금 겨울과 여름을 함께 즐긴다.

하얀 너의 모습 꿈속에서 보는 것 같구나 / 너의 아름다운 모습을 파란 하늘에 숨길까 내 맘속에 깊이 감출까 / 금보다 진주보다 귀한 여름 겨울산아 / 이 세상 떠날 때까지 잊지 못할 / 아름다운 여름 겨울산이여

이동하는 버스 안에서 가이드가 깜짝 퀴즈를 냈다. 문제가 무엇이었는지 기억은 나지않지만 답을 내가 맞췄다.

답은 '수원 화성'. 선물은 세탁비누보다 더 큰 세수비누였다.

높은 산에는 나무 한 그루, 풀 한 포기 없는 바위산이다. 딱딱하게 느껴지면서 든든했다. 따뜻한 방에 있는 것처럼 착각될 정도다. 바위산은 온통 하얀색. 나는 눈 속의 설인 같은 생각이 든다.

나는 알프스산과 다흐슈타인에서의 관광 감상을 시로 써 보았다.

우뚝 솟은 봉우리 하늘에 닿았는가 / 하얗게 덮인 것은 구름인가 눈이런가 / 해님이 갖다 놓았을까 달님이 갖다 놓았을까 / 봄을 잊었느냐 여름을 잊었느냐 / 아랫마을 호수가엔 새들도 꽃들도 노래하는데 / 산아…… / 넌 아직도 잠을 자는구나 / 어서 일어나렴 / 달님도 햇님도 너를 사랑할 거야

프라하의 인형극은 재미있었다. 그리고 야경은 은은한 조명이 환상적이었다. 그 야경의 환상을 관광객들의 아우성이 깨버리고 귀를 막게 했다.

잔잔한 볼프강 호수에 떠 있는 배. 우리 일행은 행복을 가득 실은 보물섬이었다. 호수는 수정같이 맑고 곱다. 초록물감을 풀어 놓은 듯 햇살에 반짝였다. 그 위로 배는 쏜

살같이 달려 건너편 언덕까지 갔다.

바람은 눈웃음을 친다 / 자연이 아름답다 곱다 하기엔 / 하루 스물네시간이 너무 짧아 / 파란 하늘 아래 잔잔한 호수 / 바람결에 스칠 때 / 향기로운 물내음 내맘에 담아 / 연두빛 초록물에 내 마음 찍어 / 새하얀 종이에 그림을 그릴까

마지막 밤이 왔다. 술 파티가 열렸다. 양순이……. 소리 높여 브라보를 외친다. 다시 못 오는 이 순간을 위하여! 다같이 이 밤을 위하여! 축배를 합시다! 맥주잔과 잔이 부딪친다.

여보시요 벗님네들 / 오늘이 마지막 밤이오니 / 이곳에서 있었던 일 / 나쁜 것은 지우고 / 좋은 것들은 가슴 깊이 간직하여 / 가실 때 잊어버리지 마시요 / 빨강꽃잎 따서 고추장 담고 / 파란꽃잎 따서 김치 담고 / 노랑꽃잎 따서 나물반찬 만들었으니 / 너는 노래 부르고 나는 춤 추리다 / 오늘 이 시간 가기 전에 / 다음 만날 날을 약속 / 다같이 잔을 들고 브라보

폴란드에서는 마음이 무거웠다. 눈을 뜨고 볼 수 없는

현실이다. 전쟁이 가져다 준 비극이었다. 폴란드는 힘이 없고 약하기 때문에 강대국 독일한테 지배를 받은 것이다. 죽은 사람들의 머리카락과 어린아이들이 신었던 신발들을 볼 때 가슴이 뜨거웠다. 사람들을 죽이기 위해 쓰였던 물건들도 그대로 보관이 잘 되어 있었다. 당시의 처참했던 상황이 눈앞에 선했다. 찰츠부르크 대성당에 갔을 때 들어가는 곳이 불편하여 가이드한테 물어 보았다.

"가는 길을 왜 이리 불편하게 했나요?"

"이곳은 우리 인생이 살아가는 길입니다."

처음 들어설 때부터 마지막까지 오르고 내리고, 오르고 내림이 수 차례 반복되었다. 사람은 오를 때가 있으면 내려올 때도 있다는 의미일까.

소금광산, 천문시계, 구시가 광장, 모짜르트 생가에 갔다. 호화스러운 집은 아니었다. 천문시계탑 있는 곳에 갔을 때는 넓은 광장에 사람들이 가득했다. 12일동안 많은 곳을 돌아다녔다.

21

시골집으로 이사를 하다

현장 일이 끝났기 때문에 식당일을 3년 만에 접었다.

식당에서 많은 돈은 아니지만 좀 번 돈을 가지고 바로 아랫동생이 사는 괴산군 칠성면 도정리로 이사를 했다. 논밭 농사를 지었지만 주로 인삼을 경작했다. 3월이 오면 인삼을 캐서 옮겨 심는다. 늦은 가을에 뿌렸다가 키워서 1년 후에 옮겨 심는 것이다. 인삼을 심으면 하는 일이 많다. 말목도 묶어야 하고 지붕도 해야 한다. 대구에 사는 동생도 와서 일손을 돕는다. 새벽에 일어나 밭에 가면 해가 뜨지 않아 어슴프레하다. 삼을 심는 날은 일꾼이 칠팔 명 정도 되지만 이날은 대구 동생 내외 모두 여섯 명이었다. 일꾼은 한국 사람이 아닌 전부 중국 사람들이다. 일할 때 말이 통하지 않으니까 많이 불편했다. 손짓 발짓으로 의사소통을 했다.

3월 중순경인데 아침 여섯 시면 날씨가 쌀쌀하다. 막내 여동생은 나를 부를 때는 서울언니, 괴산 동생에게는 괴산 언니라고 부른다. 우리 세자매는 항상 붙어 다녔다. 일하러 갈 때 나는 동생 옷차림을 보고 웃고, 동생은 내 옷차림을 보고 웃는다. 세자매가 모이면 호호 깔깔.

어느날 대구에 사는 여동생이 농지거리를 했다.

"서울언니 일하지 말고 깡통 하나 들고, 저 밑 동네 가면 사람들이 불쌍해서 밥 주겠네."

추우니까 옷을 덕지덕지 껴입고 허리에 끈을 동여 매었다. 동여맨 끈묶음에서 하나씩 빼어 인삼밭의 말목을 묶는 작업이다. 지붕을 이을 때는 가는 철사를 매달고, 하나씩 빼서 핸들(손안에 잡히는 큰 못 같은 것. 끝에 마음대로 움직일 수 있는 갈고리. 좌우로 마음대로 움직일 수 있는 기구.)로 묶는다. 내가 옷차림을 보아도 거지다. 여름이면 삼밭의 풀을 뽑는다. 진종일 풀을 뽑고 저녁에 씻고 잠을 자려고 눈을 감으면 밭에 있는 풀들이 전부 눈에 들어와 있다. 삼을 캘 때는 삼 줍는 일도 한다. 또 이삭도 줍는다. 그렇다고 돈을 받고 일한 것이 아니다. 동생네 일을 1년이 넘도록 도와주었다.

어느날 집에서 쉬는데 면사무소에서 방송을 했다. 공공근로원 모집이었다. 면사무소를 찾아갔다. 여자 직원이 묻는다.

"혹시 자격증 같은 것 있으세요?"

"네, 조리사자격증, 미용사자격증, 수지침자격증이 있어요."

일자리를 어린이집으로 지정해 주었다. 학생들이 수업이 끝나면 각자 이곳 어린이집에서 자습을 했다. 1학년부터 6학년까지 30명이다. 어린이집에서 학생들 간식과 저녁밥을 해주는 조리사로 일을 하게 되었다. 여러 아이들이 있지만 그 중에서 보영, 보희, 홍식 3남매는 뛰어나게 공부를 열심히 했다. 홍식이는 다섯 살인데 유치원이 없으니까 이곳 어린이집에 온 것이다.

나는 동화책 『토끼와 거북이』를 읽어주었다. 홍식이가 기뻐했다. 그 다음 『숨바꼭질』, 또 그 다음 『놀부와 흥부』를 읽어주었다. 다른 아이들은 공부는 관심 밖이었다. 홍식이만 열심히 배우려고 노력한다. 주방에서 바쁘게 일을 할 때도 홍식이는 일이 끝날 때까지 나만 바라보고 있다. 기다리다 지치면 "조리사님, 일 언제 끝나요?" 한다.

"홍식아 조금만 참아, 금방 끝날거야."

홍식이는 커다란 눈으로 나를 쳐다보며 일 끝나기만 기다린다. 3개월 공부하는동안 홍식이는 한글을 깨우쳤다. 나는 한문도 가르쳤다. 처음에는 아이들이 글을 잘 쓰지 못했지만 나중에는 정말 잘 썼다. 홍식이 아빠는 미화원 일을 하셨고 엄마는 일본인이었다. 나는 보희한테 일본이 좋아, 한국이 좋아? 하고 물었다. 한참 망설이더니, 일본이 좋아요, 한다.

"왜 그럴까?"

"그냥요."

보희는 웃으며 대답했다.

내 나이 65. 낮에는 어린이집에서 일하고 밤에는 피아노를 배웠다. 6개월만에 양손으로 피아노를 칠 수 있었다. 며느리 둘이 합작하여 피아노를 사 주었다. 영창피아노, 가격은 400만 원에서 500만 원까지 여러 종이었다.

"어머님, 이왕 사는 것 새것으로 사 드릴게요."

며느리 둘이 한 목소리를 냈다.

"나이도 많은데 나는 새것이 필요 없다. 대회에 나갈 것 아니고 중고품도 괜찮아."

나는 중고품을 사자고 우겨, 200만 원짜리 피아노를 선택했다.

나는 동생의 권유로 삼밭을 샀다. 4년근 인삼을 1억에 샀다. 2년을 키우면 6년근이 된다. 6년근을 팔 때, 인삼 값이 하락하여 7,000만 원밖에 받을 수가 없었지만 별도로 삼장사를 해서 겨우 1억 원을 건졌다.

작은아들 결혼 후, 며느리 첫 생일이 돌아왔다. 시어머니로서 며느리한테 줄만한 것이 아무것도 없었다. 여러 날을 생각한 끝에 책을 선물하기로 마음먹고 책 두 권을 샀다. 한 권은 큰며느리 들어오면 줄 생각이다. 그런데 괴산 사는 동생이 우리집에 왔을 때 나도 모르게 한 권을 가지고 갔다. 나중에 알고 보니 똑 같은 책이 두 권이라 한 권을 가져간 것이다. 작은며느리 생일 때는 책『그늘 없는 가정』을 선물했다. 지금으로부터 150년 전에 엘렌 화잇이 쓴 책이다. 저자 엘렌 화잇은 호주에서 태어났으며 일생을 살았던 곳은 미국이다. 5,000권의 그의 저서가 지금까지 내려오고 있다.

22

선한 침술

아침 일찍 서둘러 일을 나갔다. 강남역에서 내려 걸어 가는데 의자에 낯모르는 젊은 여자가 누워 있었다. 그냥 지나칠까 생각하다 주춤 걸음을 멈췄다. 지하철 승객들은 바쁘게 스쳐지나갔다. 나는 젊은여자에게 다가가 가만히 손을 만져보았다. 차가웠다.

"많이 아프세요?"

"네, 기운이 없어요."

급체인 것 같았다. 얼른 가방에서 침을 꺼내어 그 여자의 양쪽 새끼손가락 위장기맥 E45에 침을 꽂았다. 잠시 후 여자는 눈을 떴다. 정신을 차린 것 같다. 나는 침을 빼고 돌아서려는데 그 여자는 연락처를 달라고 했다. 나는 사양했다. 내가 할 수 있는 것 했을 뿐이다. 그래도 그 여자는 자꾸만 연락처를 달라고 했다. 그 여자는 나한테 고맙다는 인사를 하고 또 인사를 한다.

"저 시간이 없어 얼른 가야 합니다."

"안녕히 가세요"

연락처를 가르쳐주지 않았다. 진종일 힘든 일을 하는데도 힘들지 않고 기뻤다. 받는 기쁨보다 주는 기쁨이 두 배다. 오늘은 종암동으로 일을 나갔다. 진종일 일을 하고 퇴근하는 길에 버스를 타지 않고 걸었다. 종암동 육교를 건널 때 앉아 있는 노인이 너무 불쌍하여 일하고 받은 돈을 전부 주고 나니 차비가 없어 버스를 못 타고 종암동에서 수유리 산동네까지 걸어 왔다. 힘도 안들고 기쁘고 즐겁다.

친구와 약속이 있어 새벽부터 걸음을 서둘렀다. 시간이 너무 일러서 지하철 문을 열지 않아 문을 열 때까지 기다려야만 했다. 이때 낮 모르는 청년이 계단에서 내려오더니 내가 앉은 곳에 와서는 쓰러졌다. 나는 깜짝 놀라 왜 그러느냐고 물었다.

"방금 계단에서 내려오다가 발목을 다쳤습니다. 당장 걸을 수가 없군요."

나는 가방에서 침을 꺼내 새끼손가락 첫마디에서 상응점을 찾아 침을 꽂았다.

"한번 일어나 걸어 보세요."

그 청년은 걸었다.

"고맙습니다."

"아저씨는 뭐 하시는 분이세요?"

"일본어 강사입니다."

그는 바지주머니에 손을 넣어 만 원짜리 지폐 한 장을 꺼냈다.

"아주머니 돈이 있으면 많이 드리고 싶은데 지금 가진 것이 이것뿐입니다. 이거라도 받으세요."

"아닙니다. 제가 돈을 받을려고 한 것 아니니까 그냥 가세요."

그는 돈을 던져놓고 그냥 가버렸다. 서대문에서 조리사 시험을 보려고 서류 접수를 하고 나오는데, 웬 사람들이 웅성웅성 둘러서 있었다. 무슨 일일까, 싶어 사람 틈을 헤집고 들어가 보았다. 젊은 여자가 앉아있고 사람들은 그 여자를 붙잡고 있었다.

"왜 그러시는데요?"

나는 그 여자의 손을 만져보았다. 싸늘했다. 나한테 침이 없었다. 나는 사람들한테 말했다.

"누가 옷핀 있으면 좀 주세요."

누군가 옷핀을 주었다. 그 옷핀으로 열손가락 손끝을 사혈했다. 오른손을 찌를 때는 아무런 반응이 없었는데 왼손을 찌를 때는 아프다고 했다. 사람들이 응급차를 불렀다. 그분이 정신이 들은 걸 확인하고 돌아서 오는데 119차가 나타났다.

오늘은 아들이 일찍 집에 들어왔다. 피곤한지 누운 채 천장만 보고 있더니 입을 열었다.

"엄마, 우리 이제 부자 부럽지 않아요. 옛날에 굶은 날도 있었잖아요. 지금도 우리보다 못사는 사람들이 얼마나 많은데요. 엄마, 중완이는 힘들어도 대학까지 보내요."

벌써 세번째로 부탁한다. 순간 나는 가슴이 철렁 내려 앉으며 두근두근 뛰기 시작했다. 대학을 못 나와 회사에서 학벌 때문에 직원들하고 불미스러운 일이 있었나? 생각이 든다. 어릴 때 얼마나 배가 고팠으면 지금도 잊지않고 기억을 할까. 나는 죄인처럼 손이 떨렸다.

일을 하고 집으로 가는 전철 안에서 옆에 앉은 아저씨 한 분이 계속 팔을 주무르고 있었다.

"아저씨, 왜 그러세요?"

"팔을 다쳤습니다."

나는 웃으면서 "치료해 드릴까요?" 했더니 아저씨는 승낙을 했다. 나는 침을 아저씨의 약지손가락에서 상응점을 찾아 꽂았다. 침을 뺀 다음 아저씨는 한결 부드러워졌다고 했다.

"아저씨 어디 사세요?"

"신설동역에서 근무합니다."

오늘도 기쁜 하루였다.

23

나의 첫 간병

옛날 고향친구가 우리집에 왔다.

"집에서 놀면 뭐해. 요양보호사 시험을 치지. 자격증을 따서 나처럼 일을 하라구."

2012년 12월. 나는 한 달 교육을 받고 시험을 보았다. 시험을 보고 나오니 작은아들 내외와 가람이, 주신이 그리고 친구가 보였다. 생각지도 않은 친구가 있어서 반갑기도 하고 미안하기도 했다. 친구 옥선이는 시험을 보는 내가 걱정이 되었나 보다. 친구는 웃으며 "야~ 시험 잘 보았어?"하고 물었다. "잘 모르겠어. 생각보다 어려웠어." "야, 걱정하지 마. 떨어지면 다시 공부해서 보면 되지.""응 , 알았어." 작은아들과 같이 식당에 들어가 맛있게 음식을 먹었다. 가람이가 말했다. "할머니, 시험 잘 봤어?" "응, 가람이가 응원해 줘서 고마워." 나는 차분하게 가람이를 안심시켰다.

물론 합격이다. 요양보호사로서 최초로 도움을 드리게 된 분은 유명한 탤런트의 아버지였다. 부인은 고약한 성격을 가지고 있었다. 부인은 주로 외식을 했고 남편에게는 반찬없는 삼시 세끼 밥상을 준비해야 했다. 부인은 말을 할 때마다 고개를 저으면서 영감을 미워했다. 영감님은 국가 유공자다. 내가 하는 일마다 부인은 잔소리다. 별것 아닌 것 같은데 영감님한테 짜증난 말을 자주한다. 빨리 죽으라고 영감님 때문에 못 살겠다고. 마나님은 고개를 흔든다. 나는 너무 불편해서 일을 할 수가 없었다. 청소기를 쓰지 말고 그냥 걸레로 앉아 쓸면서 닦으라고 한다. 쪼그리고 앉아서 닦다가 엎드려 닦는다. 월급 계산 할 때도 하루치를 빼고 계산해 주었다. 나는 반찬이 없어 집으로 된장과 고추장을 가질러 왔었는데 그 하루치를 뺐다. 강남역에서 강북까지 왕복 여섯 시간이 걸렸다.

24
하계동 어른 간병

어르신은 결핵성혈액암. 뼈에 암이 생기는 병이라고 했다. 가난하지도 부유하지도 않지만 다복한 가정이다. 자녀들은 따로 살고 마나님 부부가 사셨다. 부축을 하지 않으면 걸을 수가 없으셨다. 까다롭고 잔소리가 심했다. 그릇 하나 하나 마른 행주로 닦아 놓아야 하고 영감님 식사까지도 챙겨야 했다. 영감님은 청주대를 나오시고 80세가 넘었다. 시청 공무원이었으며 굉장히 자상하고 착하신 분이다. 마나님은 당신 몸이 아프니까 짜증도 나겠지만 좀 신경질이 많은 것 같다. 마나님을 어떻게 대해야 할까, 고민하다가 지혜롭게 일처리를 잘하니까 까다롭던 마나님도 많이 부드러워졌다. 기분이 좋을 때는 옛날 당신이 살아 온 이야기도 곧 잘 해주곤 한다. 부자집 딸로 태어나서 고생이라곤 모르고 살았다고 하시며 어려서부터 은수저가 아니면 밥을 못 먹는 줄 알았다고 한다. 나에게도 은수저를 주시며 같이 식사 하자고 하신다. 영감님에게 유산은 별로 없었다며 어르신은 길게 한숨을 쉬셨다.

"아줌마 이리 앉아 보아요. 어제 밤 꿈을 꾸었는데, 영 기분이 안 좋아."

"무슨 꿈을 꾸셨어요?"

"내가 젊었을 때 임신을 했거든. 그런데 내가 임신했을 때 놀래면 죽은 아이를 낳는다고 하더니 정말 내가 죽은 아이를 낳았어. 어제 밤 꿈에 죽은 아이가 보이잖아. 좋은 일일까? 나쁜 일일까? 걱정이 되니 아줌마가 잘 생각 좀 해 보구려."

어르신 얼굴이 근심으로 가득하다.

"글쎄요. 나쁜 꿈은 좋은 일이 있다고 하던데요? 꿈은 반대랍니다. 오늘 좋은 일이 있으려나 봐요."

"정말 그럴까?"

어르신은 미소를 짓는다. 일을 할 수록 정이 가는 집이다. 영감님도 어르신도 식사를 만들어 드리면 투정하지 않고 식사를 잘 하신다.

어느날 밥상에 둘러앉아 식사를 하실 때였다. 말을 하다가 어르신이 실수를 하셨다. 영감님도 어르신도 반찬을 골고루 먹으라고 권하시지만 미안해서 국 외는 다른 반찬을 먹지 않았다.

"괜찮습니다."

말이 끝나기 전에 어르신 하시는 말씀.

"어찌 식모가 말을 안 들어."

영감님 깜짝 놀라 어르신을 나무라신다. 영감님은 나보고 이해하라고 몇 번이나 말씀하신다.

"사회경험도 없고 해서 말 실수를 했으니, 이해해 주구료. 미안합니다. 정말 미안해요. 우리 식구는 은행에 가서 돈도 통장에서 찾아 본 일이 없다우."

어르신이 입맛이 없다 해서 죽을 쑤어 드렸다.

"어쩜 죽을 이렇게 맛있게 쑤웠우?"

입에 침이 마르도록 칭찬을 아끼지 않으신다. 그런대로 5개월간 일을 했는데 집 사정으로 일을 하지 않게 되었지만 자주 안부 전화도 한다. 일할 때 영감님께서 우리 손자 주라고 과자도 사 주시고 과일도 사 주셨다. 영감님께서 잘 하여 주신 것 잊지 못하여 삼복날 삼계탕 두 마리를 만들어 가지고 갔다.

25

옥탑방 노부부 간병

영감님과 부인 두 분이 사시는 좁은 옥탑방이다. 그 좁은 옥탑방에서 영감님의 하루는 너무나 지루해 보였다. 이 두 분은 명문대를 졸업한 지성인들이시다. 어쩌면 노년에 이런 고생을 하실까? 의문이 든다. 영감님은 고려대를 나오신 분으로 사업으로 많은 재산을 모은 부자였다. 마나님은 전직 교사 출신으로 교양이 있는 분. 이곳에서 일하는 것은 하루 4시간이다. 청소, 빨래, 식사 준비를 하고 영감님의 아픈 팔을 주물러 주는 일이다. 1시간 30분간 팔을 주물러 주고 나면 나도 팔이 아프다. 마나님은 추운 겨울에도 종일 폐지 모으는 일을 하신다. 자녀분들은 딸 하나가 미국에서 살고 큰아들은 감옥에 있다. 작은아들은 겨우 사는 것 같다. 내가 일하고 있을 때도 아들은 한 번도 본 일이 없다. 팔을 주물러 줄 때는 손가락까지 꼭꼭 주물러 주어야 손가락이 펴지곤 한다. 옥탑방을 가려면 경사가 심한 22개의 층계를 올라가야 하기 때문에 무서워서 난간을 꼭 붙잡는다. 눈이 올 때는 미끄러워서 조심조심. 내려올 때는 더 무서웠다. 마나님은 지금 사는 집에서 떠날 수가 없다고 하신다. 부촌에 사니까 크리스마스, 명절 때 김장철에는 들어 오는 것이 많다고 하신다. 연말이 되니 기업으로부터 들어오는 것이 정말 많았다. 간장, 고무장갑, 라면, 식용유, 김치, 쌀 생활에 필요한 용품들이다. 가난한 우리나라가 이렇게까지 살기 좋은 나라인지 몰랐다. 우리나라도 이제 잘 사는 나라구나, 생각했다. 이곳에서 일하는 4시간. 물을 양동이에 들고 나가서 세탁기에 부어 빨래를 하기 때문에 시간이 많이 걸렸다. 청소, 빨래, 반찬을 만들어 점심을 차려 드리고 나면 4시간이 빠듯하다. 내가 일하는 동안 마나님은 아침 일찍부터 폐지 주우러 다녔기 때문에 일을 끝마치고 나오는 시간에도 마나님은 보지 못한다. 영감님 혼자 집에 계시는 것을 보고 나올 때는 발걸음이 무겁다. 입맛이 없으신 영감님은 사탕을 계속 입에 물고 계셨다. 인삼사탕 큰 것 한

봉을 사다 드렸더니 반가워 하셨다. 지금 사시는 집은 영감님 친구들께서 돈을 모아 마련해 주신 전셋집이다. 마나님은 정부에서 주는 쌀을 들 수 없다고 하신다. 내가 밑에 내려가서 쌀을 들고 계단을 올라오는데 시간이 걸렸다. 영감님은 내가 쉬면서 팔을 주물러주지 않는가, 하고 화를 내었다.

26

왕십리 마나님 간병

　서울에 집이 없어서 남양주 진접 작은아들 집에서 일을 다녔다. 버스를 타고 사능역에서 내려 전철로 상봉역까지 가서 왕십리행 전철을 탄다. 왕십리역에서 내려 다시 30분 이상 걷는다. 길에서 소비하는 시간이 많았다. 집에서 나설 때는 오전 6시 30분. 겨울이어서 밖은 캄캄하다. 오늘 일하는 집은 아들, 며느리와 같이 사는 집이다. 영감, 마나님은 집에 계시고 아들, 며느리는 직장에 가고 없다. 아들, 며느리는 학교 선생님이라고 영감님은 자랑하신다. 마나님이 아파서 거동을 못하시는 분을 돕는 일이다. 청소를 하는데 영감님의 잔소리가 너무 심하다. 거실 청소

할 때도, 방 청소 할 때도 손끝으로 확인에 확인을 거듭하며 지적을 하신다. 요즘 이 정도 잔소리를 들으면 가사도우미도 일을 하지 않을 것이다. 바닥을 닦는데도 다시 닦으라고 하신다. 냉장고를 닦을 때도, 주방 바닥을 닦을 때도 잔소리로 시작해서 잔소리로 끝났다.

간식을 잡수시면 남을 때도 있고, 남지 않을 때도 있다. 남을 때는 나보고 먹으라고 주신다. 음식을 받아 든 내 손이 떨린다. 먹을까 말까, 망설이다 휴지에 싸서 버렸다. 음식은 아깝지만 노인들이 잡수실 때는 흘리고 지저분하다. 음식이 많은 듯하면 잡숫기 전에 덜어주던가, 그렇지 않으면 주지 않아도 좋으련만 꼭 잡수시다 남은 것을 주신다. 일하러 갈 때는 언제나 10분 전에 들어 간다. 늦는 것보다는 일찍 가는게 예의인 것 같아 항상 일찍 가는 편이다. 하루는 영감님이 시간을 지키라고 말씀하셨다. 오전 9시 정각에 와 달라는 것이다.

"네 알겠습니다."

그 이튿날은 밖에서 10분을 기다리다가 정각 9시에 들어갔다. 오늘 아침은 일어나 밖을 보니 바람이 불고 눈이 날리고 있었다. 잠시 후, 눈은 진눈깨비로 변하고 바람이 세차게 불었다. 일하는 집에 도착했을 때 시간이 남아 들어갈 수가 없었다. 밖에서 기다리는 1분이 너무도 길었다. 추워서 발을 동동 구르다가 10분을 참지 못하고 집안에 들어섰다. 들어서자마자 영감님은 시간 전에 왔다고 버럭 소리를 지르신다. 나는 말했다.

"밖에서 기다리는데 너무 추워 기다릴 수 없어 들어 왔으니 일찍 온 시간은 일을 해도 계산하지 않고 9시부터 일한 걸로 하겠습니다. 일찍 일을 해도 일찍 가지 않고 끝까지 하겠습니다."

영감님은 종이와 펜을 가지고 와서 각서를 쓰라고 한다. 너무도 어이가 없어서 아무런 말도 하지 않고 하루일을 마치고 올 때 말했다.

"다른 분을 쓰세요."

앞이 캄캄했다. 오늘 날씨만큼 마음도 추웠다. 오전에 내린 진눈깨비는 오후가 되면서부터 폭설로 바뀌었다. 살아야 한다는 의욕도 왜 살아야 하는지 알 수가 없다. 잠이 오지 않았다. 잠을 못 자고 뒤척거리는데 문 여는 소리가 들린다. 아들이 퇴근하여 들어 오는 것 같았다.

주신이가 "내 아빠다~" 소리치며 벌떡 일어나 나갔다. 가람이도 뒤따랐다. 아들은 주머니에서 무언가 꺼내 주는 것 같다. 가람이가 "야~ 말랑카우다!" 받아 들고 좋아한다. 주신이도 말랑카우를 손에 들고 "아빠 최고 땡큐!" 소리친다. 아이들은 천진스럽고 명랑하다. 뛰면서 좋아라,

지절댄다. 주신이가 말을 한다. "할머니 이거 말랑카우 먹으면 안되지?" 치카를 했는데 먹으면 이가 썩는다고 베게 밑에 숨긴다. 먹고 싶어도 참는 것이 대견스럽다. 엄마가 주신이한테 물어 본다.

"이 물건 누구 거니?"

"응, 그것 엄마 것."

주신이가 말했다.

"엄마, 이것 할머니가 좋아하시는 건데 할머니도 이것 있으면 좋은데."

주신이 혼자 말로 중얼거린다.

"할머니, 이 베게 할머니 가져요."

"주신아! 엄마한테 말을 해 봐야지."

"괜찮아요."

할머니 방에 놓는다.

"할머니 가지시면 돼요. 엄마한테 내가 말할게요."

"주신아, 할머니도 황토베게 갖고 싶었거든?"

"할머니, 과자 주세요."

가람이는 자다 말고 뜬금없이 말했다.

"말만 잘 들으면 할머니가 많이 사 줄게 약속~. 크라운 산도 사주면 하루에 한 개씩만 먹고 그 이상 먹으면 안 사 준다. 초콜렛도 사 줄게."

할머니, 가람이, 주신이 셋이서 손가락을 걸며 약속했다.

이튿날 과자와 초콜렛을 사주었더니 약속대로 한 개씩만 먹고 나머지는 베게밑에 숨기고 잔다. 밤에 잠들기 전에는 가람이, 주신이가 번갈아 가면서 할머니를 괴롭힌다. 어깨에 올라가고 다리에도 올라가고 정신이 없다.

"가람아, 주신아 그만 좀 해라 할머니 죽겠다."

"할머니가 좋아서 그래."

가람이가 호호 깔깔 웃으며 말한다. 주신이도 따라 말한다.

"나도 할머니가 좋아서 그래."

볼을 비비고 냄새를 맡고 야단들이다.

"할머니한테서 예쁜 냄새가 나요"

주신이가 웃으며 말한다.

"할머니한테서 꽃냄새가 나요."

가람이도 깔깔 웃으며 재잘거린다.

27

방배동 뚱보 마님 간병

방배역에서 10분 거리다. 가깝다. 혼자 있는 분이라 일하기가 수월할 것 같다. 마나님 풍채는 뚱뚱하지만 그런 대로 너그러워 보였다. 첫날은 무사히 일을 잘 마쳤다. 집 안은 발을 디딜 곳이 없이 더러웠다. 그동안 사람을 안 쓴 것이다. 주방도 닦지를 않아 날파리가 우글거렸고, 그릇은 음식을 담을 수 없이 더러웠다. 어디서부터 손을 댈까, 생각하다 일단은 주방 먼저 치우기로 했다. 치워도 치워도 일이 끝나지 않는다. 닦고 또 닦아도 시간만 갈 뿐이다. 일이 조금도 줄어들지 않아 절반 정도 치우고 음식을 만들었다. 점심식사를 할 수 있도록 해 드린 다음 다시 주방 바닥을 닦았다. 끈적끈적해서 쑤세미로 닦았지만 소용이 없다. 4시간 내에는 일을 끝낼 수가 없었다.

둘째 날은 목욕도 해야 하는데 화장실도 말도 못하게 더러웠다. 목욕을 시킨 뒤 청소를 했다. 어르신은 다시 하라고 하신다. 대꾸하지 않고 다시 청소를 했다. 맘에 안든다고 또다시 하라고 했다. 또 청소를 했는데 맘에 안든다고 투덜대었다. 거실청소를 하는데 밀대를 쓰지 말고 엎드려 박박 닦으라고 한다. 엎드려 박박 닦았는데도 또다시 하라 하셨다. 말없이 한 번, 두 번, 세 번 거실 청소를 하였건만 어르신 맘에 들지 않는 눈치인 것 같았다. 가사도우미도 이 정도면 일을 안 할 것이다. 주방도 어제 닦다 만 곳도 있다. 주방일은 못하게 하는 것이다. 날파리가 윙윙 날아다니니까 어르신이 일어나더니 파리약을 그릇과 밥통이 있는 곳까지 뿌렸다. 나는 깜짝 놀랐다. 그러나 말을 할 수 없어 바라보기만 했다. 밥통 위에는 때가 아직 더덕더덕 붙어 있고 그릇들은 끈적끈적, 싱크대는 때가 찌들대로 찌들고, 후라이팬은 기름때가 덕지덕지 붙어 있다. 주방 바닥도 더 닦아야 하는데 어디서부터 손을 대야 할지 기가 막혔다. 베란다에는 다 죽은 꽃과 화분에 먼지만 수북이 쌓였고, 어질러진 살림은 버려야 할 물건들로 가득하다. 날마다 치워도 표가 나질 않는다. 출근을 해서 일을 하려면 다시 어질러 놓은 상태라 아무리 하여도 일은 줄어들지 않는다. 틈을 내어 더러운 주방을 닦으려 하면 어르신은 하지 못하게 하신다. 환자 어르신이지만 비위를 맞출 수가 없다. 발을 씻겨 달라고 하여 물을 떠다 발을 씻기는데 계속 트집을 잡는다. 어르신이 하라는 대로 때미는 돌로 발뒷꿈치, 발바닥 전부 문질러 닦고, 때밀이 수건으로 비누질 하여 말끔히 닦고 다시 물을 떠다 헹구는 것까지 했는데 불만불평 맘에 안 든다고 짜증난 목소리다.

"어르신 맘에 안 드시면 다른 사람 쓰세요."

말이 나오자마자 어르신은 핏대를 올렸다.

"일을 안 할려면 진작 안 하지. 왜 지금 와서 일을 안 하느냐!"

소리를 고래고래 지르신다. 일을 안 하면 돈을 내놓고 가라고 하신다. 나로 인해 센터에 돈을 주었으니까 그 돈을 나보고 내라고 억지말을 하신다. 어르신 집에서 내는 부담금을 말하는 것이다. 나도 큰소리가 나왔다.

"나보고 돈 달라고 하시지 말고 공단에 말씀하셔서 받으세요."

그 뒤로 방배동 집 일은 하지 않았다. 돌아서 나오는 내 다리는 천근만근 무겁다. 발짝도 떨어지질 않는다. 마음이 착잡하고 답답하다. 참으려 해도 참지 못하도록 눈물

27 방배동 뚱보 마님 간병

이 쏟아진다. 지하철을 탔는데도 눈물이 계속 흐른다. 옛날에 노비들도 이런 수모를 당하면서 일을 했을까? 드라마에서 노비가 상전 밥상에 침을 뱉는 장면이 선하게 떠오른다. 외할머니가 시집 오실 때 땅문서와 노비를 데리고 시집을 오셨다는 말을 엄마한테 들은 적이 있다. 옛날우리 외할머니도 노비한테 심하게 하셨을까? 상상을 해본다. 이곳 어르신은 나를 처음 볼 때 하신 말씀 나이 먹어서 일 나올 때는 돈이 없으니까 나오지 왜 나오느냐고처음부터 경멸하셨다.

'그래 인생은 다 이런 거야. 어려운 시련이 있으면 좋은날도 있겠지.'

나를 위로한다. 높고 낮음이 있듯이 인간이란 올라가기도 하고 내려오기도 하는 것. 서러움 반, 좌절 반. 용기가꺾인다. 일이 순조롭게 풀릴 때는 용기백배하지만 수시로좌절한다. 살아야 할 이유를 잃는다. 허공만 바라본다. 잡념에 시달리다보니 어느새 나는 지하철을 타고 다시 버스를 갈아 타고 집으로 향한다. 집에 도착하면 손자, 손녀가반갑게 맞아 준다. 마음의 상처가 눈 녹 듯이 사라진다.내일은 어느 집에 가서 일을 하게 될까, 걱정을 하며 잠이들었다. 일이 없어 며칠을 쉬었다. 센터에서 연락이 왔다.일자리가 있으니 일하라고.

28
입주 요양사

벽보를 보고 전화를 했다. 받는 분은 그곳 며느리였다.

"일할 사람을 찾으신다고요."

"네, 어디시죠?"

"여주에 살고 있습니다."

"언제쯤 시간이 괜찮으신가요?"

"아무 때라도 괜찮습니다. 좋으실 때 연락주세요."

며칠 후, 연락이 왔다. 집으로 오라고해서 면접을 했다.

"나이가 많아 보이시네요. 주민등록증 좀 보여주세요."

"지금은 가지고 오지 않았네요. 다음에 올 때 가지고 오겠습니다. 그런데 주민등록증엔 지금 나이보다 세 살이 많게 되어 있습니다."

면접이 끝나고 일주일 후 입주해서 일을 하게 되었다. 매일 휠체어를 끌고 한 시간 정도 아파트를 한 바퀴씩 도는 일이다. 11월이라 그리 춥지 않아 운동 삼아 할 수 있었다.

어르신이 화투를 치자고 하신다.

"화투를 치면 치매에 안 걸려."

"네. 가르쳐 주세요."

"짝만 맞추면 돼."

어르신에게 화투를 쳐 주었다. 눈치껏 쳐 주었다. 어르신은 신바람이 났다. 날마다 화투를 치는 나는 엉덩이와 허리가 아팠다. 어르신은 이기는 재미에 시간 가는 줄을 모르신다.

"그냥 하니까 재미가 없네요. 돈 내기 합시다."

어른신은 대답이 없다.

내 돈으로 농협에 가서 1만 원을 100원짜리 동전으로 바꿨다. 어르신 50개, 나도 50개, 지는 사람은 10끗에 100원 주는 것이다. 내가 돈을 전부 잃었다. 다른 지갑에서 꺼내어 쳤는데 계속 돈을 잃었다. 아마도 3, 4만 원은 잃은 것 같았다.

"어르신, 화투 칩시다. 잃은 돈 찾아야지요."

어르신은 안 한다, 하신다.

"돈 딴 것 맛있는 것 사 먹을 거야."

말만 하신다. 돈은 전부 어르신 주머니에 있다.

어느 날 어르신이 말씀하셨다.

"저 언덕 넘어가면 마트 큰 게 있으니 가자."

"뭐, 사실 거 있으세요?"

"그래. 밖에 나오니 너무 추워서 따뜻한 바지를 하나 사야겠어."

"그럼 갑시다."

나는 어르신이 가르쳐 주는 대로 휠체어를 끌고 언덕 너머로 갔다. 그런데 아무것도 없었다.

"이상하다. 분명히 여기 있었거든. 먼젓번에도 왔었는데."

날마다 아침만 먹으면 언덕길을 향해 집을 떠났다. 언덕길을 올라가려면 힘이 든다. 어르신 몸무게가 73kg 이상이다. 어르신 하자는 대로 해주어서 어르신은 짜증 한 번 내는 일이 없었다. 한 달이 지나고 두 달이 되었을 때였다.

"내가 인덕이 있나 보다. 너 같은 사람을 만나 여간 좋은 게 아니다."

늘 하시는 말씀 중에 하나다.

"우리 끝까지 오래 살자. 나는 좋으니 너나 맘 변치 말아."

"알았어요. 오래오래 같이 있을 거니 걱정 안 하셔도 돼요."

"고맙다. 날 생각해줘서 고맙다."

어느 날 어르신 아들이 왔다.

"사장님, 오셨어요?"

나는 인사를 했다.

"여사님, 학교는 어디까지 나왔습니까?"

나는 아무 대답도 하지 않으려다가 중학교요, 라고 대답했다. 순간 자존심이 상해서 당장 일을 안하고 싶다는 생각이 들었다.

"네. 잘 알았습니다."

그 날은 아무런 말도 없이 그냥 갔다. 열흘 후에 아들이 또 왔다.

이곳에서 하는 일이 어르신 아침, 점심, 저녁식사 수발 드는 일과 똥 오줌 치우는 일이 무어 그리 학벌이 중요한지 모르겠다. 사람은 물론 지식도 있어야 하지만 첫째 인간성이 있어야 하고, 남을 배려하고 이해하며 자신보다 남을 먼저 생각하는 사람이 되어야 하지 않을까? 사람은 살아가면서 배우는 게 많은 것 같다. 지식보다 온유와 겸

언덕 위 하얀집

손은 모진 풍파와 싸우고 세상 살아가는 데서 배우는 것 아닐까.

"여사님, 몇 년간 간병일을 하셨습니까?"

말을 듣는 순간 피가 거꾸로 솟는 것 같았다. 대답하지 않은 채 가만히 앉아 있었다.

"여사님, 내가 일전에 왔을 때 어머니가 여사님 눈치를 보는 것 같아서 말을 하는 겁니다."

"글쎄요. 제가 아무리 생각해도 잘 모르겠는데요."

"원인을 찾아야겠습니다."

"사장님, 어버이날 어르신이 딸을 해가 넘어갈 때까지 기다리면서 울었거든요. 그 일 말고는 없는 것 같은데요. 그리고 또 엄마, 아빠가 보고 싶다고 우셨어요."

"그거 아닙니다. 그 일 말고 다른 무언가가 있습니다."

"아무리 생각해도 도무지 모르겠습니다."

간병일을 오래 했지만 이런 경우는 처음이다. 그래 내가 이곳에서 일을 안 하면 그만이지 하는 생각뿐이다. 이런저런 생각에 밤에 잠을 잘 수가 없었다. 어르신하고는 한 번도 나쁜 일이 없었는데 무엇 때문일까. 생각이 나질 않는다.

강남센터에서 전화가 왔다. 일자리가 있다고 한다. 가보진 않았지만 괜찮은 거 같았다. 월급도 여기보다 많았다. 여기서는 월 200만 원인데 그곳은 230만 원을 준다고 한다. 하지만 온 지 얼마 안되어 안 한다고 할 수가 없었다. 나이도 많은데 얼마나 일하려고…… 하는 생각에 돈을 더 준다고 하는데도 안 가고 이곳에서 일하기로 맘먹고 지금까지 5개월동안 어르신하고는 탈 없이 잘 지냈다. 이곳에 오기 전 서울 강남 쪽에 일이 있었는데 돈보다 공기 좋은 이곳을 택했다. 강남에도 여자 어르신 한 분이고 월급도 이곳보다 월 30만 원이나 더 많았지만 그래도 돈에 얽매이지 않고 공기 좋은 이곳을 택했다.

3개월이 지났을 때도 일자리가 있다고 왔지만 이곳 어르신과 정도 들고 어르신하고의 약속도 있어서 지금까지 일을 하고 있다. 이번에는 문자가 왔다. 월 240만 원 준다고 한다. 그래도 대답을 하지 않았다.

어느 날 어르신의 아들이 왔다.

"여사님, 엄마 배가 너무 많이 나오니 음식을 조금만 드리세요."

"네, 매일 빵으로 간식을 드셨는데, 오늘은 수프를 사왔어요."

"잘 하셨어요. 몸무게가 좀 줄어야 하는데 걱정입니다."

어르신의 아들이 오면 먼저 긴장이 된다. 무슨 말을 하려나…….

"여사님, 아내와 이혼을 해야겠어요."

뜻밖의 말이다.

"사장님, 그게 무슨 말씀이세요. 아직 따님도 어린데 이혼은 안되지요. 여자 잔소리는 살자고 하는 말이에요. 사장님, 여자 말을 따르면 가정이 편해요. 사모님은 어르신한테 무엇이든지 잘 해 주는데요."

"알고 있습니다. 성격이 안 맞는 것 같아요."

"그래도 사장님께서 참으셔야지요."

"여사님, 고맙습니다. 잘 알겠습니다."

"안녕히 가세요."

어르신 기분이 좋으신 날에는 젊은날들이 생각나는지 영감 자랑을 하신다.

"우리 영감님은 세무서 과장이었거든? 집에 들어올 때는 돈을 한 보따리씩 싸 들고 왔지. 지금 내가 쓰는 돈은 전부 내가 젊었을 때 번 거야. 내 몫으로 큰집 팔아서 쓰는 거구, 아직도 상가 건물, 아파트, 큰산이 있거든? 내가 젊었을 때 영감한테 맞아서 아픈 거야. 그때 수술했으면 괜찮을 건데 무서워서 안했더니 지금 아프잖어. 머리가 아플 때는 영감이 밉거든? 지금 병원에 있는데 죽었으면 좋겠어. 아들하고 병원에 갔었는데 나도 몰라보고 눈만 똥그랗게 뜨고 쳐다보잖아."

어르신 눈가에 눈물이 이슬처럼 맺힌다.

어르신 모시고 병원에 갔었다. 처음 간 날 어르신은 의사 선생님한테 돈을 던졌다. 얼마인지는 모른다. 어르신 아들이 왔을 때 망설이다가 말을 했다.

"오늘 병원에 갔을 때 어르신이 의사 선생님하테 돈을 던졌어요. 얼마인지는 몰라요."

"네, 알았습니다. 여사님, 부탁인데요. 누구한테도 말하시면 안 됩니다. 의사한테 돈을 주었다는 것 남들이 알면 안 되는 겁니다."

"네."

어르신은 병원에 갈 때마다 의사 선생님한테 돈을 던진다. 첫번째도 두번째도 의사 선생님은 돈을 되돌려 주지 않았다. 세번째는 들어오라고 하더니 어르신이 던진 돈을 주었다. 며느리가 왔을 때 돈을 주었다. 며느리는 애들아빠한테 말하지 말아요, 했다. 네, 나는 대답했다.

어르신의 아들이 오면 걱정이 앞섰다. 무슨 말을 하려나, 눈치 먼저 살피게 된다. 이곳에서 일을 해야 할까 말까 생각을 하면 할수록 어르신의 아들이 한 말들이 머릿속에서 떠나지 않는다. 근래 요양보호사 일을 몇 년간 했으며 학교는 어디까지 나왔느냐고 하던 말이 머릿속에서 계속 맴돈다.

어르신의 딸이 왔다. 대학교수라고 한다. 이곳에 처음 왔을 때 내게 인사도 하지 않았다. 어르신하고 대화를 할 뿐.

"어르신, 지금 가신 분이 누구세요?"

내가 물었다.

"내 딸이야. 부자로 잘 살아. 대학교수야."

어르신보다 보호자가 더 힘들게 했다. 이곳 어르신은 이해가 안 되는 것은 알아듣게끔 말을 하면 잘 알아 들으신다. 만약 어르신 성격에 나와 불미스러운 일이 있었다면 당장 아들에게 말할 것이다. 어르신 성격상 말하고도 남는다.

이곳저곳에 일자리를 알아보았다. 나이가 걸림돌이 되었다. 내 나이 70을 넘었다. 젊음이 엊그제 같은데. 오후 8시에 어르신과 공원에 나왔다. 바쁘게 움직이는 사람들, 빠르게 달리는 차들, 가로등 불빛, 모든 것이 서글프고 공허하다. 작은아들에게 전화를 해본다. 쉬는 날이건만 아직 사무실에서 일을 한다고 한다. 어르신 휠체어를 밀고 아파트를 한 바퀴 돌아 집으로 왔다.

오후 9시. 수시로 어르신은 천장만 멍하니 바라본다. 어르신 나이가 되면 나는 어떻게 될까. 어르신이 측은하다. 주인이 일하는 사람 눈치 본다고 하는 것은 말이 안 된다. 당신 어머니가 일하는 사람의 눈치를 본다면 그 마음이 얼마나 아플까? 사장님 있는 자리에서 어르신께 물어 보았다

"어르신, 제가 잘못한 거 서운하게 한 거 있어요?"

어르신은 들었는지 못 들었는지 말을 하지 않았다.

"여사님, 말하지 마세요."

아들은 더 이상 말을 못하게 했다. 이곳에서 일한 지도 7개월째 접어 들었다. 한 달 전부터 어르신이 잇몸이 아프다고 하신다. 치과에 갔다.

"이가 흔들려서 그러니 빼야 합니다."

아들과 며느리에게 전화를 했다.

"오늘 어르신 이가 많이 아파 치과에 갔는데 이를 빼야 한다고 하네요."

아들도 며느리도 이를 빼면 안 된다고 하니 그냥 있을 수밖에. 그러는 사이 한 달이 접어 들었다. 점점 잇몸이 아파서 눈물을 흘리곤 하셨다. 턱 밑이 밤 돌만큼 부어 있었다

"어르신, 오늘은 일요일이라 병원에 갈 수 없으니 하루만 참고 내일 일찍 갑시다."

월요일. 일찍 서둘러 이비인후과를 갔다. 의사 선생님

이 염증이 심하니 빨리 큰 병원으로 가라 한다.

"염증이 심해 목으로 전이 되면 위험합니다. 빨리 큰 병원 치과로 가십시오."

이비인후과에서는 진찰비도 받지 않았다. 그런데 어르신은 손에 돌돌 말아 쥐고 있던 5만 원짜리 두 장을 의사 선생님에게 던졌다. 의사 선생님은 간호사를 통해 다시 내게 주었다. 며느리한테 전화를 했다.

"지금 이비인후과에 왔는데 의사 선생님이 위험하니 빨리 큰 병원으로 가라고 하네요."

오후 3시에 큰 병원 치과에 가서 수술을 하고 입원했다. 계속 아픔이 가라앉지 않아서 눈물을 흘리곤 하셨다. 입원실에서의 일들은 병원 자체에서 모든 걸 다 해주는 곳이었다. 환자들 기저귀, 옷 갈아 입히기, 침대 정리 다 해주는 곳이라 내가 할 일은 어르신 말 벗이 되어 주는 일, 사소한 잔심부름이 전부다. 며느리에게 말했다.

"이비인후과에서 치료비도 안받았고 어르신이 의사 선생님께 드린 돈도 되돌려 받았어요. 10만 원인데요, 돈을 돌려주신 의사 선생님 참 좋은 분 같았어요. 일단 고맙다는 전화 해주세요."

"네, 알았어요. 그리고 돈 줬었다는 말 애들 아빠에게 하지 마세요. 시끄러워져요."

28 입주 요양사

며느리는 당부의 말을 수 차례 했다.

이곳에서도 텃세는 있었다. 딸이나 며느리가 와 있는 환자는 똥을 싸도 아무 말없이 했다. 나한테는 간병인으로 왔으니 기저귀와 침대 정리를 하세요, 한다. 어르신은 얼른 말을 받았다.

"내 동생이야. 함부로 하지마!"

어르신 몸무게가 70Kg이 넘는다. 이동할 때 굉장히 힘이 든다. 그들이 일할 때는 3명이 조를 이뤄 가능했겠지만, 나 혼자서 기저귀 가는 일이 너무 힘들었다. 나이 80의 중환자도 있었고, 손과 발을 붙잡아 매놓은 환자도 있었다. 밤새도록 시끌벅적했다. 붙잡아 맨 환자는 풀어 달라고 소리를 지른다. 바로 옆 환자는 오늘 밤을 넘기질 못할 것 같다고 온 가족들이 들락거리는 어수선한 밤이다. 의사들은 밤을 못 넘길 것 같다고 다른 곳으로 옮겨야 한다고 해 늦은 밤에 다른 곳으로 옮겼다.

일주일 후, 어르신이 퇴원해서 집으로 오니 피곤함 보다는 눈알이 아파서 견딜 수가 없었다. 병원에서 잠을 못자서 그런 것 같았다. 어르신 잡수실 것 챙기느라고 잠시도 쉴 수 없었다. 어르신은 너무 아파서 저녁 식사도 잘 못하신다. 약을 드셨는데도 통증은 가라앉지를 않는다.

오후 7시 10분, 어르신을 태운 휠체어를 끌고 아파트

한 바퀴를 돌아 공원의자에 앉았다.

"어르신, 집에 갑시다. 저녁을 안 잡수셨으니 배고프시지요?"

"응 그래, 가자꾸나."

9시, 집으로 돌아왔다. 우유에 바나나를 넣어 갈아 드렸더니 다 잡수신다.

"네가 너무 잘해줘서 고맙다."

"진통제도 드세요."

잠자리에 들려고 하는데 아들이 왔다. 이웃에 살면서 좀 일찍 오면 좋으련만 늦게 찾아와 병원에서 준 처방전을 달라고 한다. 피곤해서 얼른 찾지를 못했다. 따로 잘 챙겼는데 기억이 나지 않는다. 아들은 영수증 놓은 자리를 이리저리 찾으며 "나이가 많아서 얼른 못 찾아 주는군요." 했다. 자기들의 실수는 깜빡 했다고 하고 내가 한 실수는 나이 탓이라고 한다. 어제 왔을 때도 아들은 이곳에 물건을 가지러 왔다가 잊고 그냥 가서 다시 왔다가 가면서 "깜빡 잊었네." 했다.

일전에 왔을 때, 내게 그릇을 잘 닦으라고 한다. 순간 화가 치밀었다. 지금까지 청결에 유념하지 않은 적은 없다고 나는 자부한다.

"사장님, 잘 못 닦은 일이 없는데요."

아들은 자기가 주인으로서 의당한 말을 했을 뿐이라고 한다.

어르신은 불안하고 보고 싶은 사람을 보지 못하면 병이 나신다. 딸이 보고 싶다, 동생들이 보고 싶다, 엄마 아빠가 보고 싶다 매일 징징거린다. 어버이날 막내딸한테서 전화가 왔다. 예쁜 옷으로 갈아 입고 딸과 사위를 기다리신다. 오후 9시가 되니 마음이 우울한 채 체념을 했다. 기다리는 모습이 얼마나 애처로운지 보는 내가 더 가슴이 아팠다.

이곳에서 일한 지 벌써 8개월. 어르신 아픈 것도 노화의 현상이 아닐까 생각해본다. 어르신들은 하루하루 살아가는 게 다르다고 하신다. 공원에서 만난 어르신들의 말씀이다. 어르신은 약을 복용해도 계속 통증이 갈았지 않았다. 그때마다 휠체어에 태워 공원과 아파트를 한 바퀴씩 돌다 온다. 오전에 2시간, 오후 해진 후 2시간. 집에 오면 오후 9시가 조금 넘는다. 오늘도 아들은 저녁에 와서 하는 말이 약을 안 줬다고 우긴다. 그 약은 내가 이곳에 오기 전 약이라고 해도 곧이 듣지 않더니 한참이나 약처방을 보더니 인정을 했다. 어르신보다 아들이 까다롭다. 이젠 이곳을 떠나야 한다는 생각을 하면서 마음을 비운다.

어르신은 눈을 감은 채 더듬거려 내 손을 잡으신다. 따뜻한 손의 체온이 무엇인가 말을 하는 듯하다. 따스한 손길에 가슴이 저리다 못해 시리다. 어쩌면 말 못하는 사연을 나에게 전하는 것 같다. 딸이 둘이 있어도 전화는 오지 않는다. 오늘은 며느리와 꽃구경하기로 약속한 날이다. 며느리는 화담숲을 가자고 한다. 화담숲은 꽃도 없지만 산을 한참 올라가는 것이 문제다. 6월의 태양은 너무 뜨거웠다. 우리집에 잠깐 들러 구리에 있는 강가를 구경하고 돌아왔다. 어르신은 오랜만에 바깥구경이라 그런지 어린아이처럼 즐거워하시다가 드러누워 일어나려 하시지 않는다. 병원에서 퇴원 한 후로는 기력이 회복되지 않는 걸까?

어르신과 나는 상전과 하인이 되고, 또 어느 때는 딸처럼 엄마처럼 또는 친구처럼 대화를 하곤 한다.

"너는 나한테 잘하니 내 딸 하자. 너는 내 딸이야. 너무 잘 해 주니까 난 여간 고마운 게 아니다."

"옷 입고 출근합시다."

"그래, 고맙다."

공원에서 동네 분들과 담소를 나눈 후 헤어질 때는 내일 만납시다, 서로 아쉬워하며 각자 집으로 돌아간다. 아파트 한 바퀴를 돌아 장미꽃 학교 울타리를 지나 횡단보

　　　　　　　　　　　　　　　　　28 입주 요양사

도를 건너는 길은 마냥 즐겁다.

"지금 학교를 지나 가고 있습니다. 빨간 장미꽃이 너무 예쁩니다."

어르신은 예쁜 꽃이 샘이 나는지 늘어진 장미꽃을 손으로 때린다.

"때리지 마세요. 꽃이 아프다고 흔들거리네요."

어르신은 말이 없다.

"띠롱 띠롱 집까지 다 왔습니다. 손님 차비 주세요. 오늘은 1만 원입니다."

"그래, 아들 오면 주마. 우리 오래도록 같이 살자."

"네."

어르신은 웃으신다. 하루 일과가 똑같다. 오늘은 무슨 말로 어르신 마음을 기쁘게 해 드릴까? 고민하지만 다를 게 없다. 아무리 생각해도 떠오르지 않는다. 아파트를 한 바퀴 돌고 나면 등이 땀으로 흠뻑 젖는다. 7시 10분, 저녁을 먹은 뒤 공원에 가면 벌써 노인들이 3~4명 모여 이야기 꽃을 피우고 있었다. 우리가 도착하면 무척 반가워하신다. 처음 나오신 노인도 있었다.

"친정엄마 모시고 나왔군요."

"네, 친정엄마세요."

그 순간 어르신은 잽싸게 말을 끊는다.

"내 사촌동생이야."

나는 가만히 있었다.

"남보다 동생이 낫지요."

"그럼, 그걸 말이라고 해? 남보다 낫지."

8시가 넘으면 우리는 헤어져 각자 집으로 향한다. 곧장 집으로 가지 않고 아파트를 한 바퀴 돌고 집에 오면 9시다.

6월 22일 목요일. 이곳 아파트에 장이 서는 날이다. 마트보다 물건이 싸고 싱싱해서 시장을 본다. 무, 가지, 파, 마늘, 생강을 사가지고 돌아왔다. 땀이 옷을 흠뻑 적셨다. 어르신은 힘들다고 누워 계시고 나는 시장 봐온 걸 정리를 한다. 어르신이 아들에게 전화를 하신다.

"지금 나 누워 있다."

전화를 끊은 후.

"야~"

나를 부르는 소리다. 아들이 날이 흐리니 덥지 않다고 나가 바람 쏘이라고 한다. 어르신은 밖에 나가자 하신다. 지금 금방 밖에서 들어왔는데.

"잠시 후, 해거름에 나갑시다."

"네가 바람 쏘여 준다고 했잖아."

"네? 금방 바람 쏘이고 들어왔잖아요."

이 더운 날씨에 창문을 모두 닫으니 답답해 숨이 막힐 지경이다. 어르신은 춥다고 문은 열지 못하게 하신다. 문을 닫고 선풍기를 돌리면 당신 앞으로 바람이 오게 하시면서도 창문은 열지 못하게 하시며 금방 한 말을 잊으신다.

병원에서 퇴원한 후로는 좋아하시는 화투도 하지 않으신다. 누워만 있으려고 해서 억지로 화투를 치자고 졸라 화투를 치면 1시간도 못하고 누우신다. 매일 튀밥을 잡수시고서도 자고 아침에 일어나면 "야, 튀밥 누가 가져갔니?" 하신다. 치매가 점점 심해지는 것 같다.

6월인데도 너무 덥다. 기온은 33도. 더운 날씨에 가스불 켜고 반찬 만들고 국 끓이고 밥하고 청소하려면 땀이 등허리에서 흘러내리고 얼굴엔 땀이 줄줄 흘러 눈으로 들어간다. 눈이 쓰리고 아프다. 일할 동안이라도 창문을 열었으면 좋으련만 창문을 열지 못하게 하고 화장실도 가지 않고 거실에 놓은 변기에서 똥오줌을 누면 냄새가 진동을 한다. 문을 살며시 열어놓으면 어느새 눈치를 챈다.

"야, 문닫아. 우리 아들이 열면 안 된다고 해. 앞으로 열지마."

"네, 네, 안 열께요."

어르신은 다른 사람들한테는 인자하게 잘하고 돈도 주

면서 일하는 나는 무시한다. 어르신은 자유롭게 다니지도 못하고 돈이 있어도 마음대로 쓰지 못하니 얼마나 속이 상할까. 내가 어르신 입장이 되어 생각해본다. 나도 어르신 나이가 되면 그럴까. 나라는 존재를 잊은 지 오래다. 내 이름은 '어이'와 '야'다. 야, 야 부르면 네, 대답을 하고 달려간다. 조금만 늦어도 야야야 고함친다. 일손을 놓고 숨차게 달려가도 어르신은 눈을 부라린다. 내가 강아지처럼 느껴진다.

초점을 잃은 채 멍하니 천장만 바라보며 누워 있는 어르신을 보면 도대체 무슨 생각을 할까, 혹여 보고 싶은 사람이 있을까, 말할 사람이 있을까 궁금하다.

"어르신 하실 말씀 있으세요? 아니면 보고싶은 사람 있으시면 말씀하세요."

"아니."

고개를 저으신다. 안쓰럽다. 며칠 전 예쁜 볼펜을 방에서 아들이 가지고 나왔다.

"여사님, 이 볼펜 교회에서 준겁니까?"

"아닌데요."

"어디서 난 겁니까?"

"잘 모르겠어요."

"이거 정말 예쁘고 좋은데 엄마 이거 어디서 났어? 이 볼펜 교회 거네. 교회 글씨가 있잖아."

아들은 나를 쳐다본다. 나는 대답을 못했다. 어르신 방은 들어가질 않았다. 못 들어가게 하므로 맘대로 들어갈 수가 없다. 어르신이 볼펜을 가지고 오신 뒤로 교회를 가지 않았다. 교회에 가서도 어르신 곁을 떠나지 않았는데 어찌된 일인가 나는 어안이 벙벙하였다. 아들은 교회에 가면 헌금하니 가져도 된다고 한다. 나한테도 5자루를 주었다. 어르신 낯빛이 변하였다.

"여사님, 볼펜 테이블에 두세요. 갈 때 가지고 가겠습니다."

"네."

어르신을 설득하여 남의 물건을 가져오면 안 된다고 주의를 드렸으면 좋으련만 아들은 그냥 볼펜만 가지고 갔다. 얼마 전에도 다이소에 갔을 때 볼펜 한 묶음을 가지고 온 일이 있었다. 집에 왔을 때 알았다.

"어르신. 이 볼펜 돈도 안주고 왜 가지고 오셨어요?"

"우리 손녀 주려고 가지고 왔지."

"물건 몰래 가지고 오면 하늘에 계신 하나님이 생명록에 이름을 다 적으니까 가지고 오시면 안돼요. 이 물건 값은 내 돈으로 가서 지불 할 테니 다시는 남의 물건 가지고 오면 안돼요. 돈도 안주고 몰래 가지고 오면 하늘나라에

갈 수 없어요."

"알았다. 다시는 안 가지고 올게."

이튿날 다이소에 가서 똑같은 물건을 찾아 보였다.

"어제 왔을 때 어르신이 계산도 안하고 가지고 왔네요. 값이 얼마예요?"

"1,000원 입니다."

물건 값을 계산하니 종업원은 고맙다고 인사를 하고 또 한다.

마트에 가서도 물건이 손에 닿으면 덮고 있는 이불 속에 감춘다. 계산할 때 꺼내 계산을 하고는 했다. 휠체어에 앉아 덮는 작은 담요를 더워도 꼭 가지고 나가신다.

"어르신 더운데 집에 두고 나갑시다."

"내 이불이 없으면 난 힘이 없어."

이불은 잊지 않고 꼭 챙기신다. 아들이 오든 며느리가 오든 말을 하며 간 뒤에 꼭 지껄인다.

"넌 말하지 말라고 했는데 왜 말을 했어. 아들한테 며느리한테 무슨 말을 했어? 말해 봐"

"네, 어르신한테 잘 해주라고 했어요."

"으응 그랬구나. 알았어. 다음부터는 말하지 말아."

"네, 알겠습니다."

나한테는 모든 것이 스트레스다. 머리가 욱신욱신 쑤시

　　　　　　　　　　　　　　　　　　　　　　　　28 입주 요양사

고 무겁다. 언제부터인가 이곳에서 일하면서 온 증상이다. 병원에 가서 혈압을 재보았다. 일시적인 충격이라고 했다. 5일분 약을 받아왔다. 어르신은 당신도 아프니 진찰을 받아야 한다고 한다.

"어르신은 큰 병원에서 진찰받고 약 잡수시니 괜찮아요."

어르신은 말이 없다.

진종일 마음이 바닥으로 갈앉았다. 고달프고 서럽다. 이런 때 누군가와 수다를 떨면 좀 풀릴 것 같다. 어르신 모시고 병원에 가려면 걱정이 앞선다. 작은병원도 아니고 큰 병원에 가려면 어리둥절하게 된다. 길눈이 어두운 나는 금방 나온 곳도 찾으려면 헤매기 일수다. 어르신은 나한테 전화가 오면 "야야, 전화 어디서 왔니? 누구냐?" 꼬치꼬치 캐 묻는다. 길을 갈 때도 지나가는 사람이 가방을 메고 가면 "야야, 저 가방에 뭐가 들어 있냐?" 하신다.

"나도 몰라요. 보지 않았으니 모르지요."

나는 웃으며 대답한다.

내가 처음 왔을 때였다. 어르신은 "먼저 일하던 아줌마가 박스에 뭘 담았는지 많이 넣어 가지고 갔는데 내 옷도 넣어 가지고 간 것 같다."고 나한테 말한 적이 있다.

6월 말인데 삼복 더위보다 더 덥다. 어르신은 문도 못

열게 하고 선풍기를 돌린다. 한참 선풍기가 돌아가면 머리가 아프다. 밤에 잠자리에 들어서도 선풍기를 끄지 못하게 한다. 머리가 무겁고 욱신욱신 쑤신다. 참다 못해 "어르신 저쪽 주방에서 잘게요." 일어나 주방 바닥에 누워 있는데도 잠이 오질 않는다. 선풍기를 끄지 않아서 신경이 쓰인다. 어르신 일어나는 소리가 들린다. 나 있는 쪽으로 오신다. 나도 모르게 벌떡 일어나 앉았다. 어르신 독기 어린 말로 욕을 하기 시작한다. 내 생전에 처음 들어본 욕이다.

"독한 년. 못된 년. 착한 년인 줄 알았더니 독사 같은 년이야!"

질색할 노릇이다. 나는 대꾸도 않은 채 쳐다만 보았다. 바지가 젖어 있었다.

"어르신, 옷이 젖었으니 벗으십시다."

바지를 붙잡고 있는 내 손을 뿌리치며 때린다. 오줌 싼 바지를 벗기고 다른 옷으로 갈아 입혔다. 누워 있어도 잠이 오지 않아 뜬 눈으로 밤을 새웠다. 머리가 아프다. 고달프고 서럽다. 낮에는 더워서 밖을 나가지 못하고 저녁에 공원으로 갔다. 돌아와서 문을 열려고 했지만 열쇠가 없었다. 공원에서 흘린 것 같다. 며느리에게 연락했더니 며느리가 와서 열어주었다. 그날 무사히 집으로 들어왔다. 어르신은 계속 열쇠 어떻게 됐느냐고 묻고 또 묻는다.

"찾았어요."

"야야, 열쇠 가져와."

"사실은 찾지 못했는데 내일 가서 찾아 올게요. 만약 못 찾으면 열쇠 전부 갈면 되니 걱정하지 마세요."

"그럼 네가 네 돈으로 할거냐?"

"네!"

어르신은 다짐을 받고 또 받는다. 진을 뺀다. 이튿날 공원에 가니 열쇠가 의자 위에 얌전히 있었다. 아들, 며느리 세 사람 다 비위를 맞추려니 힘든다. 며느리는 며느리대로 아들은 아들대로 어르신은 어르신대로 각자 마음이 다르다. 이곳에서의 일은 접어야 할 것 같다. 사람이 살아가는 데는 만남과 헤어질 때가 중요한 것 같다. 최선을 다하여 좋을 때 떠나야지 오늘도 마음속으로 다짐한다. 어르신이 욕을 했다고 떠나는 것보다 좋은 때를 기다리자. 언젠가 아들이 한 말이 기억났다. 일하는 분들이 여름에 묻여는 것 갖고 어르신하고 싸우다 지쳐서 가버렸다고 한다.

휠체어를 밀고 가는 길가엔 각종 나무가 있다.

"야야, 저 나무는 무슨 나무냐?"

"사철나무, 소나무, 벚나무예요. 저 열매는 버찌구요.

맛은 달고 쓰고 떫어요."

공원에는 사람 반, 강아지 반, 만원이다. 돌아올 때는 즐겁게 이야기한다. 어르신은 아무한테나 돈을 뿌린다. 교회에 가서도 꽃꽂이하는 사람, 청소하는 사람에게도 돈을 준다. 어느 틈에 돈을 주는지 알 수가 없다. 항상 같이 있는데 아마도 내가 화장실 갈 때 주는 것 같았다. 어르신 집에 와서는 돈이 다 떨어졌다고 소란을 피운다. 나는 가만히 타이른다.

"으응, 아까 교회에서 청소하는 사람, 꽃꽂이하는 사람 돈을 주면서 빨리 숨으라고 했어."

"어르신, 앞으로는 주지 마세요. 돈이 없으면 아들에게 돈 없다. 빨리 가져와라 하시면서……."

"알았다. 다음부터는 안 그럴게. 네 말 잘 들을 거야."

교회 갔을 때, 어르신 옆에 가방이 있었고, 어르신 옆에 내가 앉아 있었는데 언제 가방에서 볼펜을 꺼냈을까? 아무리 생각해봐도 그 많은 볼펜을 언제 가방에서 꺼내 온 걸까? 어디서 났을까? 만약 내가 어르신 입장이 된다면 나도 그럴까? 어르신은 돈은 많지만 마음대로 움직이지 못하고 얼마나 답답할까. 어르신이 안쓰럽다. 하지만 나를 무시할 때는 어르신이 미워진다. 미워하는 마음을 갖지 말자. 하루에도 수십 번 생각을 해본다. 어르신은 아픈 사람이다 생각하지만 어르신 아들 하는 말이 너무 가슴 아프다. 일하는 사람에게 상처주는 말을 해야 하는지.

마음 편한 날이 없다. 시련과 고통, 마음의 짐, 언제나 벗을까. 사업이 잘 안 된다고 아들이 어깨가 축 늘어졌다. 안쓰럽고 딱하다. 힘이 되어주지 못하니 안타깝다. 소도 언덕이 있어야 하지 않던가? 빈 주먹으로 일어서려니 힘들고 어려울 수밖에. 내가 하는 일이 싫증나고 짜증날 때 아들 모습이 떠오르면 다시 생각한다. 참자, 아들을 위해서, 밝은 내일을 위해 참자.

지는 해는 잡을 수 없다. 하루하루 살아가는 일이 힘에 겨울 때가 있다. 저녁 노을은 보는 사람들이 아름다워 낙조라 한다. 해지는 낙조처럼 노년을 아름답게 살아갈 수 있다면. 가시물고기가 생각났다. 새끼를 기르기 위해 침입자를 막다가 끝내 굶어 죽고, 새끼들은 그 어미의 살을 뜯어 먹는다. 참자. 사람으로 태어나 물고기만도 못하면 되겠는가. 어르신한테 가까이 다가가 잘하자. 마음을 돌리자 벼르지만 자신감을 점점 잃는다.

초복날 문자가 왔다. 노인들은 밖에 나가지 말라고 한다.

"어르신 오늘 더우니 다음에 머리 깎으러 갑시다."

어르신은 오늘 꼭 깎아야 한다고 하신다.

"야, 너무 더워서 안 돼. 오늘 깎으러 나가자."

"네. 어르신 더우니까 빨리 가서 머리 깎고 옵시다."

엘리베이터를 내려서 한참을 갔다.

"내 지팡이~ 야야, 지팡이 가지러 가자. 나는 지팡이가 없으면 힘이 없다."

엘리베이터를 탔을 때 집으로 가자고 하시지. 나는 슬 며시 화가 났다. 등허리에서 땀이 흐르고 흐른 땀이 눈으로 들어가 쓰리고 아프다. 뒤돌아서 지팡이를 가지러 가는데 휠체어를 확 밀어버리고 싶은 충동이 일었다.

몇 바퀴를 돌아 미용실을 찾아가 머리를 깎았다. 어르신은 3만 원을 준다. 요즘은 1만 원이다. 내가 2만 원 돌려달라고 하니 미장원 원장이 주지 않는다. 미용실 이름은 쎄븐미용실. 어르신은 남들한테는 인자하고 후하다. 오전 5시, 눈을 뜨자마자 마음에 탑을 쌓는다. 차곡차곡 매 순간 어떠한 일이 닥쳐도 쌓은 탑을 허물지 말자. 어르신이 야야~ 부르는 소리에 1분도 안되어 쌓은 탑이 와르르 무너진다. 하루가 허무하고 보잘 것이 없다. 병원에 다녀오는 길에 복숭아를 샀다. 오후 간식으로 하나 드렸다.

아침이 되었다.

"야야, 어제 사온 복숭아 가져와!"

"지금 잡수시면 안 되는데, 좀 있다가 잡수세요."

"먹고 싶을 때 먹어야 한다. 빨리 가져와!"

"한 번에 많이 잡수시면 배탈이 나요. 좀 참았다가 잡수세요."

"야, 가져오라면 가지고 와야지 왜 잔소리가 많아!"

끝내는 갖다 드렸다 점심식사 후 설거지를 하는데 이상해서 어르신을 보니 거실에다 똥을 싸뭉갰다. 지난 밤에도 침대에 오줌을 싸, 아침에 일어나자 마자 전부 빨고 목욕시키고 속옷 겉옷 갈아 입혔는데, 이제는 똥을 싸서 거실 바닥 곳곳에 칠갑을 했다. 치우고 씻기고 했다.

"너한테 미안하구나."

점심을 먹고 치우는 사이에 어르신이 말을 안 듣고 또 속을 썩였다.

"어르신 너무 말 안 들어서 일을 못하겠어요. 말 안 들으면 난 집으로 갈랍니다."

"알았다. 앞으로는 네 말 잘 들을게."

요즘 계속 말 잘 듣고 속을 썩이지 않는다. 날마다 반복되는 생활, 창살 없는 감옥 같다. 가슴이 답답하고 어디론가 뛰쳐나가고 싶다. 돈을 벌려면 참아야지. 하늘 높은 곳에 떠 다니는 구름이 창문너머로 보인다. 오늘 하루를 어떻게 보내야 될까? 더러운 똥이 오늘은 냄새도 안 나고 더럽지도 않다. 이런 것이 돈의 위력일까? 엊저녁에 어르신 아들이 10만 원을 주고 갔거든. 날씨는 덥고 어르신이 똥을 싸면 냄새는 코를 찌르듯 지독하게 났는데 오늘은 똥이 돈으로 보인다. 오늘 아침에도 오줌을 싸서 목욕시키고 나니 이번에도 똥을 또 싼다. 그런데도 힘이 안 든다. 이 모든 것이 돈의 힘일까.

병원에서 퇴원한 후로는 기력이 많이 쇠진했다. 계속 잠만 자려고 하신다. 오줌 싸는 건 매일이고 가끔씩 똥도 쌌다. 그전 같으면 "나 죽으면 어떡해?" 할 텐데 지금은 오줌을 싸도 똥을 싸도 아무런 반응이 없다. 말 수도 드물어졌다. 할 말이 있으시면 손짓으로 표현을 하신다. 누운 채 눈만 떴다 감았다 하다가 잠들기도 하고, 멍하니 창밖만 바라볼 뿐이다.

오늘은 병원 가는 날. 또 의사 선생님에게 돈을 던진다. 그 돈은 어제 아들이 왔을 때 "돈 없으면 나는 힘이 없다." 아들에게 떼를 쓰다시피 하여 받아낸 돈이다. 의사 선생님은 돈을 내게 주었다. 받은 돈을 며느리한테 주었다. 병원에서 20분 거리다. 지난 달에는 의사 선생님에게 받은 돈을 며느리에게 주지 않았다. 오는 차 안에서 며느리가 묻는다.

"오늘 돈뭉치 던지지 않았어요?"

"네!"

20분 거리인데도 며느리는 화가 났는지 한 시간 반을 돌고 돌아서 집으로 왔다. 나는 며느리에게 돈을 줄 수가 없었다. 어르신이 돈이 없으면 내게 돈을 달라고 하시며 돈을 줄 때까지 계속 아들에게 전화를 하기 때문이다. 사실대로 아들에게 말하면 가정불화가 일어날 것 같고 말을 안 하자니 내가 의심을 받기 때문에 더 이상 일을 하면 안 되겠다 생각했다.

진종일 말이 없으시다.

"어르신, 아드님과 며느리한테 하실 말씀 있으세요? 같이 살고 싶으세요?"

고개를 저으신다.

"그럼 따님과 살고 싶으세요?"

"아니, 나는 너만 있으면 돼."

"어르신 치카합시다."

안 하신다. 맛있는 것 해드리고 "치카합시다." 했더니 그때야 이를 닦으신다.

"나는 나이가 많아서 애기가 됐어. 나는 노인이 아니고 애기야."

가래침도 거실에다 뱉는다. 아무리 말해도 듣지 않는다.

"야야, 난 말이야. 사는 게 정말 허무하다. 오늘 살다 내일 죽을지도 모르잖아. 그래도 나는 너를 만나서 복이다. 넌 한 달에 얼마나 받니?"

"다른 데 보다는 덜 받아요."

"아들 오면 내가 말할게. 네가 잘해주니 돈 많이 주라고."

"고맙습니다."

가정은 부유한 것 같았다. 재산 때문에 아들 딸들이 오고 가질 않는다. 어르신은 돈이 있어도 굉장히 외롭다. 며느리는 지나칠 정도로 까칠하다. 오늘 막내딸이 왔다. 어르신이 내게 주의를 주었다.

"아들한테 말하지 말아라."

"네, 알겠습니다."

딸이 돌아간 뒤 어르신은 자랑을 했다.

"큰딸은 서울에 집을 세 채를 사 주고 병원도 차려 주었어. 큰사위는 내과의사, 작은사위는 안과의사, 작은딸은 대궐 같은 집을 사 주었어."

나는 며느리한테 말했다. 일을 안 하겠다고.

"외국 갔다 올 때까지 10일만 봐 주세요."

"네. 알았습니다."

"푹 쉬었다 오세요."

집에 온 지 10일쯤 되던 날, 일하러 가려고 준비를 하는데, 오지 말라는 전화가 왔다. 며느리한테 우롱을 받고 보니 서글픈 생각이 든다. 이런 경우가 있는 자와 없는 자의 차이일까. 아들은 월급을 올려 줄 터이니, 있어 달라고 부탁한다. 나는 집에 올 때 어르신 아드님에게 문자를 보냈다.

'휴가 잘 다녀 오겠습니다.'

나는 일자리가 생길 때까지 기다려야 했다. 며칠 지난 후, 어르신 겨울 바지를 사서 부쳤다. 어르신은 밖을 나오면 춥다고 하셨고 나는 어르신과 약속을 했기 때문이다. 집에서 청소를 하는데 전화가 왔다.

"누구세요?"

"나야 나."

"나가 누구세요?"

"공원에서 만난 충청도 아줌마야."

"아, 네. 안녕하세요?"

"일전에 공원에서 할머니를 만났는데 다른 아줌마랑 할머니가 나왔던데? 왜 일을 그만뒀어요?"

"네, 쉬려고요."

"그래요? 요양보호사가 할머니한테 짜증을 부리던데요? 할머니 말씀이 먼저 나이 많은 아줌마가 잘 해 주었다고 하시던데."

"아, 그래요?"

"실은 내가 아줌마한테 속이 상해서 전화를 했어요."

"말해 보세요".

"딸은 의사고 아들은 검찰청에 다니는데 내가 무슨 걱정이 있겠어요. 그런데 한 가지 걱정이 손자가 자폐아에요. 할머니에게서 잠시도 떨어지려고 하지 않아요."

"아~, 그래요? 걱정되시겠어요."

2017년 8월 29일자로 돈이 들어왔다. 잘못 들어온 것 같아서 별내면으로 전화를 했다.

"사장님, 돈이 잘못 들어왔어요."

"네, 아닙니다. 여사님! 통장에 넣은 것 맞습니다."

30만 원. 일이 끝났는데 보내준 것이었다. 2018년 여름, 나는 옥수수를 택배로 부쳐주었다.

29

오늘은 제일 기쁜 날

초등학교 시절, 나는 교과서에서 나이팅게일이라는 간호사를 만났다. 어려운 사람들에게 헌신하며 일하는 모습이 천사같다고 생각했다.

'나도 이다음에 크면 나이팅게일과 같은 사람이 되어야지.'

작은 것부터 실천하자, 생각하고 있을 때였다. 티브이서 자막으로 전화번호가 떴다. 전화를 했다. 연락이 되었다. 11월 19일 문자가 왔다. 세호 할머니 문자다.

'얼굴도 모르는 분이 저희를 도와주신 것 너무 고맙고 감사합니다.'

2년 전부터 매월 자동납부로 도와주는 분이었다.

하늘을 날 듯이 마음이 가벼웠다. 남을 돕는다는 것이 이렇게 기쁘다니! 나도 어려울 때 도움을 받았으면 남을 돕자 생각했다. 하지만 남을 돕는다는 것이 쉬운 일은 아닌 것 같다. 조금만 더 나아지면 하겠다고 몇 번인가 자신과 약속했지만 쉽게 결정할 수가 없었다. 조금만 조금만 하다 보니 점점 늦어지는 것 같아 눈을 딱 감고 결심했다. 작은 것이지만 없는 사람들에게 힘과 용기를 줄 수 있어 감사했다.

축복을 낳은 가시밭길

대학노트에 꼭꼭 눌러 쓴 육필 원고는 대학노트 7권, 그 기록물이 한 권의 책으로 만들어졌다. 나는 그 글을 완독한 뒤 어둠속에서 거실 천장을 바라보며 한동안 뒤척였다. 충격이었다.

주인공은 꿈 많던 소녀시절을 접고, 아버지 타계 후 어머니와 오빠, 동생들 생계를 맡아 가장 노릇하다가 결혼한다. 남편의 사업 실패로 파탄, 두 아들을 품어 안고 무작정 상경, 산동네 무허가 판잣집에서 살면서 행상, 파출부, 함바식당 운영 등 생계를 위한 거친 삶을 살았다. 그 어려움 중에도 이옥자 여사는 학구적이었다. 요리사, 요양보호사, 수지침사 자격증 등을 취득, 자신의 영육을 갈고 닦았다.

소박한 문체로 정직하게 풀어나간 치열한 삶의 이야기들은 읽는 이에게 용기와 희망을 준다. 형극의 길에서 이제 기름진 축복의 땅에 발을 딛고 수확하는 농부로서 다복하다. 두 아들 · 며느리, 손자 · 손녀의 강건하고 따뜻한 울타리 안에서 하나님의 은총에 감복한 생을 살고 있다. 앞으로 전기작가로서 문운이 함께 하길 기원한다.

두 아들 결혼은
온전하신 하나님의
축복이다

작은아들이 큰아들 앞서 결혼을 했다. 작은아들 결혼생활을 나는 이렇게 그림으로 상징하여 썼다.
'30년 만에 꽃밭을 만들었습니다. 예쁜꽃이 피었습니다. 이름을 가람이라고 지었습니다. 또 꽃이 피었습니다. 이름을 주신이라고 지었습니다.'

1년차로 큰아들도 2007년 10월 27일 결혼했다. 나는 큰아들 결혼생활을 작은아들처럼 그림으로 상징하여 그대로 모방하듯 썼다.
'37년 만에 꽃밭을 만들었습니다. 꽃밭에 꽃이 피었습니다. 꽃 이름을 규린이라고 지었습니다. 또 꽃이 피었습니다. 꽃이름을 민채라고 불렀습니다.'
이제 우리 식구 다 모이면 나까지 아홉이다. 모두 빛나며 행복하길 빈다.

이옥자

자전소설

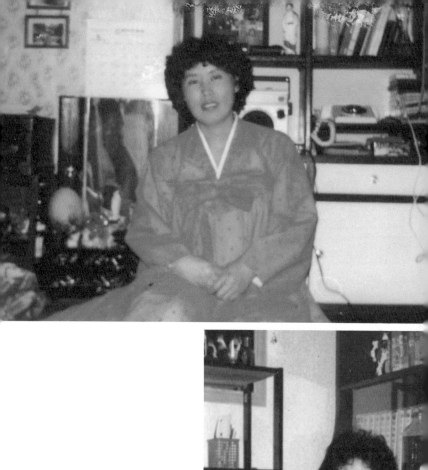

백두산 여행 · 경주 여행 · 제주 여행

일본 여행

태국 여행

태국 여행

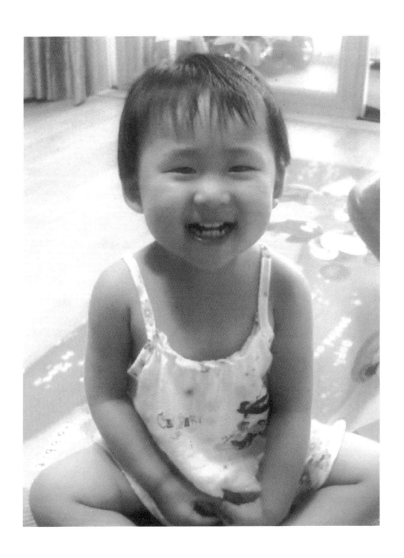

작은아들 가족사진